家庭生活

姚鄂梅 著

人民文学出版社

图书在版编目(CIP)数据

家庭生活 / 姚鄂梅著. —北京：人民文学出版社,2021
ISBN 978-7-02-016483-7

Ⅰ.①家… Ⅱ.①姚… Ⅲ.①中篇小说—小说集—中国—当代 Ⅳ.①I247.5

中国版本图书馆 CIP 数据核字(2020)第 126195 号

责任编辑　赵　萍　王昌改
装帧设计　刘　远
责任印制　徐　冉

出版发行　人民文学出版社
社　　址　北京市朝内大街 166 号
邮政编码　100705
网　　址　http://www.rw-cn.com

印　　刷　三河市宏盛印务有限公司
经　　销　全国新华书店等

字　　数　179 千字
开　　本　880 毫米×1230 毫米　1/32
印　　张　8.125　插页 3
印　　数　1—5000
版　　次　2021 年 1 月北京第 1 版
印　　次　2021 年 1 月第 1 次印刷

书　　号　978-7-02-016483-7
定　　价　39.00 元

如有印装质量问题,请与本社图书销售中心调换。电话:010-65233595

目 录

基因的秘密　　1

外婆要来了　　51

柜中骷髅　　115

游刃有余　　185

基因的秘密

第一次看到那个把女朋友抱起来扔到江里去的新闻时,我们全都很淡定,这么荒唐的事绝对不是我们家子辰干得出来的,据说现在叫子辰的人全国有三千多个。

我和姐姐还专门在电话中感叹过,别说是两个恋爱中的人,就算是自己家的布偶女孩,也不能够啊。姐姐还说,下次见了子辰,一定提醒他,今后谈恋爱,别动不动就往桥上跑,水边是最出鬼气的地方。

直到派出所的人找到姐姐,出示了身份证、照片,以及其他一切能证明那个子辰就是姐姐的独生儿子李子辰的时候,我才感到,多年前那种黑云压顶的感觉终于又逼上来了。

当年,我们中间最优秀的弟弟、我们家族的希望之星冉冉升起的时候,我就臭名其妙地生出过一股不祥之感,越过众多膜拜的头顶,我隐约看到远方飘来一片不怀好意的黑云,它有明确的目标,它就是冲我们家来的,但我没敢说出来,因为光是这一闪念,就已经很不吉利了。我从小就被教导，人的嘴上有一把锁，不要轻易打开，打开可能放出魔鬼。我还分析自己，我大概天生就是那种凡事先往坏处想的悲观者、可怜虫，等结果出来时，要么喜出望外，要么早有心理预设，实际上也是一种自我保护机制。

子辰比我的儿子小博只大一岁多，各方面条件都决定了他们应该格外亲密，宛如亲兄弟，实则不然。有一年，刚上小学三年级的子辰来我家做客，跟一年级的小博一起玩游戏，玩到酣处，突然一把掀翻小博，抱起游戏机，一个人霸着玩。小博不服，照他腿上踢了一脚，他抓起小博的衣领，把小博逼到墙上，抡起拳头就往脸上砸，害得小博去医院缝了五针。我非常为难，我想我应该向姐姐举报子辰的暴力行为，但与此同时，我又觉得是自己照管不力，我应该把事情控制在他打人之前，想来想去，我没有将这事告诉姐姐。自从那年爸爸出事以后，身为第二梯队家长的姐姐，迅速跃居一线，颇有撇开我们的无能妈妈大权独揽之势，新官上任三把火，包括妈妈在内，我们几乎天天看她脸色，后来我们慢慢都长大了，她还是没能卸掉责任感和使命感，继续呕心沥血地维持着她在这个家的一把手威严，对我们几个长大成人的弟妹，动辄吼叫呵斥，对自己年幼的儿子更是坚信"说的风吹过，打的铁膏药"，老师点名了，回家要打，留校了，更是要打，哪次考砸了，除了打，还要撕本子撕书，有一次他扯断了女同学的书包带子，姐姐不问青红皂白，拿起擀面杖追着打，直到把子辰的屁股捶得像两颗咸鸭蛋才住手，边打还边骂他是个小流氓。因为我的不举报，子辰和我的关系从此有了某种默契，他妈妈说什么他未必听得进去，我要是说了什么，他多半没有异议。至于小博，他跟子辰再也亲密不起来了。所以,当我第一次听到那个消息时,心里其实是咯噔过一下的:不会真的是他吧?

出了这事我们才知道,原来子辰已经有了个女朋友,都同居两年多了,目前女孩子似乎正有移情他处的迹象。

他什么都没跟我说,我一点都不知道。我要是知道肯定要给他打预防针的,多大点事啊,谁一生只谈一次恋爱呀。恐惧和焦虑完全控制了姐姐,她大睁着两眼,连流泪这事都想不起来了。

姐姐开始没头没脑地收拾东西,无论如何,她要迅速赶过去,看看子辰,见见人家女孩子的父母,给人家下跪,让人家泄愤,谁让她生出了这种儿子呢?求情的话就不用说了,怎么说得出口。

她要求我陪她去,这是自然,姐姐是家中最大的孩子,在她之后,我们家连续夭折了两个,到我出生时,她已经可以为父母分点忧了,因此姐姐在我心目中,从来就不是孩子,而是仅次于母亲的家长。是的,她比父亲还管用,父亲动不动就从家里失踪了,她则可以像母亲一样,常年坚守岗位。现在,姐姐老了,而我正值壮年,理应由我来当她的家长。除了这个因素,就个人素质而言,姐姐也不适合抛头露面,奔走呼号,姐姐唯一的工作经历就是在棉纺厂干过几年挡车工,子辰还没长大,工厂就倒闭了,她后来再没工作过,当然也没闲着,整天风风火火,咋咋呼呼,但认真说起来,竟没一个人说得清她到底在忙些什么。

因为这事,子辰的学校也跟我们取得了联系,这个离家不远的二本,算是托子辰的福,狠狠出了一把名,现在这个学校正急吼吼地跳出来撇清,说子辰并非他们的学生,他已经毕业了,却以报考本校研究生为名,钻学校管理上的漏洞,未经学校同意,继续单方面逗留在校园里。鉴于这个原因,学校对李子辰的个人行为不承担任何责任。

原来这几年我们一直活在欺骗里,我们以为子辰真的像他说的那样,白天泡在图书馆里、不上课的教室里,晚上混在某间学生宿舍里,整日不是苦读苦写,就是在校园的树荫里大声背诵英语。事实证明我们都太单纯太相信我们的下一代了,子辰大四开始就在外面租房,当然是跟某个女孩子住在一起。至于房租之类的经济问题,他进校第二年就开始做家教,基本实现了一半的财务自由,但他瞒着家里,说他只想专心学习,不想去勤工俭学。家教帮他挣回了恋爱基金,家里则分文不少地为他缴纳学费和生活费,双线并行,相安无事。

得知我要陪姐姐去,小博不高兴了,他说妈妈你不能去,大家都在说子辰哥哥是变态。

瞎说八道!哪有那么多变态,人犯错往往就是一念之差,谁都有犯错的可能。

人家已经重新打量我了,本来我们几个人计划周末去一个野营基地,现在有人突然退出了,不去了,我估计就是看了那个新闻的反应。

问题严重了,我不能完全无视小博的意见,连老公也说:你不如让她带个律师去,反正少不了请个律师,人家是专业人员,我们都是外行,别莽莽撞撞跑过去,搞得无法收拾。

还能收拾个什么呀!我心想。

我跟姐姐说了老公的意见,她本来已经收拾好了东西,听我一说,拎着包的手松了。

还要找律师？你是说要想办法把他的杀人罪推掉吗？我觉得不可能,你替人家的父母想想,好好一个人……我是不打算请律师的,我也请不起,幸亏他法犯得真,否则我还真为难。

姐姐突然照她的旅行包踢了一脚:让他去死！让他去抵命！人家也是娘生父母养的！人家不该白死！

我逃了出来,我可不想陪她一起骂子辰,或是抱头痛哭,此时此刻,我心里更多的是悲哀和恐惧,我们家到底是怎么了？隔几年就来一个惊天动地,隔几年就来一个无妄之灾,我们这个家族得病了吗？也许姐姐说得对,与其找律师,不如去找个神婆之类的人看看,到底是哪里出了问题,病根子到底出在哪里。

很晚了,姐姐找到我家来,一改风风火火的步态,脸色苍黄又坚毅。

我决定了,不去了。她一屁股坐在我面前,两眼使劲瞪着地上。

我去干什么呢？安慰他？鼓励他？打他？骂他？你走了没多久,不知哪里飞来一只乌鸦,落在窗外的樟树上,望着我呱呱一通乱说,我从不知道乌鸦可以那样说话,说了有一两分钟才走,稀奇吧？这里从没来过乌鸦,乌鸦是不会进城来的。它的口音我听不懂,但我听懂它的意思了,你别笑,我真的听懂了,它一走,我突然就卜定决心了,不去了,有什么好去的,去了也没用,什么都别指望了,这回全完了。

乌鸦什么的你就别多想了,它肯定是饿了,闻到你厨房有肉味,你的厨房正好靠近窗户。

姐姐不相信我的解释,我自己也不相信,能飞到城里来的鸟,胆敢让人看见的鸟,从来都只有麻雀。

哪有脸去啊?感觉我自己也成杀人犯了。他是你看着长大的,你凭良心说,我打他打得少吗?打得不够狠吗?生怕他变坏,生怕他闯祸,真是越担心越出鬼。要不你代我去吧,你要是能见到他,就跟他说,从现在开始,他活一天,我也活一天,他哪天走,我也哪天走,生他一场,我能为他做的就只剩这么点了。

姐姐把话说到这个份上,我还能怎么办?只能点头了。

我受够了!从小到大,这个家的男人,老的也好,小的也好,除了耻辱,连一颗扣子的好处都没给过我。

我觉得姐姐总结得真好,刚刚我还在想我们这个家族是不是得了什么病,现在我明白了,我们没病,病的是我们这个家族的男人,每次出事都是他们,每次都是他们把好好的日子捅出一个大娄子。

我可告诉你,仔细照看好小博,现在就他一个全乎的了。

别瞎说,搞得人汗毛都竖起来了。

我们家第一次发生变故时,我还是个刚上一年级的孩子,我记得那天下着大雨,我起了床,来到厅里,并没有早饭在等着我,母亲在流泪,姐姐坐在她旁边闷闷地发呆,再一看,门口很多泥泞和脚印,脚印坑里的水还是浑的,这表示很多人刚刚离开这里。我决定去厨房看看有没有饭吃,我得吃了饭赶紧去上学。我一路经过客厅、卧室,来到厨房,沿途都是打翻的桌椅、衣物、瓶瓶罐罐,房门大开,箱子和柜子的门都斜挂着,我躲着它们走,怕把它们碰掉下来。

抄家两个字是很久以后我才知道的。我们在课间玩跳绳,几个老师靠着晒墙聊天,一个老师突然说:人只有在这个年龄才有幸福可言,老子坐牢,家里抄家,一家人愁得死去活来,她浑然不知,天天跳绳,比谁都跳得好。我一回头,那个老师正忧伤地望着我,虽然他及时移开了视线,我还是猛地醒悟过来,他刚刚说的那个人可能就是我,他们正在议论我。刹那间,我想起了那个下雨的早晨,家人的眼泪,家里的乱象,门口的泥泞。

冬天到了,我看到姐姐和妈妈在打捆一个包裹,里面有爸爸的棉袄,姐姐生气地扯开打好的包裹:舅舅已经交代过了,叫你找一件破的,补丁多的,这件才两个补丁,搞不好人家还以为他真的投机倒把赚了好多钱。妈妈立刻解开包裹,片刻,一件打满补丁、多处露出棉絮的旧棉袄被妈妈找出来,姐姐仍然气鼓鼓地瞪着妈妈:凭什么要我送?这都是你该做的事。妈妈垂下眼皮,像犯了错误的孩子,姐姐这是故意揭她的老底呢,在我们家,抛头露面的事从来没有妈妈的份,因为她不识字,也不识路,天下的路她只认得一条,那就是回娘家的路。她活着,除了生下我们,然后像牛一样干活,别的意义一点都没有。

姐姐是哪一天、什么时候出发的,我全无印象,我猜我大概是个发育迟缓儿,身边发生的事很少能刻进我的记忆里,即使有,也极其零星、极其片断。我记得有天晚上,我们已经快要睡觉了,突然有人敲门,妈妈拉开门闩,姐姐一头闯了进来,把手上的包裹皮往地上一掼,硬邦邦地坐在椅子上喘气,她的样子吓坏了我们,偏偏这时,妈妈赶我们这些小的去睡觉,我不甘心,折回来,凑近门缝,我看到姐姐在流泪,妈妈坐在她身边,一言不发地望着她。

若干年后,我在县城工作,并安了居,头发已经花白的姐姐来我家做客,她指着一条路说,往那边走,就是看守所。我问她怎么知道那种地方。她说你那时还小,不知道爸爸在那里被关了一年多,我给他送过衣服。那里的人都好凶,在他们眼里,我们这些送衣服的家属,也不是什么好人,用不着好好说话,张嘴都是吼,瞪圆了眼睛吼。直到现在,我一看到那些白底黑字的大招牌心里就发怵。

他到底干了什么他们要抓他?

他带了一些人去码头装货卸货、修桥补路,最严重的可能是贩卖粮票,具体还有什么我也不清楚,反正最后的结论是投机倒把、黑包工头之类的。

我明白了,要是家里有个能说事拉理的人,保不定后来还能去跑跑平反呢。可惜那时我们都还小,唯一大点的姐姐又深以为耻,不愿再提。

我想起有个同学在公安系统做事,就问姐姐愿不愿意再去一趟,说不定当年吼她的人还在那里呢,可以去看看他们,奚落奚落他们。

姐姐一听赶紧摇头:那种地方,去一次,恨不得在大太阳底下暴晒一个月,才能消除晦气。

唯一能详述那件事的人只有妈妈和姐姐,但妈妈去世早,姐姐根本不想提,直到后来,我们都已接近母亲当年的年纪,再提及此事,姐姐的语气突然变了,一丝丝戏谑,加上一抹辛酸的微笑。在那种地方还能干什么?劳动呗!听说冬天让他们去塘里挖藕,洗冷水澡,夏天去砖瓦厂出窑,衣服都脱光,一来太热,二来脱光了就不好跑。晚上安排读报,学习。还是受了苦的,人都病了才放他回家,进门时差点没认出来,浑身肿得发亮,一按一个坑,对谁都说党的政策好。他那个人,本来就有点口是心非,从那里出来后,几乎听不到他一句真话,无论对谁。不过我发现,他回来以后,话少了很多,他以前可是个话篓子。

我对爸爸回家那天稍稍有点印象,仍然是夜里,小时候大多数重要的事情都发生在夜里。他推门进来,先是扶着门站着,后来又去扶桌子,再去扶椅子,那种混合着兴奋与紧张的气氛我至今记忆犹新。与我们家食物严重不足、个个面黄肌瘦相反,爸爸成了个大胖子,白胖白胖的爸爸得到全家的精心呵护。

然后我就记得有个穿制服的年轻人频繁出入我们家,就他那身制服而言,他对我们太过客气了,笑容也嫌多了点,每次来我们家,都先去爸爸床前请安,今天怎么样?好点了没?爸爸躺着,朝天伸出一只胳膊,抬手招给他看,随便一招就是一个圆圆的深坑,久久无法平复。真想吃点盐啊。爸爸绝望地喊。穿制服的年轻人总是说:你身体素质好,会慢慢好起来的,你不要急。然后就去找姐姐。

姐姐对他的态度有点奇怪,不是直接躲开,就是很不礼貌地拿屁股对着他,她这样故意冒犯他,他也不生气。终于有一天,我发现姐姐跟他好好坐着说话了。

我也是身不由己,人家让我干什么,我就得干什么。制服青年懊恼地说。

做得好,就该那么做。

你也要替我想想,端人的碗,服人管。

你是没得选,但我还有得选,我要是跟捆我老子抓我老子打我老子的人好了,世人都不会原谅我。

我问过他了,他说他不会把这事放在心里,他说他听你的,以你的幸福为重。

还有我的良心,你也问过我的良心了吗?

这话让他们痴痴地对望了一阵,制服青年快快地走了,此后再也没来过。

很多年后,我才知道,制服青年在爸爸抓进去之前就来过我们家,只是那时候他还没穿上那身制服,而且那时候我更小,对他几乎没有记忆。他们说,如果不是爸爸出事,制服青年很可能就是我姐夫,因为早在爸爸出事之前,他们就有了那点意思了,谁也没想到,那些人会把抓捕爸爸的工作交给他,上面正在着手培养的大有前途的他,除了出色地完成任务,还有什么别的选择呢?他既不是个愤世嫉俗者,对姐姐也还没有爱到铭心刻骨无法替代的程度,他那时只是个还没完全翻开爱情这一页的普通青年,上面交给他一项重要任务,他就要出色地完成,要对得起上面对他的信任,何况那还是个难得的机会。

姐姐很快嫁给了别人,一个农机厂的工人,制服青年后来正式进入派出所,成了一名警察,再后来,他当上了派出所所长,声名日隆。他的妻子是一名端庄的小学老师,气质远远好过棉纺厂挡车工出身的姐姐,我在想,所长同志如果偶有走神的时刻,很可能会想,幸亏当年我姐姐拒绝了他。

继姐姐之后,只过了两年,姐夫也沦为失业工人,他弄了个修鞋的摊子,整天待在街角,脚边簇拥着一堆脏兮兮的破鞋。

有一天,派出所所长面色红润地从一家饭馆出来,迎面看见初冬的太阳底下专心钉一只鞋掌的姐夫,姐夫一直穿着原农机厂的深蓝色的工作服,可能正是那身工作服给了派出所所长好感,无论是技术还是人品,人们总是更相信专业制服。派出所所长径直朝他走过去,拉开椅子,踩上踏板,要求擦鞋。别说他穿着派出所的制服,就算是普通人,姐夫也要先做最当紧的生意,于是赶紧丢下正在补的鞋掌,过来擦鞋。一只鞋没擦完,姐姐拎着饭盒过来了,她一直给姐夫送饭,姐夫吃饭的时候,如果有生意,她也能接过他的擦鞋布代他做。姐姐是个正派人,走路从来只看脚下,一直走到跟前,才看清擦鞋的人竟是他!派出所所长也认出姐姐来了,收回正在擦的鞋,想要站起来,但姐夫擦得太投入,竟不让他收回去,拉着他的裤腿哎哎着,他下意识踢了一下,正好踢在姐夫的胳膊上,姐夫可比姐姐机灵多了,知道派出所的人不敢得罪,就算给踢疼了,也忍着不吭声。姐姐的脸唰地一下红了,红得要滴出血来。派出所所长被她的红脸逗笑了:是你呀!这么巧!不过说真的,你要是不红脸我还认不出来,这么多年过去了,你怎么还是个爱红脸的人呢?他说了这么多,姐姐只听见了他一句话,他差点没认出她来,她心里有数,他那是在说,她老了,老得他都快认不出来了,脸上越发搁不住,饭盒往地上一顿,扭头就走。

那天姐姐和姐夫吵架了,为的是姐夫没洗脚就上了床,两人越吵越凶,姐夫打电话向我投诉,说我姐遇上了老情人,新旧对比,落差太大,就把气撒到他身上,他又不是出气筒,她要是还喜欢别人,尽管去追求别人好了,尽管去当派出所所长太太好了,他不仅不阻拦,还可以送她个礼物,愉快放行。放没说完,就听得一声惨叫,估计是姐姐实在听不下去,打了上来。

第二天,我专门拐到街上,远远地看了眼姐夫的鞋摊,他出摊了,吵架并没耽误工作,说明这架吵得还不到伤筋动骨的地步。于是放心地去找姐姐,姐姐在家里做腌菜,两腿间一只大盆,一层青菜一层盐。我担心她做得太多,吃不了,她闷着头说:你们哪年不是吃完了还找我要?是的,我们什么都找她要,腌菜,腊肉,茶叶,干菜,所有老人才会准备的东西,我们都找她要,长姐当母,我们是真把她当作母亲来对待了。唯一不同的是,这个母亲还没老到那个地步,心里还装着一个让她耿耿于怀的男人。

如果是我,看到人家这么可怜,我就装着没看出来,把脸扭过去不让人家看见。他当然不会这么做,他巴不得让我看到他如今的荣耀,他以为我会悔不当初。

那你后悔吗?我坏笑着问她。

我为什么要后悔?各人有各人的命,我要是跟了他,他能去派出所吗?还不是跟你姐夫一样,该下岗下岗,该摆摊摆摊。

这话我服气,当年他要真的违背命令,不去抓我爸爸,他可能会赢得姐姐的芳心,但武装部的培养肯定也泡汤了,当然也谈不上后来的派出所。

我坐下来帮姐姐往菜帮子上抹盐,稍稍聊了聊,才知道她对这次街头邂逅的怨气简直无法比拟。

你过你的好日子就行了,你尽管去吃香的喝辣的,就是不要回过身来尝一口可怜人的汤,嘴里还喊:好苦啊!

人家没来尝你的汤,人家也没觉得你可怜,是你自己心里不平衡。

我有什么不平衡的？我平静得很，根本就忘了世界上还有这么个人。

忘了还脸红？我想象她这张老面皮在男人面前情不自禁红得发烫的样子，忍不住笑起来。

她使劲扯下一片阔大的菜叶，怒视着我：你有什么资格笑我？一个至今都不敢走解放路的人有什么资格笑我？

我不敢去解放路，是因为那里有个人民医院，准确地说，是因为那里有个想起来就令人脊背发凉的妇产科。

第一次去那个充满血腥与耻感的地方，是姐姐陪我一起去的，做了好几夜噩梦、提心吊胆跟她说了那件事后，满以为她会打我，没想到她反倒哭了起来，就像那件说不出口的事是她做下的。

他不能陪我一起去，那是个秘密，他说我们在共同孵化一只巨蛋，我上大学的那天，就是我们孵化成功的日子。他是我的语文老师，温文尔雅，风度翩翩，从头到脚的书卷气。那段时间有两个电影明星最受我们追捧，一个是林青霞，一个是秦汉，我的老师就恍若秦汉，真的，身高、脸形、发型，尤其是笑容，简直跟秦汉一模一样。第一眼见到他我就迷上他了，我瞬间明白自己为什么会出生在此地而非彼地，为什么会在困窘与尴尬中顽强存活了十六年，为什么一意孤行放弃了另外一所中学，放弃了高考，来到这所中等师范学校，原来都是为了遇上他，我必须经历过那些才能来到他面前，就像小溪必须跌落无数悬崖，穿越无数山涧，才能投身宽阔平静的河面一样。

是我主动的,我一发现他,就开始挖空心思接近他,引起他的注意,生怕有人抢在我的前面,我常常听着听着课,思绪就飘走了,进入另一个情境,只有我和他的情境。

我成功地抢到了他,他亲我的那天,我发了疯一样,骑着自行车一口气跑遍全城,跑遍每一条街道和巷弄,直到跟一辆摩托车迎面相撞,书包飞出去,里面的东西撒了一地。

我说我应该不上初中,上完小学就直接来这里,跟他相遇,这样我们就不会浪费那么多时间。他说他也做了好多错事,他不该过早结婚,又立即当了父亲,不该在做下那么多错事后又觉醒过来,想要自我纠正之前的错误。他说他不喜欢大嗓门的中年妇女,尤其受不了他喜欢的姑娘变成一个哺乳的工具,一个老于世故张牙舞爪的家庭一把手,他宁肯她生涩一点,笨一点。我说谁也抗拒不了时间,时间会把每个女人都腌制成那个样子。他坚信我不会,因为我的身体构造跟她们不一样,脑回路也不一样,正因为这些不一样,我才是他见过的写作上最有才气的学生。那时的我,是个多么古怪多么褊狭的孩子啊,别的都不在乎,只要有人发现我这一个优点就飘飘欲仙,为了这一个优点,我可以放弃其他所有优点。

我们在江边某个隐蔽的地方租了间房子,那间小房子没有窗户,只有一扇面朝江水的小门,我们在那里上"补习课"。足有半年时间,一放学我就往那里冲,多数时候是他先到,我们关上房门,拉上窗帘,如胶似漆,我们当然也上课,这方面他有绝对的权力,他想在哪里上课就在哪里上课,桌边,灶台边,床上,随时随地。他讲什么我就听什么,他肚子里有无穷无尽的知识,张口就滔滔不绝,流光溢彩,令我目眩神迷,五体投地。夜深人静时分,我们小心翼翼地打开门,我坐在他腿上,我们一起望向黑漆漆的江面,江水汩汩,汽笛感伤而过,无须开口,全身心已麻花一样缠成一团。

是他发现我怀孕的,他说他不能陪我去,但我也不能一个人去,医生会盘问我,那将是他的灾难,当然也是我的灾难,我们会被兜头泼来的污水浇得面目全非。他问我有没有一个可靠的人,一个喜爱我又对我宽容的人,他说我只能找这种人陪我去。还有谁呢?我想到了姐姐。他也觉得姐姐是这个世界最值得信赖的人。他要我告诉姐姐,他在默默等我,他会用一个成年男人的毕生之力来守护我成长,并最终守护我们全家。这一天不会远了,我们已有详尽的计划。

我话还没说完,姐姐就扑上来揪我的头发:你去死!我才不管这种丢人现眼的丑事!我哭着去捡地上被她扯下来的一绺绺头发。她也开始哭。我告诉她,我们是一定要结婚的,但现在还不是时候。她骂我:你这头猪!傻瓜!每个坏男人都是这么骗女孩子的。我很生气,宣称如果她再骂他是坏男人,我就把孩子生下来。她马上不再骂了。我知道她一晚上没睡,不断弄出各种声音,早上五点,天还没亮,她就把我拖起来,一路数落我:真是厚脸皮,居然还能睡得鼾是鼾屁是屁的!我们一径来到解放路,一个事先约好的医生在妇产科等我们。姐姐让我叫她姨妈。我从不知道我们在医院还有个姨妈。

姨妈是个寡言的中年女人,她似乎更愿意用目光说话,刀子似的目光刺了我一刀又一刀,最后刺向那个古怪的刑具似的床,我胆战心惊地爬了上去,任她扳开我的腿,用力往下压我的屁股。姿势摆好了,姨妈才说话:先讲好啊,待会不要鬼叫鬼叫的,这不是什么光荣的事。她的语气加深了我的羞耻。那是一种什么样的疼痛啊,我以为我马上就要死了,我后悔没给他留下一句话就这么死了,结果我又活了过来。当我穿好衣服,虚弱地来到外面,我发现自己突然矮了一大截,原先我比姐姐高出一点点,现在倒比她还矮了,我感觉她的目光在往下看我。

天正好亮了,该去学校上早自习了,不敢耽误功课,也不敢让班主任过来问我为什么旷课,我坐在教室里流冷汗,发抖,还好一切都是暂时的,趴一会就好了。他在我们的小屋里为我炖了鸡,我问他,为何我们谈论的世界那样美好,我们的身体却在经历如此不够美好的事情。我都不敢把妇产科的情景讲给他听,我怕他从此瞧不起我,进而瞧不起我们之间的感情,我觉得那里的一切跟我们精神上经历的一切格格不入。他抱住我,叫我闭上眼睛,听他的心跳,我听了一会,连自己的心跳也听见了,我在两个人的心跳声中依偎了一会,一切伤痛和不适就都平复了。他开始安排我们的未来,他叫我一定要考到北京去,要进入中国最好的中文系学习,然后他也要去考那个学校的博士,这样我们就能在那里扬眉吐气地生活了,再也不用耗子似的躲在这个小洞里,出门前还要事先透过门缝张望一番。

我们被北京计划激励着,每天都像随身携带着一笔秘密巨款一样,脱离集体,压抑着隐秘的兴奋,匆匆来去。姐姐在棉纺厂上着"三班倒",跟我碰面的机会不多,有那么几次,她逮着我问:跟那个人断了没有?我说断了。我想的是,等我和他去了北京,再来告诉姐姐实情不迟。

离上次手术不到三个月,我又怀孕了。我真想独自跑到解放路那个妇产科,独自去求那个胖胖的话不多的姨妈,我试了几次,实在做不到,只好哭哭啼啼来到姐姐面前。姐姐一听,抬手就给了我一巴掌。

走!带我去找他!老子跟他拼了!

这一回,无论我怎么哀求,姐姐都坚持一定要见到他。太欺负人了!她噙着眼泪嚷,投向我的目光带了点让人感动的怜惜。

我一把抹去眼泪:姐姐你怎么能这么愚昧呢?他不是在欺负你妹妹,他是太爱你妹妹了。

跟刚才不同,这次姐姐一口气甩了我三个巴掌。真是个贱货!接下来,她破天荒对着我蹦出了一连串脏话,听得我目瞪口呆。

我一生气,就决定不求她了,肚子里的事情我也不管了,随它去。

当天晚上,姐姐哭着来找我,她说要是妈还在,她才不想管我。她一手拎着四只煮鸡蛋,一手拖着我,往解放路那边走去。

姨妈被我们吓着了,她瞪着我姐姐:你这个当姐姐的也不管一管?

姐姐就哭,比当年妈死了哭得还伤心。我要上班,我是三班倒,我还要管一大家人吃喝拉撒,我又不能二十四小时跟着她。姨妈瞪我一眼,领着我怒气冲冲往手术室走,器械往盘子里扔得砰砰响。我想我今天死定了,她肯定要把这股气都撒到我身上。没想到她异常温柔,问我今年几岁,在学校有没有好朋友,还问我知不知道自己很漂亮。

漂亮是天老爷给你的一颗无价之宝,是要你把它献给命中注定之人的,你不要送错了,更不要在中途就把它弄脏了。

我听懂了她的意思,诚恳地告诉她,我没有送错人,千真万确,他就是我要送的那个人。

她叹了一口气,暂停下来,好像不想给我做了,不过她马上又改变了主意,重新行动起来。跟上次完全不同,这次她居然边做边跟我说话,我猜她是想分散我的注意力。她问我,我认定的那个人叫什么名字。我想她又不知道我是哪个学校里的,就大胆地说出了老师的名字。果然,她对那个名字无动于衷。

她安排我在小床上休息一会,没多久,我听到她和姐姐在外面争执起来,她说我姐姐不负责任,我姐姐说她这么做,正是因为对我负责,毕竟我还小,名声要紧。然后她们的声音低了下去,而我也睡了过去,不睡不行,一百根、一千根金针银针从我眼里呈放射状飞出去,无休无止,闭上眼睛都能看见它们在向漆黑的四周不停地飞射出去。

回家路上,我向姐姐讲了那些金针银针,姐姐又哭了,她说:你记住,千万千万不能再做了,再做你会死的。然后她望向一边,望向黑漆漆的夜空,她喊:老天爷啊,我该怎么办啊?我又不能把她锁起来。

第二天整整一天,我没见到老师,那天的语文课,换成了英语,第三天还是不见他人影,就在那天下午,放学之前,我们得到一个消息,老师不会再来了,有人在江边发现了他的鞋子,还有一封遗书,遗书上只有三个字:请原谅!我想站起来,却眼前一黑,倒在地上。

我病了一场,慢慢活了过来。我们的语文老师换了新的,是个女老师,她教得不太好,至少是不对我胃口,我的语文成绩从此平平,连对作文都失去了兴趣。

若干年后,那时我已经结婚,大着肚子去医院做产检,按照有关部门的安排,我的产检地正好是解放路的人民医院。自从那年三个月之内连续光顾了两次之后,我再没来过这里。

为了腹中合法的新生命,我不得不硬着头皮再次来到这里,医院重新装修过了,我希望当年的一切都已不复存在。

可惜我还是一眼就看到了那个胖胖的姨妈,她已经很老了,头发花白,即将退休。我恨不得立即逃走,但我丈夫在后面推了我一下,就像当年姐姐从后面推我一样,我只得硬着头皮往前走,只能寄希望于姨妈已经认不出我来。我很幸运,姨妈真的不认得我了,她填好卡片,把我领到黑暗的小屋子里,领到仪器前。

你运气不错,着床很好,发育也很好。老实讲,我真替你捏把汗呢。

原来她早就认出我来了,我不由得鼻子一酸,扑过去抱住她。

恨我吗?

什么?

对了,你还不知道。做完第二次手术后,我就去了你们学校,我找到他,我要他选择,要么立即停止对你的纠缠,要么等着我的举报。我给他看了早已准备好的两封举报信,一封给学校,一封给派出所。他没有多说,低头沉默了一会,说他选第一条。但我没想到他会选择那条路,那不是我的本意。后来我也反省过无数次,我是不是做得太过分了,但你知道吗?你死去的妈妈是我亲表姐,你自己的姐姐又缺乏保护你的能力,我再不出面,你就小命难保了。

我看着她,越哭越凶。

如果我不那么做,你还会再来第三次第四次,你会死在我手上的,我是医生,我是救人的,不是害人的。如果你妈还在,她会同意我那么做的。你姐姐不行,她可能自己都还不懂得保护自己。这事本该由她去做的。

我想对好心的姨妈说句谢谢,但有股莫名的力量阻止着我。

得知真相的这天,我来到江边,当年我们租住的小屋已经不存在了,它变成了漂亮的临江大道的一部分,但我记得那个位置,那个角度,我站在我们当年紧紧相拥的地方。我能理解他写"请原谅"三个字时的心情,他不忍跟我分开,也不忍我们之间遭到破坏,他是个追求完美的人,如同他的外貌,在这个小地方,要想始终如一的维持优雅的容貌和气质并非易事,但他做到了,如果有什么事与他的努力方向不一致,他宁可被击碎,也不愿脏兮兮乱糟糟地苟活。

江水始终如一的平静,它不介意多少人投向它的怀抱,带着愤怒和委屈,挣扎和绝望,甚至带着阴谋和敌意,它无边无际的巨人之胃,不动声色地吞噬着一切,消化着一切。

我提示姐姐,也许我们可以去找找派出所所长,虽然两地相隔较远,但毕竟是一个系统,万一他恰好有什么资源在那边,能关照的尽量帮我们关照一下,至少能让子辰少吃点苦头。

姐姐一脸嫌弃:亏你还记得那个人!她认定他不会帮我们,凭什么嘛?她说她找不到任何理由,又说人家现在跟我们没有半点关系。她说得越激愤,我就越觉得她其实是很想让我去找找他的。

没想到她的激愤是真的,她坚决反对我去找他。

这个世界上,我最不愿见到的人就是他了。从爸爸开始,我们家出的每一桩丑事,都被他看在眼里,我恨不得把他的眼珠子挖出来呢,还去求他!除非帮我们做事能给他往上爬加分,否则他巴不得在一旁看笑话呢,平治的事你忘啦?

一提平治,我就哑了,一直以来,平治的名字就是我的死穴,我不能听到它,也不能说到它,稍有碰触,这一天都会阴惨惨的。

平治是被父亲教导最多的孩子,当年父亲浑身浮肿着回家时,平治还是个小学二年级的学生,父亲独宠平治,这一点谁都看得出来,谁都不嫉妒,毕竟平治是我们当中唯一的男孩子。我们不约而同地推举平治专职照顾父亲,领了这个任务,平治从此可以名正言顺地不做任何家务,爸爸拖着浮肿的身体教他写毛笔字,教他珠算、心算,给他讲他从外面听来的评书、各种掌故,总之,他把他几十年从生活里淘洗出来的东西全教给平治了,这是平治的幸运,我们其他几个,没有一个人得到过这种幸运。那年平治所在的小学搞了个竞赛,平治轻而易举拿到第一名,突然加身的荣誉点燃了他的好胜心,他就像被施了咒语一样,从此远远甩开他的同龄人,一路奔跑,最终被保送到重点中学。我总觉得,平治跟我们不一样的起步,跟他与爸爸的那段陪伴有关,他远离了家务和各种杂活,变成了一个真正的学生。

但平治也有个弱点,他不会游泳,爸爸不让他学。

学会了反而危险,你们想想,那些被淹死的人,有几个是不会游泳的?从来没听说哪个旱鸭子是淹死的。

平治说:万一哪天洪水来临,我不会游泳,不还是得死吗?

爸爸一脸的自信和狡黠:你这么聪明,洪水到来之前,你早就躲开了。

进了重点中学,平治如虎添翼,只要上考场,不是第一就是第二,彻底打破了我们家孩子读书一般的纪录。姐姐高兴时也会开玩笑:你肯定不是爸妈生的,肯定是生下来那天,被护士搞错了。这当然是玩笑话,平治长着我们家的鼻子呢,鼻梁中间有个小小的疙瘩,有点类似竹子的节。高中毕业那年,平治的辉煌达到顶峰,他居然考了个全省的文科状元,喜报都送到家里来了,害得我们家手忙脚乱了一个夏天,在此之前,我们家从来没有办过大事,连迎客的桌椅和茶杯都没有,幸亏邻居借了一些给我们。这以后,尽管还没开学,平治基本上就没跟我们住在一起了,同学聚会,师生告别宴会,各种小型聚会,忙得不亦乐乎。他去报到那天,当地政府部门开来一辆黑黝黝的小车,停在巷子口等他。我们本来做好准备送他去火车站的,不得不临时打消念头,因为小汽车里已经坐了两个官员,加上平治,就坐不下了。平治也不想让我们送他。我又不是小孩子!你们送到巷子口就可以了。平治个子很高,那天他穿着白衫衣,黑裤子,站在两个把T恤衫撑得像面包袋的胖官员中间,越发显得精神抖擞,气宇不凡。我记得当时我脑子里就冒出了一个念头:平治这小子会成气候的!平治会振兴我们这个家的!

爸爸也对平治的未来抱有极高的期望:平治啊,到了大学不要松劲,好好学习,争取留在北京,你是火命,不适合留在多水的南方。

平治一去就没有音信,直到春节前两天,才风尘仆仆地回家,问他为什么比别人都晚,他说他只是不想那么早就回来等着过年。过完年,正月初三他又出发了,我问他是不是谈恋爱了,是不是要去女朋友家,他似乎很意外我会说出这样的话来,一本正经地跟我说:人活着,不能只关注自己,也要关注一下自己以外的世界。

我觉得大学半年让他改变了许多,他连眼神都跟以前不一样了,当我们被春节晚会逗得哈哈大笑的时候,他坐在那里,面无表情地盯着电视机屏幕,我怀疑他的心思根本就不在节目上。

也不用去问他,他不会跟我们说实话的,不管问他什么,永远只有一个回答:可以,还行,就那样。也许他觉得跟我们已经不在一个层次了,我们之间已经失去了对话的基础,就连母亲一样的姐姐,在他看来也不过是个"可怜的人"。他睡眠不好,床边永远摆着一本书,一支笔,一只水杯,等我们都睡了,他弄出来的声音格外刺耳,翻书,写字,咳嗽,喝水,第二天早上,都以为他要睡懒觉,结果人家早早起来去跑步了,他说那不是为了健身,是为了锻炼自己的意志。总之,大家都明白为什么就他能考上全省的文科状元了,因为人家天生就跟我们不一样,人家天生就乖,天生就是块成器的好料子。

大学毕业那年,北京那边传来一些令人不安的消息,我们担心他,又联系不上,想派个人去看看,结果还买不上火车票。白天上班,傍晚去菜场,不管在哪里,都能听到有人在谈论北京。姐姐格外紧张,这很自然,我们家最有出息的人在那里。不让去北京,我们就打电话,我们有他 个同学的电话,好不容易打通了,同学紧张地说:我见不到他,我好久没见到他了。

平治终于回来了,他瘦了很多,也沉默了很多,他的工作也分配好了,就在离家不远的一个局机关,离我上班的地方很近,还配有制服。穿上制服的第一天,他满脸通红,走不出门。好不容易被我推出了门,又走得极慢。

姐姐,这一切都不是我要的。

我知道我知道,面对现实,慢慢来,你还年轻。我只能这样安慰他。我也知道,他这么好的学生,又读了那么好的大学,不应该给分到下面来,这对国家对个人都是一种浪费,不过又一想,像平治这种又自律又勤奋的好苗子,在哪里都是会成器的。

没多久又有不好的消息传来。平治和同事们去下面镇上办事,或者到各单位去稽核,都有接待午餐,人人都顺利爬上了餐桌,只有他不肯去,一个人在外面买碗面条,或者买包快餐面,吃完了接着干活。我一听吓坏了,飞快地骑上车子出去找他。还真被我找到了,他坐在一家小店外面的台阶上,正抱着一只康师傅牛肉面的快餐碗,吃得呼哧呼哧。我求他随大流,人家怎么做,他也怎么做,不给人家心里添堵。他倒笑了,先是夸快餐面好吃,然后就放下碗筷发呆。一只蚂蚁不知从哪里爬过来,他捡起一根草茎,竖在蚂蚁面前,蚂蚁犹豫了一下,爬上草茎,爬到他的手上,我以为他要捏死它,结果他只是轻轻一抖,蚂蚁落进了快餐面碗,在混浊辛辣的汤汁里挣扎。

如果随大流,就跟这只蚂蚁没两样。

我心里越急,就越是找不到话说,我能理解他,但我不能支持他,站在家人的立场,我只能把他往一条道路上逼,我捶他,摇他,吼他,他轻轻一笑,站起来说:你该去上你的班了。

就在那天,在街边,起身的瞬间,我看到天上飘来一朵黑云,充满怨气地停在我们头顶上方。我突然有种不好的预感,但我不知道如何逃开,更不知道要不要告诉平治。

危险真的来了,但不是我想象的那种危险,是另一种毫无价值的危险,愚蠢的危险。那是夏天,长江洪峰到来,各单位都在组织抗洪抢险,昼夜安排人员值班,排查管涌,平治参加巡逻的那个晚上,江堤在意想不到的地方出现了一个小小的溃口,因为是深夜,他们那一组值班的陆陆续续走掉了好多,只剩下不到十个人,备好的沙土袋又在三百米开外,眼见情势越来越急,有几个人吓得索性逃开了,只有平治还在咬紧牙关往溃口里扛沙土袋,溃口越来越大,当平治泥人似的扛着一袋沙土跑过来时,之前好不容易垒上去的已被大水冲垮,平治脚下一滑,扑倒在地,沉重的沙土袋压住了他,污浊邪恶的大水趁势而上,不会游泳的平治再也没有露头。

  这是我们家有史以来最大的悲剧,我们怎么也想不通,怎么想都觉得平治是被人冷冰冰地按在了泥水里,一起巡逻的还有九个人,九个啊,不是一个,不是两个,而是整整九条精壮汉子,救不出一个年纪最小的同事?恐怕是根本就不想救吧,贪生怕死,袖手旁观,能跑多快跑多快,只有我们的弟弟平治,不会偷奸耍滑,不会演戏,不会说漂亮话,只会像条狗一样地忠诚,像头牛一样地老实,所以也只有他,才会傻瓜一样以身殉职。这不是事故,这根本就是谋杀。我们去防汛办喊冤,没人理,还被人轰,说防汛是当前大事,要举全员之力,牺牲是不可避免的,也是光荣的,等防汛结束,会有表彰大会,会上报先进事迹。

  这时我想到了派出所所长,那个差点成为我姐夫的人,我找到他,说出我的疑虑,我还告诉了他之前平治不肯在人家单位吃接待餐,自己跑出来买快餐面吃的事,所长同志表情严肃地转起了手指间的笔。

现在肯定不好调查这个事,别说调查,提都不要提,等防汛结束了再说。

等防汛结束,事情就凉了。

趁热也没用啊,你们当然可以这样怀疑,甚至可以谴责他们,但你没有办法去追究他们的责任。其实我也觉得可惜,太不值得,那么多人都没事,唯独他把命丢了,丢得那么不值得。从解放到现在,全省的高考状元我们这里就出了他一个,多有前途的小伙子啊。真不值得,他是最应该活下去的人。

就算不能追究责任,把他们一个一个叫来问话也可以呀,把他们挨个骂一顿,羞辱一顿,就说我们家报案了,告他们冷酷无情,见死不救,这一条他们够得上吧?

所长同志摇摇头说:你可以搞舆论谴责,但我没有资格传唤他们,别说他们现在正奋战在防汛一线,就算防汛结束,我也不能传唤,那时他们很可能已是防汛功臣。

就平治一个人白死了!

他肯定是功臣。

我们不要这个狗屁功臣!我们只要平治!求你帮我们出出主意,让我们一起为平治做点什么。

他一直摇头,看上去比我们还要悲哀。

你们见我这样,以为我无所不能,其实我非常无力,尤其在平治这件事上,我能做的甚至还不如你们,我不知道你听懂了没有。他合起几个文件夹,放进桌子下面的抽屉,上了锁。

我好像懂了,他是有身份有权力的人,他是那个系统里的人,系统对他有很多牵制,不像我们,平头百姓,路边的沙粒,为亲人的死蹦一蹦,闹一闹,无所顾忌,无伤大雅。但一向老实的姐姐突然发作起来:

邓世责,你高兴了吧?当年亲手把我爸爸抓进看守所,现在又眼睁睁看着我弟弟被人害死,我们家的男人都像风中的蜡烛一样,一口一个,一吹就灭,看到我们家这么倒霉,你心里肯定很舒畅吧,你怎么可能去为他做点什么呢?你巴不得延长这种亨受呢。

我吓了一跳,这么多年来,他在我们心中,一直就是"派出所的那个人",是一种潜在的温暖,甚至可以视为某种靠山,怎么能对人家这样无礼呢?与此同时,我猛地反应过来,他不是"派出所的那个人",他有名有姓,他叫邓世责。

说话要有依据哦,我高兴的理由是什么呢?他竟笑起来,开心地望着姐姐。

当年冒犯了你嘛!你这样的大红人,谁敢冒犯?

要说冒犯,也是我冒犯了你呀。

以我这个旁观者的角度来看,他的眼神算得上真诚,而且异常和善,但姐姐反应很大,苍黄已久的面皮泛起一层潮红。

我上辈子哪里得罪你了,这辈子要一而再、再而三地求你?先是我爸,接着是我弟,每一次都被你拒绝、被你嘲笑、被你瞧不起?

这话太重了,我受不起,我不是那样的人,求你不要继续冤枉我了。我办过很多案子,百分之九十九点九都办得好好的,唯有我自己,在你这里的冤情一直得不到平反。总有一天,你得给我平反才行。

你把平治的事情给我扳过来,我就给你平反。

邓世责苦笑:这事我真的没有办法。

看吧,我并没冤枉你,别人的案子你都办得妥妥的,唯独到了我们家,你就没有办法了,我们家又不是江洋大盗之家。

无论如何,平治就像那场夏天的洪水一样,义无反顾地退了场,再也无人提起。

平治走后第三个月,父亲在夜深人静时分,带了根绳子跑到平治单位门口,企图吊死在铁栅子门上,但他刚刚把绳子甩过去,门卫就被惊醒了。我们都看到了他留在家里的纸条,压在饭桌上的隔热垫底下。他说他当年从看守所回来,除了一身病,还带了一身晦气,他的晦气带累了家里,带累了平治,他说他感到抱歉,他应该在平治长大以前就采取行动才对。

这张纸条我们没给任何人看,我们直觉它不适合给外人看。

似乎是想以无声的、透明的存在来代替他未能成功的自杀行动,父亲没死成,但从此变得更加沉默了,连呼吸都换成了极低极低的频率。

找到邓世责之前,我已说服我自己,如果这次他仍然像在平治那件事上一样表示无能为力,哪怕只是婉转地表达一点点那种意思,我一定转身就走,并毫不犹豫地将他从我的人生中剔除,就当我从来都不认识这个人。

但他没有,他才听我说了一句,就变了脸:是她的儿子?!

然后就表现出异乎寻常的紧张,接二连三问了些情况,包括是什么人通知我们的,有没有跟对方家属接触过,他非常赞成给子辰找个律师的想法,并让我把这个任务交给他。

不管怎么说,尽量给他留条命。他说到留条命时的神情非常让人想入非非,好像那之后还有很大空间。

他特别提到我姐,问她是什么态度,我给他模仿姐姐的样子:让他去死! 然后假借批评我姐来表明我对这事的态度:这是不对的,每个生命都来之不易,都值得努力去挽救,除非实在、实在不可能。

那当然,人们连流浪猫狗都在尽力救护。

在这悲伤又严肃的关头,他竟然温暖地笑了一下:你姐姐就是一根筋,你从小就跟她不一样。我第一次在你们家看到你,你大概六七岁的样子,为了把你支开,我给了你一点钱,让你去买点本子笔啥的,你飞快地跑去买了回来,余下的钱,你没给我,自作主张拿它买了糖果,你肯定是嗅出某种味道来了,觉得在我这里你有擅自做主的特权。为这事你姐姐还骂过你。你并不怕她,你知道我会帮你说话。时间过得真快呀,一转眼,我们都老了,老得连孩子都管不住了。

只是费用有点问题,姐夫的修鞋摊并不赚钱,原因在于他总是三天打鱼两天晒网,下雨自然是不出摊的,天气太热他也不愿意,太冷就更不愿意了,人家见他出摊不勤又不规律,自然也不会把生意留着给他做。后来他又说,这门生意做不下去了,因为现在人都喜欢穿运动鞋,皮鞋正在打入冷宫。他说他考虑还是去外面找家工厂做做。他仍在留恋工厂的日子,穿上干净的工作服,踏着上班铃进厂,踏着下班铃出厂,到日子发工资,一年总有几次集体活动,他说那样的日子虽然穷,但心里头有阳光,不像现在,就算你能挣两个小钱,不知为什么,一年到头心里阴沉沉的,像堵了块又冷又硬的死面团。他让我帮他留意外面招工的信息有些日子了,我骗他说:外资厂子都快搬光了,剩下来的几家又开工不足,再等等看。其实是姐姐跟我叮嘱过,别让他到外面去,我们家男人没一个有好运气,穷也要给我安安全全地在家里穷。

人是安全了,但律师费从哪里来呢?我是可以凑一部分,但真要摊上一个律师,后续费用肯定少不了,总不能辩护到一半,中途因为费用不足而放弃律师裸身上阵吧?那可就前功尽弃了。

我硬着头皮跟邓世责提出,最好给我们推荐一个实习律师,或者某个正要打知名度的没什么资历但很有想法的律师,总之,我希望他能给我们推荐一个收费便宜点的律师。

邓世责摇摇手,叫我不必操心,他心里早就有人选了,一个威望颇高的民间律师,去年刚刚正式挂牌,开起了自己的律师事务所。我听说过那个人,人称老讼(宋)。

这个官司打赢了,对他的好处大大的。

当即打电话联系宋律师,听他的语气,宋律师答应得很爽气,邓世责心领神会地嗯嗯了一阵,把电话递给我,说是宋律师要求的。

你是孩子的小姨对吧?放心吧这事,百分之百的包票我不敢打,百分之六七十的把握还是有的。我们当即商定了赶往事发地的时间。

和老宋出发前一晚,我临时接到出差的任务,原定由我和姐夫陪老宋一起去的,只能改成姐姐、姐夫陪老宋去了。当我把这个消息告诉姐夫的时候,姐夫说:看吧,这就是天老爷的意思!哪有亲生母亲躲在后面不上阵的道理。无奈姐姐还是坚持不去:天老爷的意思也不行,我受够了,他都有律师了,还不够吗?我故意激她:当年爸爸出事,你当仁不让地出面,平治出事,你也冲在前面,包括我读师范时出的那件事,也是你一手办妥,怎么到自己儿子身上来了,反而撂挑子了呢?

因为我看透了,不争气的家伙都跑到我们家来了,倒霉的基因代代相传,你最好也清醒一点,事已至此,请再好的律师也没有用。

无论怎么劝说、开导,都没有用,姐姐突然铁了心不去管这事了。认命吧,真的是命。从小到大,我打他打得还少吗?没办法,我们家就出短命鬼,平治好吧,学习那么好,品德那么好,什么都好,结果呢?跟平治比,他应该死得心服口服,毕竟他身上背了条命债。

当老宋得知孩子的妈妈居然不愿出面时,大吃一惊:为什么?到时候很多地方她要签名的呀。

到底是律师呀,我说了那么多,毫无用处,老宋只亮出签名两个字,姐姐马上乖乖地同意一起去了。

也许就因为这事,再加上老宋语气里那种斩钉截铁舍我其谁的架势,我的预感突然变得好起来,我觉得我们的子辰也许有救了。

第三天姐姐姐夫就回来了,一进门就给还在外地的我打电话:他们怎么不把他打死算了?我真是恨死他了,就为了那么个女的!长得还不如他好看,还比他大一岁。

别乱说,见到子辰没有?姐姐说起那女孩的语气让我有点不爽。

见到了,没说上话,我也不想说,我一看到关在栅子门里边的人就想吐,当年去给我们的爸爸送衣服,他也是从栅子门里出来,一脸贼样,还冲我一笑,我当场就吐了,被站在外面的看守狠狠骂了一通。

那家人也见到了?

没有,我哪里敢见人家啊,老宋也同意我们走,他说最终会有面对面的那一天,但不一定非要现在。

我责怪她没跟律师守在一起。现在他就是你儿子的救命恩人了,就算你不行,姐夫应该全程陪同人家呀。

那也要人家同意我们陪呀。他又没跟我们一道走,我们总共只在看守所见了不到二十分钟,看他那样子,也不爱跟我们多打交道,人家穿得可体面了,西装笔挺笔挺的,公文包一看就是高档货,我们在人家眼里就叫当事人家属,无名无姓的贱民。

我心想,要是找个气场跟姐夫差不多的律师,你倒是跟人家说得上话,就怕那样的人帮不上你儿子。

得知我还有三四天才能回来,姐姐一副等不及的样子,说爸爸知道子辰的事后好像很激动,人已经不对劲了,让我尽量抓紧时间。

妈妈死后,爸爸一直坚持独居,不肯跟他的任何一个子女同住。这正是他跟妈妈不同的地方,我们跟妈妈一起,完全没有界限,不管多大,言行举止间还能找到小时候在她腿边缠来绕去的感觉,跟爸爸在一起就矜持多了,规规矩矩说话,能不说就不说,但也不怠慢他,也许他已习惯这种淡漠的相处模式,不管身边的我们在干什么,在说什么,他都两肩端平,神情悠远,仿佛打定主意超脱身边的现实,做一个局外人。

姐姐的描述我实在难以想象,她说爸爸居然要召开一个家庭会议,还说他有重要事情宣布。我想他都做局外人十几年了,挂在墙上的日历都还是大前年的,一个连日历都不想再翻的人,还有什么重要事情可以宣布?他不会是得了老年痴呆吧?姐姐说不像,还说他永远不会得老年痴呆,她从他神情上看出来。她还打了个比方,别看他像一根枯树枝,表皮已经枯焦,折断一看,里面还有绿色,还很湿润,爸爸的绿色和湿润就是他眼里的那一点点光亮,像灰堆里的余烬。是的,他懒得动弹,也懒得说话,可他的眼神还没有完全熄灭。

我给老宋打电话,想听听他实地接触过以后怎么看待子辰的事。

才发现事情并不像姐姐讲的那样,并不是老宋让他们回来的,而是他们自说自话一声不吭走掉的。老宋向我抱怨:就像那孩子不是他们的亲生儿子,而是我的儿子一样。

只好替他们道歉,说他们小气,没见过世面,不懂得为人处世,另外,也夸张了一下爸爸的情况,说家里老人可能是年纪大了,受不起刺激,突然出了些状况,终于把老宋安抚妥当了,才敢问子辰的情况。

他这事呢,的确很难办,我暂时还没有方向。不过他一直说,他当时眼前一团漆黑,脑子里嗡嗡作响,根本不知道他站在桥上,如果知道下面就是滔滔江水,打死他他也做不出来,嘿嘿你信吗?

也许,谁知道呢?有些疾病藏得很深,可能一辈子也发现不了,每个人都有这个可能,只是没有机会把它激活而已。这正是邓世责跟我流露过的意思,但我不能跟老宋明说,明说就犯法了。我相信邓世责也不会傻到跟老宋明白无误地交代这事,毕竟,在这件事上请律师,大家心照不宣。

老宋显然是明白我的意思的,但他故意显得心不在焉:他平时,暴躁吗?

有一点,独生子女嘛,从小宠到大,你懂的。我不能再说下去了,因为我不知道要把这个信息放到多大为宜,只好把主动权交给他:总之,这事就交给宋律师了,你说该怎么办,我们就怎么配合。

尽力而为吧你说呢?你和邓世责什么关系?

我一愣,不能说差点成了我姐夫,那太远了,他会因此轻视子辰这事,情急之下,我故意意味深长地说,我们是好朋友,很好很好的朋友。

明白了。老宋挂了电话。

他肯定以为我们是情人什么的,这会不会对邓世责不利呢?好吧,管不了那么多了,对子辰有利就行。

老宋又打了过来:叫邓所长放心,我竭尽全力。

唉唉!

我没猜错,他就是那么认为的,生怕我在邓世责面前说他坏话。

有朝一日,他和邓世责说穿一切,会耻笑我吧,邓世责也会瞧不起我吧,但也无所谓了,和一个生命相比,什么都很轻。

爸爸在平治单位门口自杀未遂之后,原本的沉默迅速发展到极致,家里几乎听不到他的声音。

那是一种执拗的沉默,保持沉默仿佛成了他热爱的工作,他的事业。但是,不能因为他不说话,我们也集体变成哑巴,我们得尽量跟上日常生活的节奏。他在沉默中一点一点地脱队,离我们越来越远。

一开始我们谁都没有发觉他在主动脱队,直到有一天,我们突然发现,他已经无法张口了,比如当他说想喝水这三个字时,相当费力,必须配合手势,才能让我们明白。当着他的面,我对姐姐说:他可能患上了老年自闭症。

姐姐不大懂得自闭症,但她很肯定地告诉我,他以前不是这个样子的,他以前相当开朗,尤其喜欢讲不干不净的笑话,他走到哪里,哪里就笑声不断。

似乎是为了反驳我给他下的关于自闭症的结论,他开始琢磨一种手上的小活计,他用塑料带结东西,各种字结:福禄喜寿,长命百岁,百年好合,以及各种图案,后来塑料带不流行了,又改用其他化纤材料,做好一批,摆到桌上,让姐姐拿到街上,找个卖钥匙串儿打火机的地方,挂在那里代卖。他的东西从来不愁没人买,因为他做得少,说到底是做得慢,毕竟他是个男人,不太擅长做这种小手工。

什么是他最擅长的?

姐姐说:他很会说话。

简直不敢相信,这个沉默的老头,紧闭的嘴皮像刀片一样又紧又硬,居然是个擅长说话的人?

如今他把我们召集到跟前,艰难地动着嘴唇,却没有声音,我猜他已经发不出声音来了,一个人长久不说话,声道可能会发生堵塞。姐姐给他端来一杯水,他埋头猛喝一气,我听到清水滋润干裂喉头的声音,但还是不行,他试着清嗓子,光有声带的振动,发不出声音。

继续喝水,同时抓挠头皮,发出吱啦吱啦的声音。

唉！伴随着一股难闻的气味,他终于叹出一口浊气来。

都是我,带累了你们,一年又一年,家运不顺。

我们安慰他,是我们自己的过错,自己的遭遇,自己的命,怪不得任何人。

是我,我做的坏事。

你已经付出代价了。姐姐大声说:我最清楚,你在看守所待了一年多,好好的人进去,出来时跟死了半截似的,我后来问过了,你那根本就不是什么了不得的坏事,你只是做得不是时候,你做早了,迟做几年,你就是好典型。

不是那样。

他低下头去喘气。我都能看出来,他活不了几天了,他脸上已经有了死尸的颜色,他的双手,因为神经松弛,手指散开,根根都比平时显得更长。他像是再也不准备抓住什么了。

真正的坏事,不是被抓进看守所的那件,那不算什么。是别的。

我们都停下来,一起看向他,他脸上手上一直有老年斑,但现在我觉得,它们更像尸斑。

有一次,我们去外地收粮票回来,要坐一程机动船,船到江中间翻了,我们拼命找木板,找一切能漂起来的东西,我和一个女的同时抱住一块木板,我认识她,我们一起收过几次粮票,她总是穿一件老红色起小白花的棉袄。她快没力气了,她想躺上去,木板太小,她要是躺上去,我就没有任何可以抓的东西了。她求我帮她,我想我们俩只活得出一个,我就去取她绑在腰间的包,粮票都在那里面,层层塑料袋绑扎着,她没力气阻拦,只能喊:不要,不要。我拿到她的腰包了,她骂我:你不得好死!我把她的腰包绑在自己身上,她还在骂:你家所有的男人都不得好死!我要把他们一个一个都找来!他们一个都跑不掉!

我只轻轻踢了她一下,她的手就松开了,人沉了下去。我抱着木板继续漂,两个多小时后,我被救了。过了不到三个月,她的咒语应验了,我在卖粮票时被抓。后来跟着跟着又出了好多事:你跟邓世贵的婚事吹了,平治也横死了,现在又出了子辰的事。

我看向姐姐,姐姐也在看我。我真想说:还有一个男人,我的语文老师,他也勉强算得上是我们家的男人。

这才真正是我干过的坏事。我手上一直有她衣服的味道,棉袄打湿的味道,现在还有。她很凶,一直跟着我不放。如果你们想家宅平安,想子辰平安无事,就不要埋我,也不要火化我,完完整整把我推进江里,让我去那里跟她了结。千万记住了。

第二天晚上,爸爸走了,我和姐姐守在他床边,他越来越硬,像刚从冰柜里拿出来。

你觉得他说的是真的吗?我问姐姐。

就算是真的,难道你忍心把他扔到江里去?

你打算违背他的遗愿?

如果他真的想以这种方式了结,为什么不自己爬到江里去?为什么要让我们来背上这个大罪名?

结果,我们按常规方式把爸爸送进了火葬场,浓厚的黑烟飘向天空时,我依稀听见他在发出绝望的惨叫。

我们从骨灰盒里分出一部分,来到江边,雇了个小木船,来到当年他们翻船的地方。也许撒骨灰的方式能安抚一下我们纠结的内心。

按说,骨灰应该浮在水面上,至少漂一小会儿,但不是这样,那些灰白色的粉末,跟面粉差不多粗细的粉末,落水即沉,像他迫不及待跃入水中,去找当年的冤家拿回解救子辰的解药。

爸爸的事一办完,我就去找邓世责。

邓世责先是责怪我不及时通知他,他说他应该来送老人一程的,然后就垂下眼皮,像在默哀。良久,他抬起头望着我:你可能不知道,我和你姐交往的时候,他很喜欢我,什么事都喜欢跟我说一说,连跟你妈吵架的事都不瞒我,我几乎就是你们家的一员了。后来发生的那些事,的确非我所愿,我也是身不由己,其实你爸是能理解的,他还跟我说过,他一点都不怪我,相反,他希望自己未来的女婿有出息,还说,不会见风使舵的人没出息,心不狠手不辣的人没出息,妇人之仁又一根筋的人没出息,他还专门做过你姐的工作,叫你姐不要怪我,但你姐这个人,特别耿直,又重感情,知道是我带人抓了你爸爸,说什么都不肯再见我了,还故意气我,三下两下就跟别人订了婚。

但有些东西是没法抹去的,你看我们后来,一有事就跑来找你。

所以你们能想起我来,我特别高兴,真的。我们说子辰的事吧,我一直盯着老宋呢,我跟他打交道不止一次了,你放心,他会尽力的,而且他这个人很有能力。

估计难度不小,可以想象,对方家庭肯定不答应。

让老宋去办,他办不了的时候,会来跟我商量。

不到两个月,子辰的精神病鉴定就办好了,合理合法,各方面无可挑剔。我们一个劲地感谢老宋的时候,他却面露羞赧:就是有一点办得不是太好,子辰必须去精神病院待一阵子,以掩人耳目,但我保证,怎么把他弄进去的,我还怎么把他弄出来。

姐姐拼命点头,她大概觉得那里就跟医院一样。我对老宋说的"弄出来"心存疑虑,老宋见我不信,又补了一句:就算我弄不出来,邓世贵也会出面把他弄出来,他不方便从公安系统捞人,医院他就没什么顾虑了。

我也觉得老宋说得有道理,子辰这回可能真有救了,本来我们都做好了判死刑的准备,杀人偿命嘛,还有什么可说的,没想到还有精神病这条路可走。立即想到刚刚死去的爸爸,会不会是他在水下找到了那个女人,打赢了她,从而改变了子辰的命运呢?如果那个女人的咒怨真的生效,这回应该改写记录了。

子辰去精神病院那天,我们很早就等候在门口,警车开过来时,没有鸣警笛,这让我们心生安慰,好像子辰的事得到了些原谅一样。

我们不敢暴露家属身份,幸亏那天下着大雨,天气又冷,我和姐姐躲在伞下,又是帽子又是围巾的,相信就是子辰也认不出我们来。

子辰倒胖了,胖得像团发糕,也不知道是不是浮肿。立即联想到爸爸那年回家的样子,也是白胖白胖像个蚕宝宝,心里顿时有种不妙的感觉。

姐姐拿伞的手一直在微微发抖,她早就不说"让他去死"那种话了,她的母性表达完全换了个频道,在我看来,她恨不得扑过去替他承受一切。

我咋觉得他看起来像个真的精神病呢？姐姐哭丧着脸问我。

我心里也有点发虚,但还是强作镇静：子辰是多聪明的人啊,老宋肯定跟他说过了,要配合,要机灵。他总不会傻到去拆自己的台吧。

姐姐瞟了我一眼：你明明知道子辰没那么聪明。

他的确谈不上特别聪明,甚至恰恰相反,但作为他的亲人之一,我从没说出来过,我总是寻找一切机会表扬他,有一年在我家打破了一只碗,我说：你咋这么聪明呢？就像你早就知道我最不喜欢那只碗又找不到理由扔掉它一样。姐姐知道后说：你对他太温柔太娇惯了,娇儿不孝,娇狗上灶。吊大的倭瓜,打大的娃。

姐姐让我打听新病人入院都要干些什么,家属怎么探望,要不要跟医生建立专线联系。她说了一大堆,也不管我记不记得下来。我一一答应着,一副能力无穷的样子,我心中有数,不管多少问题,我都可用一个办法来解决,那就是去找邓世责。邓世责就是我们家的救世主,通过子辰这件事,我算是看出邓世责的实力来了,当年若不是爸爸出事,姐姐铁定嫁给了他,那他就是我的亲姐夫,是我们家的核心和灵魂,是我们家的舵手和保护神。从这个角度来说,爸爸的确掀翻了我们家奔向幸福生活的车轮。

我向邓世责报告,子辰正式进入精神病院了,我的意思是,他可以开始在那边施加影响了。但他不在本地,他出差了,刚刚出发,可能要七八天后才得回来,他让我放心,回来后第一件事就是去精神病院。我隐约觉得不妥,毕竟子辰刚刚在我们的目送下进去了,一旦进去,他可就是进入了某个流程,我不清楚精神病院收纳新病人是个什么流程,但以我从电影电视上得来的经验,那不会是个温馨而愉快的过程,跟普通病人入住医院不可相提并论。

我说出我的忧虑,邓世责笑起来:你真的是电影看多了,放心吧,招呼早就打好了,你要是不放心,待会儿方便的时候,我再打个电话过去。

第二天晚上,我接到邓世责打来的电话,他说他跟那边通过话了,那边说,一切正常。我想细问什么叫一切正常,因为电击、水疗什么的,也是正常程序之一,不过又一想,觉得只要没有《飞越疯人院》里的那种手术,他们怎么对待子辰其实都不是问题,毕竟人家失去了独生女。

自从子辰转入精神病院后,姐姐可就有事情干了,几乎每天都跑到精神病院门口鬼鬼祟祟地张望,指望着碰巧看一眼子辰,弄得自己都快成精神病了,非跟我说,她听到过里面的号叫,其中子辰的号叫最响。我说你敢断定那个声音就是子辰的?她肯定地说,她养的儿子,他叹口气放个屁她都听得出来。

即便是那样也没办法,那个地方,不是我们想进就能进的。

实在受不了的时候,姐姐决定硬闯,她在门口盯了几天,买通了一个往医院里送菜的人,跟着混了进去,但送菜的人有固定的线路,并不能进入病区,所以姐姐实际上只是在院内的空旷地带逛了一圈,就乖乖地出来了。她告诉我这些的时候,声音冰凉,语调缓慢。

你觉得子辰待在那个地方真的好吗?那里面气氛不对,比牢房还吓人,没毛病怕也给关出毛病来了。

我也给她说得心里有点发毛,但越是这种时候,越是不能给她太多希望,就说:至少还有命在。

姐姐就不说话了。

邓世责终于回来了,他还算负责,不等我打电话去问,自己就先给我打了过来。

子辰以前有什么病吗?

没有啊!我心中一凛,等着他继续往下说。

他们说他以前好像有病的样子,进去之后发作了几次,他们正在给他治。

怎么治?喂喂,不会是把他当精神病来治吧?你知道的呀,他根本就没有那个病,他是正常人呀。

他匆匆挂了电话,说要亲自跑一趟,去看看到底是个什么情况。我要求跟他一起去,他想了想,答应了。

我暂时没有叫上姐姐,我怕姐姐在场,影响邓世责的临场发挥。

精神病院的管理极严,邓世责穿着制服,还是被拦了下来,经过两轮填表签字确认后,我们才被放了进去。

一个穿白大褂的中年男人迎了出来,看得出来,他就是邓世责的直线联系对象,两人寒暄了一阵,白大褂突然压低声音,附在邓世责耳边说起来。

以我的观察来看,白大褂说的不是什么好消息,因为邓世责坚决不肯转眼看我,他肯定知道我正在眼巴巴地瞅着他。

邓世责带我进来最大的利好是我们可以去看看子辰。

他享受着单间的优待。护士开门的时候,我迫不及待地凑近窗户看了一眼,因为是磨砂玻璃,只能看到一个模糊的影子站在屋子中间。

果然是他,他两手交握,一本正经地站着,似乎正处于罚站的状态。我绕到他前面去,轻轻喊他的名字,他茫然的目光缓慢回落到我脸上。

他不是我印象中的子辰了,春节的时候我们还见过一面,那时的子辰,绝对是个标准的二十四岁男青年应该有的样子,面色红润鲜艳,吱吱冒油,脸上肌肉紧致,轮廓分明,总之,就是一枚新出厂的硬币,现在,这枚硬币像在腐蚀性极强的水里泡过一样,满脸虚肿,双眼黯淡无光。

小姨看你来了。你还好吗?

他先是无动于衷地看着我,一分多钟后,突然绽开一个空洞的笑容,且收不回去。

那不是属于他的笑容,它没有内容,没有温度,那不是我熟悉的外甥的笑。

也许是病号服的原因,我总觉得他行动和眼神都有点不对劲,即便我正在跟他说话,也抓不住他飘忽的眼神,它们总是停留在某个我够不着的地方,不认识的地方。

为了活跃气氛,我问他这里的伙食怎样,想吃点什么,要不要我给他送点过来。他仍旧是那样,先是无动于衷,然后冷不丁绽开一个无知的空洞的笑。我开始觉得不妙,难道是白大褂在一旁,他觉得不便说话?

我试着跟他聊。

有个叔叔,对你很好,一直很关心你,来,跟叔叔认识一下,好好说声谢谢。

他仍旧直立不动,我不得不拉着他的胳膊转了个弯,让他正面对着邓世责。

就在转过来的那一瞬间,子辰趔趄了一下,似乎受到惊吓,又似乎想立即逃走,但很快,他站直了,脸上又恢复成刚才的模样,继而绽开一个最无意义的笑。

一个端着托盘的护士推门进来,一边瞟向我们,一边叫着子辰身上的号码:吃药啦!

白色药片装在类似尿检用的塑料杯里,我扑过去,拿起杯子,问护士:这是什么药?

医生开的药。

我看向邓世责,邓世责意外地看向白大褂,白大褂说:只是治疗躁郁的日常用药,量极轻,基本没什么副作用。

我偷偷拿了一颗藏在掌心,准备带出去,护士发现少了药,以为是自己弄丢了,在托盘里找了一遍,最终从身上口袋里摸出一个小袋。我眼睁睁地看着她从小袋里掏出了两粒,放进塑料杯里,对子辰做了个张嘴的指令,子辰乖乖地嘴一张,我还没来得及发出声音,护士已经把水杯凑到他唇边,在他下巴底下顶了一下,三粒药丸顺利咽下去了。

本该是两粒的量,护士给他服了三粒!

还没走出大门,我已经低声向邓世责说了十几遍:求求你!求求你!这地方待不得了。

没那么严重吧?邓世责觉得我太夸张了:万一对方家属来这里查实这个人呢?

你一定得帮我们把他救出来。我听到我的声音已经是哭腔了;他已经傻了你看不出来吗?他才二十四岁,最有活力反应最敏捷的年纪,可你看看他现在,俨然已经是个精神病人了。

我在想,那件事情会不会真的刺激到他,让他变得不正常了呢?你要知道,发生那样的事,对任何一个人来说,都是无法承受的。

我隐约嗅到一股诡异的、我们未曾料想过的气味,它无疑是邪恶的,但又有点无辜,像一株被迫生长起来的毒蘑菇。与此同时,头顶上那片黑云越来越清晰,越来越厚重,仿佛马上就要滤出黑色水滴来。

你答应过我们的,你说你一定会把他弄出来。我们费了那么大周折,可不是为了把他变成一个真的精神病人。我跳到他面前,像真正的小姨子跟姐夫撒娇求救一样。

我当然会尽力。任何事情都有它的程序,不能瞎急,也不能乱来。

宁肯看着他死,也不要他变成个精神病人。这也是我姐姐的意思。

三个月后,以放假的名义,子辰被我们接了出来。

这时的子辰,已开始大量脱发,举止也比以前沉稳了很多,完全不像出事前那个二十出头的小伙子。

好吧好吧,外貌没什么要紧,只要我们的子辰还活着。而且他似乎比我上次在精神病院看到的样子稍稍好了点。邓世责到底还是可信的。

我们为他历时一年九个月后首次获得自由而办了个小型家庭聚会。

他问起姥爷,我们告诉他,姥爷已经走了。他还是问,姥爷知道不知道他今天回来。我怀疑现在的孩子们真的不知道走了就是去世了的意思,正如我们一开始也不知道挂了的意思,要不就是他在一个极其特殊的地方封闭了一年多,整个人已基本失去了正常交流的功能,得靠我们这些人帮他慢慢恢复。

当我压低声音,沉痛地告诉他姥爷已经去世,他错过了姥爷的葬礼时,他才一脸不相信地望着我,我以为他要哭了,我做好准备应付他的崩溃大哭,结果他只是看了我一阵,就垂下了眼皮。

聚会的气氛有点奇怪,明明是为庆祝子辰平安归来,却偏偏没有一个人敢提那件事,以及那件事的来龙去脉,看守所里的日子,精神病院里的日子,所有跟那些地方有关的话题,统统禁言,又生怕冷场,令子辰感到不安,于是大家拼命找话题,一个接一个,你没说完我又开始,结果弄得驴唇不对马嘴,前言不搭后语,支离破碎,喧闹无比。再偷眼看看子辰,他静止而笔挺地坐着,像礁石置身奔腾的海面,无论浪花怎么扑向他,怎么讨好他,他都面无表情,岿然不动,真是有史以来最尴尬的一次聚会。

进行到一半的时候,子辰突然冒出一句话,像一勺冷水倒进开水锅。

妈妈,我想早点结婚。

要在平时,这种乖巧的话题肯定大受欢迎,但此时此刻,却如五雷轰顶,令大家呆若木鸡。我们都在想,那到底是个什么样的女孩子呢?刚刚以如此残暴的方式把女朋友摔死在江中的人,居然还有人爱他、愿意嫁他?这女孩一定是疯了。

还是姐姐最先反应过来,她连声说:好啊,可以可以,你随时可以结婚,妈妈早有准备。

我知道姐姐在撒谎,起码她不可能在今年为子辰操办婚礼,她没这个实力,也没这个心理准备,她只是不忍当众拒绝子辰而已。

没想到小博多了一句嘴,我早该料到他对子辰一肚子意见,他嫌子辰这个巨大的负面新闻影响了他的形象。他斜睨着身边这个笔挺笔挺的家伙:子辰哥,你一年多不在家,怎么谈的恋爱呀?你的爱人是男的还是女的呀?

说了你也不懂。子辰也不客气。

小博还想说什么,被我一个眼神制止了。

子辰继续:雅琪说了,她希望在十月下旬结婚,不冷不热,是穿婚纱的好天气,我们决定去找个有桂花树的草坪,搞个草坪婚礼。小博可以当伴郎。

十一个人一起抬头望向子辰,子辰谁都不看,只顾盯着面前的餐盘,似乎雅琪就站在他面前的盘子里。

雅琪说伴手礼她都想好了,除了糖果,还有一副手套,是她自己设计的、冬季用的手套,她说女人们应该都会喜欢的。

雅琪就是被他抱起来,从桥上扔进江里的女孩,他热恋中的女朋友。

姐姐眼中溢满了泪水,我轻轻摇了摇头,示意大家都别动,静听他说完。

我们打算生两个孩子,一个孩子太孤单了。太孤单的话,精神世界容易出问题。

他说这话的时候,筷子伸向餐桌中央,那里有姐姐最拿手的霉干菜烧肉,他像雕像一样笔直地坐着,右手像升降机的长臂一样伸出去,叉住一大块烧得棕红油亮的五花肉,手臂因此变得沉甸甸的,他心无旁骛,果断缩回手臂,直直地送进自己嘴里。五花肉一路召唤着油星,油星一路追赶着五花肉,一路滴滴答答尽情挥洒,各种菜盘、饭碗,他自己的大腿,胸前的衣襟,刚刚剃过胡须的青色下巴,无一幸免,而他浑然不觉,任那些闪亮的油星一路欢欢实实地跳将过来。这是某种标志,也是某种分界线,当一个正常人撷取菜肴时,身体总要不知不觉地前倾,左手及时递上菜碟,头微微低下,以谦卑而欣喜的姿态迎接即将入口的食物。只有在两种情况下,人才会忘了这种姿态,一是幼儿,一是智障。

我再次去找邓世贵,向他详细描绘子辰说话的样子,吃饭的样子,并且带上了偷偷拍下的视频。

他一边看一边轻轻摇头。

你觉得他哪里不正常?吃饭的姿势?他以前是什么样子你记录过吗?至于说话,我觉得他很好啊,"太孤单的话,精神世界容易出问题"这种话不是谁都可以说出来的。

眼神,主要是眼神不对,他的眼睛以前很灵光的,现在像蒙了尘的玻璃。

把那个女孩扔下去之前,你见过他吗?我说的是扔下去之前的一个小时,半个小时,十分钟,也许还有扔下去之后的那段时间里,他的眼神是什么样子的你见过吗?

你的意思是说,在我们千方百计把他"弄成"精神病之前,他其实已经是个真正的精神病了?

我说句外行话,关于精神病的诊断,我觉得的确有主观的成分在里面。

对了对了,还有件事。我突然想起来最紧要的还没告诉他:他居然说他要结婚,居然说他要跟雅琪结婚,就是那个被他扔下桥去的女孩,还要生两个孩子。这下你还认为他正常吗?

不要盯着他不放,也不要急着把他救出来,只有盐才能清洁伤口,只有眼泪才能安慰痛苦,只有发疯才能弥补无法弥补的错误。

邓世责说出这段话后,我突然有点发怔,像被他施了麻药,又像正被他催眠。

也许,当初我们什么都不做,让他顺其自然地走到终点,反而更好。见我没反应,他又说:不过,也可以这样理解,有种神秘的力量不让他走那条更好的路,他必须走上这条在我们看来可能更难走的路才行。

我懂他的意思了,就算我们强行把他从死刑犯的路上拉回来,也不过是拉回一个精神病人,跟死刑犯相比,真说不出哪个更好。

过了些日子,我和姐姐去了一趟江边,我们跪在江边烧纸,烧给爸爸,烧给那个不知名的女人,烧给某种无法预料的噩运。

给小博改个名字吧,给他取个女生的名字。姐姐说。

你还真信了?

姐姐抬起头,望着苍茫的江面:信吧,信了它,我们能活得轻松点。

外婆要来了

孕妇是两个人送来的,一个穿肮脏牛仔裤的小伙子,一个面无表情的老年女人,他们都很安静,彼此间不说话,也无眼神交流,松松散散地沉默着。孕妇不高,一米六左右,从脸上皮肤可以看出来,相当年轻。她不像一般孕妇,行动时总喜欢抚着肚子,相反,她垂着两手,满不在乎地敞着扣不拢的衣襟。比起肚子,她更关照她的头发,不时把掉下来的头发撩到耳朵后面去。

因为病房紧张,他们被安排在走廊。没有产妇包,没有行李,只有一只印满小熊的帆布双肩包,包带子一直挽在孕妇手里。

床刚一铺好,小伙子就抬腿躺了上去,闭上眼睛。孕妇和老女人依旧沉浸在各自的沉默里。

整条走廊都收拾完了,纤尘不染,锃光瓦亮。进卫生间冲洗拖把之前,李南再次打量这新来的一家,在没有生病却需要住院的欢乐的妇产科,他们身上的沉默与矜持,冷淡与警惕,实在是太引人注目了。

她猜不透那小伙子是老女人的儿子还是女婿,他不说话,也没什么动作,不能给她任何猜测的缝隙。

她最后清洗一遍,甩干,推着大排拖走向孕妇一家的区域。

孕妇见她过来,立即走向一边,为李南腾出空地,老女人不仅没走,反而坐到床上,双脚高高提起,为了保持平衡,她双手反过去,刚一碰到小伙子的腿,立即火烫般缩了回来。李南因此判断,这小伙子应该不是她的儿子。

李南偷瞟一眼孕妇,人家住进来的时候,都有自己的床位,有前呼后拥的陪侍,好几双手恭候于三十厘米开外,随时处于施救的状态,她倒好,一张临时的加床还被这一老一小抢占得结结实实,偏偏她还丝毫没有不满的意思。

几分钟后,护士一阵风走过来。人呢?话音未落,人已站在床前,冲小伙子喊道:是你生还是谁生?

小伙子提着身体绕过护士,站到墙边,孕妇赶紧过来,小声说:是我。

护士把液体挂到点滴架上,回头对孕妇说:还知道是你啊!你血压有点高知道吗?交费单呢?

两个女人躲着护士的眼睛,小伙子揉着鼻尖,含混地说:正在交。

护士愣了一秒,收回正要拆封的针头,麻利地取下液体:交费单来了叫我一声。端着托盘头也不回往护士办公室走去。

李南从工具间出来时,小伙子不见了。大约处理交费单的事去了。孕妇侧卧在床,面朝墙壁,老女人背向她坐在床边,看自己交叠起来的双脚。

李南去了四楼,四楼有十四个房间,一间一间收拾下来,差不多要一个半钟头,下来一看,走廊那个地方只剩孕妇一个人了,低头坐在床沿,肚子几乎搁在大腿上,护士站在她旁边,拿着输液工具的手背在背后,生怕有人会趁她不备抢走一样。她们似乎刚刚结束了一场对话。

李南看看窗外,天正准备暗下来,一些人拎着饭盒和水果,穿过正对大门的甬道,急匆匆往里走。家属们开始给即将晚餐的孕妇送营养品来了。

护士又像前几次一样匆匆走开。片刻,护士长来了,孕妇不像以前那么客气,见到穿白大褂的就起身,她低头坐着不动,护士长跟她说话,她也只是把头微微抬起,眼皮仍然垂着。李南想拎上拖把做掩护,过去听听她们在说什么,当她看到其他孕妇和家属发现猎物一般缓缓围过去时,毅然打消了这个念头。她大概能猜出来发生了什么事。她在这里做了四年清洁工,她看得太多了,发生在妇产科的事,跑不脱就那几种类型。

医院的餐车推过来了,每个人都有份,是中午就订好的,菜单印在一张纸上,早上勾选中午的菜品,中午勾选晚上的菜品。整整一层楼弥漫着饭菜的香味,强有力地盖过了来苏水味。坐在椅子上的孕妇依旧垂着眼皮,不为所动。她已然成为某种中心,每个人都不忘抓住一切机会瞟她一眼,还有些人索性端着饭盒走过去,站在离她一两米远的地方,一边大力咀嚼,一边盯着她看,生怕漏掉她一次呼吸。

李南把自己那份工作餐送到微波炉里,加热过后,端去给孕妇。

孕妇不理她,就像旁边根本没这个人,没有这盒饭。

不要饿着孩子。李南说。

孕妇轻轻地、干脆地摆了一下头。

生出来就好了,不管怎样都会生出来的。

孕妇又摆了一下头。

你不吃孩子还要吃呢。李南打开饭盒,强行拿起孕妇一只手,把饭盒塞到她手上。孕妇接下了。

抬起眼睛飞快地说出谢谢两个字时,李南才看清孕妇的长相,她有一对湿润的圆眼睛,一个肉肉的圆鼻头,一副绷住小虎牙的嘴唇,总之是一副好人家女孩儿的模样。

李南站了一会,想说什么,又觉得没必要,如果明天那一老一小还不出现的话,她敢保证就是她见识过的那一类故事。

那些围观的人,他们在这里待上一个星期,大惊小怪地生下自己的孩子,欢天喜地抱着出院,以后一定会逢人就讲住院期间碰上的这个不说话没饭吃住在走廊里的尴尬孕妇吧,人生中的匆匆一瞥,会让他们平淡的一生变得丰富起来吧,毕竟他们难得遇上一个跟他们不太一样的人。在李南这里就不一样了,从她第一眼看到那三个沉默的身影起,一种他乡遇旧友的心情便油然而生。

李南来到医院的花房,花工老鲍是她的好朋友,好到什么程度呢?如果她错过了食堂开饭,或是哪天不想吃食堂的饭了,就径直来到花房,像在自己家里一样,熟门熟路地给自己煮一碗快餐面。老鲍这里总是有快餐面。至于花房里的花就更别说了,她要是看上什么花,招呼都不用打,拎起就走,花快被她养死了,也是直接拎过来交给老鲍,老鲍也是神了,过不了几天保证让它起死回生。

这天的快餐面是她最喜欢的老坛酸菜。老鲍蹲在一边抽烟,她站着煮面。

似乎又来了一个不受欢迎的孩子。她跟他讲起那个睡在走廊里的孕妇。

我知道。

你知道?怎么知道的?

就在一个院子里,我怎么会不知道。

她还是觉得奇怪,如果他跟那家人是在一个院子里,那她跟那家人就是在一间房子里,她都错过了好多细节,他又怎么敢说知道?不过这不重要,重要的是,她觉得那个孕妇正面临困境。

如果真是那样,外婆应该帮得上她。老鲍补充道:就像当年帮你那样。

说起外婆,我真的不用去面谢外婆吗?

老鲍摁灭烟头,站起来说:不必,她帮的是孩子,又不是大人。

你是见过外婆的吧?

当然,气质很好的一个老太太,据说当初出生在医院的厕所里,后来被一个好心的医生收养了。

李南停下筷子,眼神散散地飘开。

这一走神,就再也吃不下去了,她放下碗筷说:没有上次的好吃。

瞎说!跟上次是一批的。你心神不定,啥都不好吃。老鲍站起来,他要去温室干活了,他今晚要忙着给橡皮树分盆。

李南提出过来给他帮忙,他回头望了她一眼:难道你不应该守在三楼吗?

三楼就是有走廊孕妇的那一层。

李南租住的小屋地处莫愁路尾端,医院就在莫愁路首端,上班近,房间也不错,虽然房租偏贵,但它同时具备一个优点,因为是新区,遇见熟人的概率小,李南果断地长租下来。

受老鲍影响,她也爱养花,尤其喜爱多肉植物,当她第一次在老鲍那里看到那些刚刚长出来的肉肉的小叶片时,心中蓦地一动,它们像极了小孩嫩得不敢触摸的手指。除了多肉植物,她也喜欢那些开得蓬勃的草本鲜花,家里所有的平面上,都摆着大大小小的花盆,花打扮了她的家,掩饰了她的贫寒。但老鲍知道鲜花下面的真相,劝她:人都养不活,就别养这么多花了。她不听,照样一盆一盆往家里搬。老鲍曾在一个意想不到的时刻勾引过她,她下了班去花房,想要一株水仙,外带那个带彩绘的玻璃花盆。老鲍看看外面,月亮像个提前上班的寂寞的家伙,清清冷冷地上岗了。他说:咱俩是最适合搞搞花前月下的,怎么样,有兴趣吗?她一点都没有不好意思的神色,两眼直勾勾地盯着他:如果你是个女的,说不定我会有兴趣。老鲍哈哈一笑,在她肩上重重一拍,手顺势滑下去,快到胸部时,抬了起来,很自然地收了回去。

李南就喜欢老鲍这点,有什么想法就直说,行就行,不行就当没说,两人以前哪样,以后还哪样。她把这种状态的友谊称之为顺手,这么顺手的男人,她是不舍得把他变成床上人的,在她看来,男女之间,有上床之日,必有下床之日,那些因为种种原因下不了床,或是下床下得不够友好的,不是冤家就是大麻烦,如果把老鲍变成那样的人,那她就连个说话逗趣的人都没有了。

她把几盆要开花的多肉从窗台上端进来,摆在小桌子上,用湿抹布仔细擦拭每一个叶片。如果那个孕妇有自己的病床,她就可以给她带一盆过去,省得像展品一样供在那里,一双眼睛无处安放。可惜,走廊里不能放置任何私人物品。

十有八九是未婚先孕,现在这样的事情越来越多了,几乎已经没有人会把第一个怀上的孩子生下来,所以妇产科的医生总是喊累,人一累,总是想方设法让自己放松下来,趴下来,低下来,这大概也是妇产科医护人员普遍比较有亲和力的原因吧,尤其对李南这样的后勤人员,完全是自家人的态度,李南几乎每天都会接到一些亲切的小吩咐:小李,有空的时候帮我买点饺子馅,叫老鲍给我剁一下。小李,我有两件大衣在干洗店里,抽空帮我取来吧。小李,这儿有一张杏花楼的点心票,送给你。至于老鲍,被吩咐的次数就更多了,家里但凡有点粗活重活,都叫老鲍。老鲍,我电瓶车坏了。老鲍,我家下水道有点堵。连李南有时也会转嫁一点任务给他。

老鲍总是很容易取得女性的信任和友谊,这并非说他有点娘娘腔,他身高一米七几,方脸粗颈,胡楂浓密,看上去很男人,只是很瘦,风干了似的瘦。新鲜肥肉容易让人恶心起腻,而咸干肉不仅不腻,反而有股子看得到的奇香。老鲍就是这种咸干肉,整个妇产科都在把这块咸干肉当作最得力最贴心的男仆。

李南洗好澡,正要接着洗衣服,电话响了,是老鲍。

你还在那里磨蹭呀?人家动静已经很大了。

李南扔下衣服就往外跑。以她的经验来看,那个孕妇今天晚上肯定会生,因为她的肚子下沉得厉害,都快沉到裆里去了,只是没想到会这么快,她以为至少要到下半夜。

孕妇围着自己的小床,起起伏伏,像一头困在泥坑里爬不起来的笨拙的大象。围观的人越来越多,谁也不出声,默默观看这个孤独的、没有任何陪护的、正在生产的女人。

终于有个护士在她旁边停留了大约半分钟,仅凭肉眼在一米开外的观察,下了结论:估计还得两三个小时。

李南拎着水桶去了楼上。她忍不住去想象那个消失的男人,说不定是谋划好的,说不定还是女人的主意,把她一个人丢在医院里,一般来说,医院不会见死不救。但如果不是这样呢?如果女人是在毫不知情的情况下,被扔在了医院里,她会怎么想?当然,她现在除了疼,除了一秒一秒地忍受,什么想法都不会有。

做完楼上两层,拿着工具回来时,孕妇半跪在地上,手攀床沿,有气无力地哼叽。李南只觉得身上阵阵发紧,这个姿势她很熟悉,她暂时不会感觉到膝盖的疼痛,因为她根本意识不到膝盖的存在,等她生出来后,她才会醒悟过来,她的膝盖几乎可以作废了。

产室那边在叫她,她明白,又有医疗垃圾了,这是她最不喜欢的一项工作,所谓医疗垃圾,就是堕胎下来的婴儿身体碎片,以及引产下来的身体完整的死婴,她尽量不去往那只桶里看,但有时实在做不到,桶是有盖子的,她必须揭开盖子,才能收拢垃圾袋。

这是她接受这份工作之初所没有料想到的,她只知道这里像个婴儿工厂,一批批新鲜的婴儿从产房推出来,一批批大肚子女人再推进去,她没想到,婴儿也像工业产品一样,有残次品,有滞销品,而且不可回收,只能销毁。

处理完医疗垃圾回来,只见家属们围成一团,议论纷纷。再一看,跪在地上的孕妇不见了,看来,她不在的时间里,发生过某种不寻常。

居然大大方方把一个孕妇扔在这里跑了!我长这么大,第一次见到。

那是你太天真了,他们一来,我就觉得不对劲,像临时拼凑在一起的,一家人怎么会是他们这个样子?

这还只是个开头呢,将来怎么过啊?

为了弄清情况,李南决定把这个病区做一遍。孕妇们个个一脸沉痛,余悸未消,家属格外激动,彼此虽不认识,但一点都不妨碍他们自由讨论。

就带了两千块,根本生不下来。顺产也要五千多呢,我们已经预交了六千。

这家的孕妇打断了她:妈你不要说了,你又不知道人家的情况,说不定人家能拿两千已经尽全力了。

这么穷吗生小孩?

哎哎!不要多话了好吧?你能有多少见识?你的活动半径才多大?十公里有没有?坐下!给我削个苹果。

家属听话地拿出苹果,迅速改变了立场:早知道我把苹果给她两个也好啊,进来之后就没见她吃过水果。

李南大致掌握了事情的脉络。就在刚才,孕妇的羊水都流到地上了,医生问她家属在哪,她说去交费了,医生派人去找,派了两批人,又打了好几个电话,都没找到那个交费交了一天的家属。医生怕出事,只好先把她弄进去。

要是我,孩子生下来不给他! 让他家绝户。

不给他？她去当单亲妈妈？她有没有这个能力？单亲家庭对孩子又有什么好处？

李南觉得已经不用再听下去了,她在这里工作了四年,相当于从地上爬到了天花板上,时刻都在看,什么都看在眼里,什么都明白,要是给她机会她感觉她都可以给病人扎针了。她甚至在这里看到了商机,这里的医生们每天都会收到鲜花和糖果、水果之类,他们吃不完,就一兜一兜地给她,她不吃,全拿到小店去卖,桌上的鲜花也是,一到晚上,她就把它们全都收集起来,拿到鲜花店去,花店再卖给病人家属,她经常会碰到头天晚上拿去卖掉的花束,第二天还要拿出去再卖一次。她也熟知那些病人的心理,他们实在太高兴了,他们不在乎鲜花贵不贵,水果贵不贵,手术费贵不贵,他们积攒了很久,金钱、运气、心情,为的就是来这里放一个大炮仗,噼噼啪啪放完,带着战利品,醺然而归。也有不那么顺利的,就像鞭炮受潮,或者干脆就是个哑炮。从小孩子们就被教导,远离哑炮,很可能它只是迟钝一点,爆炸还在酝酿过程当中,若你想凑过去一探究竟,很可能会把你炸出个满脸麻子来。

但李南偏偏喜欢哑炮,哑炮令她心酸,搅起悲伤的涟漪,一个成天手拿拖把和抹布的人,还指望什么惊奇和欣喜？能被一些事物搅起心酸且悲伤的感觉来,这一天已经是个很不平凡的日子了。

她看了一眼渐渐安静的走廊,回到工具房,坐在拖把和扫帚抹布之间,打开手机,给老鲍发出一条信息:她进去了。

老鲍回了她一个表情。

为了不再离开这个区域,她给自己找了个消毒工具的活,一件一件,不慌不忙,轻拿轻放,尽量不弄出噪音。她不想再错过这个孕妇的任何事。

现在,她已经从孕妇变成产妇了。

是两个护工把她推过来的,她平平地摊在担架上,只有眼珠子能缓缓移动,旁边两个壮实的女人不像护工,倒像刚刚行完刑的刽子手,推着这个被她们整得几乎散了架的女人,走出行刑房。

李南慢慢跟过去,她看到产妇的头发全是湿的,一条条,一绺绺,汗味阵阵朝她飘过来。

两个护工对看一眼,一起使劲,嗖的一声,产妇被猛地从担架上抬起,放到床上。任务完成,护工们推着移动担架走了。

李南忍了又忍,没去为她整理床铺。以前她也这么干过一次,同样是个无人照料的产妇,脾气却大得吓人,李南刚一出手,那人就大叫:别用你洗马桶的手碰我的床单!她不会再做那样的蠢事了。

直到中午,床边仍然没有出现任何家属,产妇像地铁里的流浪汉一样,一动不动躺在那里。没见到孩子,也许在婴儿室,也许在温箱。

医生和护士来过一次,齐齐围在产妇床前,不像在问诊,倒像在审问,因为他们并未出手,只是直直地站着,一脸严肃地说着什么。

李南问一个熟悉些的护士:家属没来？嫌是女娃？

护士哼了一声:人家生的是儿子。

李南端着饭盒去了花房。老鲍正蹲在那里侍弄几株海棠,见李南走过来,老远就直勾勾地望着她。

居然是个儿子。

老鲍点头:这孩子命好啊,也是他妈有脑子,竟敢硬着头皮到这里来生,不是每个人都有这么勇敢的妈。

李南突然问他:你不想要个孩子吗?长大了给你买酒喝。

她故意没提他老婆,其实她也不知道老鲍有没有老婆,反正她见到的老鲍,一直都是一个人。

老鲍一笑:我怎么养孩子?要啥没啥,还不把孩子养成仇人?现在这个社会,你还没看清楚吗?没点实力,真不敢养孩子。

你把对花的心思,分一半出来给孩子就足够了。

行了,吃完了就快点回去,外婆就要来了。

李南惊喜地回头:我终于可以见到外婆啦?

外婆年纪大了,不可能随叫随到,我猜她多半会派个人过来。

对了,她跟外婆又不认识,怎么……

如果她问你,外婆真的要来了吗?你就说,要来了。以后的事你自然知道该怎么做。

有必要这么神秘吗?像对暗号一样。

当然要保密,如果是你想抱养个孩子,你会嚷得全世界都知道吗?有些人还故意消失一段时间,故意装几天大肚子呢,就是想弄得跟自己生的一样。

从花房回来一看,走廊里的产妇居然在喂奶!孩子回来了!她还以为孩子至少要到明天才能见到妈妈呢。这个奶可不是随便就能喂的,有些人一旦喂了奶,心里就会发生难以预料的变化,说过什么,做过什么,全都可以推翻,全都可以不认账。不过,既然已经开始喂了,倒不如让她尽可能地多喂几次。

路过产妇身边时,产妇突然向李南做了个手势,低声问她:

外婆真的要来了吗?

李南愣了一下,仓皇答道:要来了。

对视了一两秒钟后,产妇突然用另一种语调说:姐,你能不能去帮我买点吃的?我饿得心里发慌。

李南忙不迭地答应下来,扔下工具就往楼下跑。她去买了一份馄饨,一袋面包,一盒牛奶,一袋饼干,医院门口的小商店里只有这些吃的东西,更远一点的地方肯定还有更多,但她怕产妇等不及,她知道这个时候的饿,最好能立即得到解决。

孩子放在枕边,已经睡着了。产妇把头发扎在脑后,看上去精神了许多,而她走之前,她还是披散着的,一脸的饥饿和憔悴。

产妇吃完了馄饨,不好意思地看了李南一眼,又大口咬起了面包。

婴儿睡得真香,睡相看着挺端正,头发不多,还残留着些胎膏。

不敢多停留,她又回到工具房,老鲍提醒她,不要在走廊里接电话,也不要在走廊里发信息,更不要给人留下总在使用手机的印象。她有点警觉:外婆做这事,犯法吗?他不屑地看了她一眼:犯什么法?是做善事好不好?帮这些人家不要的、被抛弃的、正在执行死刑的孩子找一条生路,流浪猫流浪狗都有人想方设法救助呢,救个人倒还犯法了？

其实她手机很少用,更别说工作时看手机,本来联系人就不多,还多半处于"死亡"状态。联系最多的人就是老鲍,即便如此,往上一翻,上次联系还是两个星期以前,天天见面,一天见几次,还有什么必须通过手机联系的呢?有一次她横穿马路时,差点被一辆小汽车撞倒,事后她想,如果她被撞死了,不管多高级的警察都查不到她是谁,因为她手机里几乎没有熟人的电话,他们会把她当一具无名尸体来处理。

半个小时后,楼梯上一阵异样的脚步响,李南闪身出来,一个热气腾腾六十岁左右的微胖妇女正笑吟吟地上楼,后面跟着捧一小束花的老鲍。见到李南,老鲍说:给你,你帮新妈妈订的花!李南蒙了一下,很快反应过来,接过花束,回身往上走,微胖女人稍后一步跟着她。

李南把花束送给走廊里的产妇,落在后面的微胖女人马上大叫起来:我的孙儿呢?外婆来迟了,快让我看看我的宝贝外孙子。边叫边朝产妇冲过去。

李南躲在工具间里,听着外婆跟她的外孙子寒暄:哎呀我的心急的小宝贝呀,你怎么提前来了?日子还没到呢,你就这么急着见外婆呀!

外婆像一粒火星,落在一堆废纸上,瞬间在走廊里燃起了一个小小的火堆。她拎着装糖的纸袋子,去护士办公室撒糖,每个见到的人,跟她迎面而过的人,全都有份。

外婆一来,产妇的待遇也不大一样,先前还像个柴草间里的灰姑娘,眨眼间就变成了衣来伸手饭来张口的公主,外婆又是端茶递水,又是按摩抚背,其间两人一直轻声嘀咕,偶尔还凑到对方耳朵边说悄悄话,这么亲昵的母女关系,谁见了都羡慕。

亲密接触了两三个小时,外婆心满意足地站起来,看看产妇,又看看孩子了,轻轻挥了挥手。外婆结账去了,不大一会,带回来一沓收据,外加一个彩色的学生用笔盒,外婆将这两样东西一起交到产妇手里。

外婆特别要看出生记录,一行行仔细看了,将出生记录塞进褓褓,严严实实地包好。可得收好了,以后好多地方都得用它呢,办独子证呀,身份证呀,学生证呀。外婆每说一句话,就对孩子做个可爱的表情,就像孩子听得懂她的话,正在给她回应似的。

多乖的宝贝呀,知道是外婆抱着他,一动不动,这是喜欢外婆呢。

外婆要产妇随她一起回去算了,在家躺着,比在这里睡走廊、吹穿堂风强得多。我还会给你做好吃的,保证是又下奶又不长胖的好东西。

外婆抱着孩子,女人紧跟在后面,出了医院大门,外婆往左一闪,加快脚步。女人也往左拐,紧走两步之后,脚步慢了下来。李南一直在悄悄跟踪她们。外婆很快就不见踪影了,女人僵在大门左边,一动不动,那姿势像突然变傻,不知道自己该往何处去。

李南拐进旁边的婴儿用品店,不错眼珠地盯着她。这个时刻的产妇,是一只灌满了水的塑料袋,最好不要去打扰她,稍一触碰,就会引来无可收拾的宣泄。

还好,时间并不长,她开始动了,她把背包从背上挪到面前,拉开拉链,拿出那只彩色笔盒,手指在笔盒里捣鼓什么,并未见她拿出什么东西来。

她在数钱!李南盯着她,像盯着多年前的自己。那时她是一只信封,里面装着五千块营养费。

多年前,李南也像这个产妇一样,住在医院的走廊里当众生产,不同的是,她比这个产妇要大得多,她当时已算是高龄产妇了。

她是在不再相信爱情的年龄遇上一飞的。之前她谈过几次不成功的恋爱,她一开始就知道她与那些人不可能成功,因为都是单方面的恋情,换句话说,都是别人看中了她,这就像有人过分热情地向她推销某种产品,反而容易让她产生等等看的念头。她在等待中错过了一个又一个小伙子,她没想到他们都那么没耐心,没几个回合就走了,走得干干净净,像从没打过她的主意一样。这让她伤感,好像爱情天生就很飘忽,像羽毛一样没有分量,更没有定力。她不喜欢这样的爱情,她看过许多爱情小说,如果一段爱情里没有波折,没有眼泪,没有失眠的夜晚,那根本不能叫作爱情。一飞跟他们都不一样,在他还不知道世上有她这么个人时,她就看上了他,不为别的,就为他俊俏的外表,她第一次见他是在冬天,他穿着黑色的大衣,竖起衣领,半掩住格纹羊毛围巾,在街道转角处一闪的样子,准确地击中了她的心。她知道不应该以貌取人,但谁又能真正做到这一点呢?她也知道一飞不属于她,一飞天生是那些肤白貌美烫发高跟鞋姑娘们追逐的对象,而她相貌平平,属于一掉进人堆就再也找不到的那种。谁知世事难料,那些姑娘们一个一个都带着破碎的记忆跟别人结了婚,最后一个从一飞手上滑落跟别人结了婚的姑娘是李南的朋友,一飞的目光顺理成章地落到她身上来。

她这样想,就算样貌好的男人不可靠,但一飞不是那种来无影去无踪的人,他有工作,银行那种严格到精密的地方,至少能替她管住一半的一飞。何况一飞还是个把工作看得特别重的人,每次见面都要跟她谈一会工作上的事。略一盘算,她就死心塌地了。

一飞最大的好处是真实,似乎他永远不会说违心的话。比如当他终于把目光落到李南身上时,没有任何虚伪的理由,只有一句:还是你这种平凡的姑娘好。

换了别人就生气了,但李南一点都不介意一飞说她平凡。

又有几个人是不平凡的呢?即便有,也是自以为。

她这么一说,一飞倒认真起来,盯着她的脸,深深地点头。她多么喜欢他坦诚而漂亮的眼睛,此时此刻这双眼睛只专注她一人,想一想她都要醉了。而他也说:我怎么以前没发现你,我到底虚度了多少时光啊。

从此她知道只有不断地砸出一些耐琢磨的句子,才能把那双眼睛留在她脸上,她没想到他是如此容易上钩,他不再直勾勾盯着她了,他紧挨她坐着,眼睛望向别处。这是比从近处盯着她还要亲近的姿势。

他讲他的同事,他似乎不大瞧得起他的同事们。

我最不能忍受别人肩上的头皮屑,坐我前面的人,每天都披一肩,我只能寻找一切机会往外跑,尽量不让自己坐下来。

也就是说,他已经让你成为一个精神病患者了。

他们一闲下来就要吃东西,怎么会那么饿,还吃甘蔗!

你不吃甘蔗吗?

我从来不吃,我不吃一切吃进去又要吐出来的东西,鱼啊,瓜子啊,当然还有甘蔗这种东西。

李南有点犯怵,她是有点喜欢嗑瓜子的,以后得注意点了。

最讨厌刚吃过饺子的人跟我说话,满嘴的饺子馅儿味,熏得我差点就要吐出来,他可能还觉得很美味很享受。

别在同事面前暴露你的优越感,他们会恨你的。

这个提醒似乎让一飞很受用,从此一飞对她格外专注了些。

他们召开系统职工运动会,运动场地离她家近,他溜出来给她打电话,说想去她家休息一会,似乎有感冒的预兆。她大方地让出自己的淋浴间和床,并动用了家里的祖传秘方:姜糖水发汗。一大杯姜糖水喝完,他立即精神抖擞,两眼放光,她接过杯子,还没放好,就被他拉倒在床上。姜糖水的味道彻底掩盖了他的味道,她想吻得更久一些,想辨认出姜糖水后面他的味道,效果并不显著,她烧的姜糖水味道太浓了。事后他说她好坏,进门就给他下了一碗春药。她脸红红地辩解:难道我的亲妈也会给我下春药?

无论怎么说,这是一个值得记录的日子,从此他们就是真真正正的恋人了。

她唯一在他面前不够自信的地方就是工作,她的单位原来是公有制时代的大招牌,后来一年年萎缩下去,最后竟缩成一个小小的门店,跟那些个体户的同类门店相比,不存在任何优势,却有种跟实力不相称的傲气,更加让人难以亲近。

她一下班就冲向他所在的银行,那栋楼临街,他从楼里出来,不是向右就是向左,她在算好的时间里从他楼前经过,如果他往左边走,她正好碰上他,如果他往右边走,她用不了多久也能追上他,总之,她要制造一个巧遇出来,因为他说他不喜欢约会。他说他喜欢亲密而随意的关系,他不喜欢仟何有束缚有压力的关系,包括跟他的父母。他的确跟家庭的关系比较疏淡,每年春节将近,他就焦虑不安,因为他总想找个机会躲出去。也许是他的工作太安稳太固定了,所以他总在想着出去的事情。

即便是她设计出来的似乎没有任何破绽的巧遇,他也感到不安。

最好不让他们看见我们,我不喜欢他们成天拿这事逗我、撩我,太无聊了。

她继续改进他们的"偶遇"。她走在马路的另一边,他办公楼的对面,她比谁都走得像个路人,坚决不朝办公大楼看一眼,实际上,还在两百米开外,她的视线里就只有大门口的那个旋转玻璃门,如果他碰巧就在她眼前从旋转门里冲出来,她要依言行事,假装他们并不认识,等他走远了,她再追上去。

巧的是,她想象的场面,一次也没有发生过。她多半是在远离办公大楼的路上遇到他,他站在路边抽烟,见她走近,狠狠扔掉烟蒂,在她前面迈步走人,她紧随其后。他说他没有跟女人挽臂而行的习惯,他说那有点像游行,像发布宣言,他做不到,也受不了。

他也不要她去他的宿舍。虽然是单身,却在单位的职工宿舍楼里有一个小套间。如果带她去宿舍,就等于公然带她去见全体职工及家属。她自己也不想去,她能想象那些砸在她身上的目光,她自知不是个漂亮姑娘,她承受不起那么多挑剔的目光。天知道第二天他们会向他说些什么,有时人家一句不相干的话完全能改变一个人的决定。

他们游荡于冷清的马路、市郊,所有杳无人迹的地方,以及她的宿舍里,她想,既然他不想让她去他的地盘,那就去她那里好了,不必太计较这些细节,长期在外面流浪的话,也是有走向散伙的风险的。她开始相信忍耐,忍到最后的人,通常都不会颗粒无收,她相信总有一天,他们会并肩走向市中心,走向人群。所以她一点不忌讳被熟人看见男朋友,她甚至有点小小的得意,就像一个成绩平平的学生,这次竟然得了个优秀回来一样。

在她的家教里,一个姑娘是不应该在婚前留宿男朋友的,但她顾不得那么多了,如果这里不行,那么他们就没有地方可以做那件事,可是,不做那件事的话……除非他们从没做过,她喜欢他们的性事,他能让她全身酥麻,从后脑勺一直到脚后跟,仿佛被充盈一种物质,让她流下幸福的泪水,她因此相信,他就是她的最佳伴侣。她从床上起来,去卫生间整理自己,看到镜子里的人脸色潮红,双眼灼亮,是一种异乎寻常的颜色和光泽。这都是他给的!她这样对自己说。

他不爱戴套,她也不想过分强迫他,如果套套让他感觉不好,她担心他会慢慢丧失了兴趣。她喜欢看他慢慢酝酿,点燃,一波又一波,然后轰然爆炸,壮烈牺牲,不能让一只套套打扰这个过程,她觉得她有义务配合这个过程。他也很陶醉,闭着眼睛说,这样的享受,是要折阳寿的,但他喜欢,他宁肯折了阳寿。

她怀孕了,却不敢告诉他,他们还没结婚,甚至还没谈过这类话题,而怀孕、月经,这是已婚夫妇才会有的家常事务,她只想把他们的关系固定在不问柴米油盐的情侣上,他显然也是这么想的,他讨厌家务,讨厌涉及日常话题,身边一旦有人聊到家常,他通常会掉头就走。

没有一个男人喜欢生育和家务,这正是一个男人常常忍不住出轨的原因。她真是这样想的,男人永远走在自己的轨道上,女人却常常被生育和家务拉下自己的道路,走进另一条路,或是两条路并行,疲惫不堪,姿势难看。男人不会喜欢张开腿同时走在两条路上的女人!她觉得他一定是这样的人。

肚子越来越紧绷,大腿也绷得难受,好像突然间胖了十几斤,实际上并没有,她的体重还跟以前一样,但她就是觉得自己胖了,肚子鼓起来了,她让自己尽量走出平稳的步子,以免颠到肚子里的孩子,她开始放弃紧得连手指都插不进的铅笔裤,那可能会让孩子在里面挤压变形,虽然她还有选择,比如去堕胎,但万一、万一她告诉他之后,他愿意接受这个孩子呢?如果她不小心呵护,怎么对得起孩子、对得起他?

得想办法告诉他。哎,你要做爸爸了!她不觉得他听到这个消息会惊喜得跳起来,相反,他可能会因为毫无防备而发窘。告诉你一件事,我月经四个月没来了。如果这样告诉他,他可能会说,拜托你自己想办法吧,钱我来出。他曾经讲过他一个朋友,搞大了女朋友的肚子,不得不陪着女朋友上妇产科,那人跟他形容,就像误入女澡堂一样尴尬,一辈子没有那么尴尬过。他认为他的朋友蠢得无可救药,他根本没必要跟着去,那里是女人的隐私之地,就算是男朋友,就算是丈夫,也没必要擅闯人家的禁地,那对谁都不好,大家都应该矜持一点,保留一点距离,维护一点尊严。

她想起有一次他们一起看电影,男主角因故突然离开,饱经挫折再度回来时,女人在家挺着大肚子擦窗玻璃,他当时轻轻啊了一声:这女人不错!她明白了,他不喜欢看到那些琐屑的过程,令人生厌的细节,他喜欢被阶段性的事实撞击得眼冒金星。

如果她也克制一段时间,不要跟他见面,然后直接把大肚子亮给他,他会不会也像那天看电影一样,给她一个"不错"的评价?

但她开始有轻微的呕吐迹象了,他会发现的,一定得说出来了。她决定这个傍晚一定要开口。她靠在离他办公楼不远的一棵树上,假装翻着一本花花绿绿的杂志。他过来了,满脸烦闷。她迟疑不决,也许应该先听听他的烦恼。

快透不过气来了。他见面就说:本来就是个无聊至极的地方,还要像狗一样斗来斗去,争那么可怜的两根骨头。要是有一大笔钱,我一定走得远远的。

她心里莫名其妙跳荡了一下,她从没想他的经济如何,在银行工作的人,至少应该收入稳定,不存在过不下去的情况。听他的意思,他缺的好像是大钱,而不是日常小钱,如果他有了那笔钱,就要远走高飞,那她宁愿他永远没钱。

我听说,面对纷争的时候,要想不受其扰,最好是自己也投身其中。

得了吧,我永远不会像他们那样狗咬狗,到时谁都没有好下场,白白留下笑话。

她期待呕吐再度光临,那样她就可以假装不经意地向他说出那件事,但说来奇怪,他一出现,她就不再有呕吐的冲动,连肚子和大腿的紧绷感都缓解了好多,难道是她独自一人想入非非时才出现那种生理反应?

他向她说起外面,外面有很多机会,很多大公司,民营银行,甚至外资银行,他说他很想去那些地方试一试,给自己一点挑战,这个地方,他实在厌烦了,他每天要做的事情,闭着眼睛都能做出来,长此下去,他非变傻不可。

如果她此时告诉他怀孕的事,无疑要遭到他讥讽,他连在哪里落籍都没定,怎么可能安居乐业还产子?再等等吧,稍稍等一等,哪怕下个星期,哪怕明天再说呢,就是不要在今天,今天告诉他的话,会有什么效果她完全可以想象出来。

不到一个星期,一个不好的消息传来,他被银行的安保部门拘押起来了。

原来早就开始了,早在他向她抱怨此地无聊、生活刻板之前,他就在默默行动,用他的聪明,加上机巧,偷取那些不常有发生额的客户的钱,数额之巨,令她目瞪口呆。

他直接从银行拘押室转到了公安局看守中心,调查并不复杂,但还是拖了半年,当她挺着六个月的肚子去见他时,他已经收到了判决书,准备起程去劳改农场。她特意没有穿宽松的孕妇裙,而是日常衣物,她想让他看看她快要把衣衫绷破的大肚子,然后等着听他发出他们看电影那天,他对片中人肚子女人的赞叹。

这时她已经无须工作了,因为肚子一天天变大,她不得不辞了职,不得不跟一天三遍谴责她呵斥她的亲人们划清界限脱离关系,她就一心一意等着见到他的这一天,等着他对她发出一声赞叹,然后留下铭记一辈子的回忆。

然而她所期待的那一切并没有发生。她只能在看守所的铁栅栏外见他,铁栅栏很高,几乎齐她下巴,所以他只淡淡地看了一眼她因怀孕而变得浮肿甚至有点丑的脸,就一脸麻木地垂下了眼皮。

我怀孕了。她不得不告诉他:我们最后一次见面那天本来想告诉你的,那时就快两个月了。

她小心翼翼地站起来,扶着台面一步跨上椅子。你看!

刺耳的呵斥声立即响起,看守人员大概以为她想寻短见,一把死死地扭住她的胳膊,锐声高叫:下来!出去!滚出去!你以为这里是什么地方!

他瞪着她,有点恼火,又有点惊讶,很快,他也遭到了跟她一样的待遇,穿制服的人吼叫着把他揉进去了。

她没有听到他的赞叹,他其实是可以做到的,即便是在被揉出去的过程中,他也来得及扔给她一句话。但他就那样低头耷脑听天由命地"滚进去"了。

到了劳改农场,他也没有如她期望的那样给她写封信来,她等了一个月,最终决定自己去。她折腾了好久,才查清他在哪个农场哪个分队,还有地址和行走路线。她带了很多据说是农场服刑人员都喜欢的日常用品去看他,她想安慰他,向他表明心迹,说她会把孩子抚养好,等十年后他出来时,她带着孩子一起来接他。她想告诉他,一切都没变,只不过改了一条人生轨迹。这是她费尽心机想出来的安慰他的话。

车到站时天已经快黑了,步行去农场还得三里路,她拿不准人家让不让夜里接见,决定住一夜,第二天再去。终点站是个类似集市一样的地方,到了夜晚,几近无人,只有一栋孤孤单单的小平房,窗台上摆着收费电话,窗户里面,卖些快餐面和手纸之类的东西,卧房有两间,像是专门为去劳改农场的家属准备的,暗黑的房子,一根线绳吊着一盏白炽灯,被子潮乎乎,一阵怪味,她不敢细看,勉强上床,也不敢脱衣,连外套都穿着。事实上她很难睡着,房子里总是有古里古怪的声音,让她毛发直竖,好不容易快要迷糊过去了,一阵更大的声音让她陡地惊醒,虚汗直流。她拉过被头,堵住那些声音,她不睡可以,肚子里的小家伙不睡可不行。

还是铁栅栏,好像他们从此就只能隔着栅栏见面了。

她万万没想到,他会对她大动肝火:你觉得这很好玩吗?你觉得这很有意思吗?你这是不负责任!你就是个疯子!我明确告诉你,我一点都不喜欢孩子,我讨厌孩子,你喜欢养孩子我管不着你,但请你不要养我的孩子,你去养别人的孩子好了,你没征得我的同意,就怀上我的孩子,还把他弄成这么大,你这是乘人之危,我甚至可以去告你,告你强迫一个无法行使自由意志的人。你以为你现在在我面前有优越感了是吧?你以为我会因此感激你是吧?做梦去吧!我以前瞧不起你,现在一样瞧不起你,将来还是瞧不起你,别以为你强行生下孩子,就可以理所当然地占有我了,告诉你吧,我一点都不这么想,就算我想有孩子,也不会要你来做我孩子的妈,因为你不够漂亮!你没有这个资格!

最后那几句话他是咬牙切齿说出来的,他脸上有伤,头上也有伤,伤痕下他的脸扭曲得可怕,他说完就气哼哼地扭头进去了,她独自一人杵在栅栏外面,脑子里播放着他刚才说的话,播放到最后那句话时,开始一直不停地重播。

回车站的路上,她脑子里还在响着这句话,她感到自己因此变得矮小起来,矮得跟河沟和田塍一般高了。

晚上才到家,她的窗口黑洞洞的,她还没吃饭,孩子在肚子里踢腾。楼下原来有几个人在闲聊,见她过来,突然噤声,低下头各自去了。她在他们刚才闲聊的地方停下来,没有怨恨,只有理解,换作是她,也会加入叽叽哝哝的队伍,所有跟自己不一样的人,都值得反复探讨,直至彻底理清来龙去脉。他们都是老实人,不懂得掩饰,也不想掩饰,说不定他们正是想通过这种方式让她看到,他们很不理解她的行为,很生气她的行为。她突然想到一件事,如果孩子出生了,他们继续这样对待她的孩子,且将这种姿势扩散和遗传下去,她该怎么办?孩子能接受吗?她自己能接受吗?

这一夜,她的窗口彻夜不熄,她在写一些抒发心情的文字,她已决定好要杀人了,孩子早已是个大活人,早已有了活人的感情,而她想在孩子还不懂得憎恨和恐惧的时候杀掉他,只有这样才能避免更大的悲剧。她剖析自己,他骂得对,他并没有冤枉她,她的心态是有问题,她把孩子拿来作为邀宠的手段,孩子成了她巩固爱情的工具,成了她握在手里的人质,这是不对的。她已亲耳听到,人家不在乎这个人质,当然也不在乎她怎么对待这个人质。

算了,无论用什么手段,她都唤不回他了,该到此为止了。向着目标努力是可以的,过分执着就不可取了。

她独自一人来到医院,说要堕胎,医生大吃一惊,随即给她科普一些妇产科常识,她第一次知道引产这个说法。她还被告知,她的孩子就算此刻就离开母体,也足以存活了。

病房里尽是呵护之声,大人对产妇的呵护,新母亲对湿乎乎红通通婴儿的呵护,只有她是一个人,没有陪护,没有期待,没有爱,她就是来杀人的,她要亲手杀死自己的孩子。这么一想,孩子就在里面踢她,也许不是想要踢她,只是想要逃跑,孩子识破了她的诡计,无奈里面天罗地网,无计逃出。

眼泪像两眼泉水,流不尽,揩不干。他不该那样吼她,不该骂她不够漂亮,所以没有资格当他孩子的妈妈。就算那可能只是气话,她也受不了,何况她有自知之明,她在外貌上的确是高攀他了。

那时医院里有个文着眉毛的女清洁工,不知怎么就知道了她的一切,她端来一杯热水,劝她:何苦拉上一条命债?七个多月,生下来很好养活了,多少人想要一个孩子还要不上呢,各种方子吃遍,办法想尽,就是要不上。

接下来,文眉女人告诉她一个办法,不妨生下来,实在不能要,送给真正想要又要不上的人,真的有这样一家人,盼小孩盼了好久了,眼睛都快盼瞎了。既帮了别人,又给了孩子一条生路,多好!眼睁睁弄死一个活溜溜的孩子,这一生都别想平静了。

其实她也不是不知道这种办法,小时候就听人讲过,大姑娘怀了孩子,躲到远离熟人的地方去生下来,想要孩子的人早就守在门外,孩子一哭,就有人抱出来,塞在那人怀里,谓之从血盆里抱来的孩子,跟亲生的没有两样。生母跟养母根本不认识,也无须见面,更没有来往。

她心动了:真有这样的人家?

有这样两个人,结婚十年了,各方面条件都蛮好,就是没小孩,男的是很有声望的老师,女的在机关上班,开会经常坐在主席台上的人。

你怎么知道这两个人的?

外婆说的。

那时她以为这个外婆,就是文眉女人的外婆。

她本能地想要问清楚是哪个学校,哪个机关,文眉女人严肃地说:这个不能告诉你,这是规矩,否则人家养父母怎么想,辛辛苦苦给你养大了,你一后悔,又把孩子抱走了,人家落得一场空。

我保证不去打扰他们,只想将来能远远地看一眼,知道孩子过得怎样。

文眉女人嗔她一眼:你都给他判死刑了,人家抱去,好歹还有一场人生,你还有什么可担心的。

她觉得也是,简直就刀下留人一般传奇。再一寻思,什么样的家庭都比曾经想要结果他性命的家庭要好,什么样的父母都比犯人父亲和无业母亲要好,就点了头。

李南坚持不要补偿金,那会令她觉得她在卖孩子。文眉女人说:给你就拿着吧,又不会很多,不过是一点生育期间的营养费,我看你这几个月也是吃了大苦的,拿去给自己买点营养品滋补滋补。都是女人,路还长呢。

生下孩子第二天,来了一男一女两个人,文眉女人事先交代过,本来外婆说好要来的,但她临时有事,离不开,只能派舅舅舅妈来接他们娘儿俩出院,舅舅舅妈都戴着眼镜,步履轻捷,说话和善,舅妈盯着孩子看了一阵,突然一扭身,靠着舅舅的肩膀,眼睛红红地捂住了嘴巴。看到新生婴儿能激动得流泪的人,该有多善良啊。李南放心了。

出院了,大事了结了。当舅妈抱着孩子,始终与她保持三步远的距离,匆匆走在她前面时,她开始感到有点异样。孩子就这样给他们了?怀了九个月的孩子就这样消失不见了?会不会太草率了?会不会太邪恶了?她胸腔里闷闷的,眼睛酸酸的,她想哭,想喊,想说让我再抱一下,但她最终控制住了自己,她没有能力,也没有资格,如果不是舅舅舅妈,她根本不可能见到孩子,即便见到,也只是一堆绞碎的血肉而已。

他的名字里能不能有一个晴字?晴天的晴。她向舅妈央求道:你看,今天的天气多晴朗。

好的,晴,很好的字。

舅舅舅妈到底偷偷给她塞了一只五千元的信封,她坚持不动用它,连信封都没换,一直用它包着,藏得好好的。她总觉得,只要一动,就有什么东西改变了,她和儿子的某种连接就断掉了。她相信她和儿子之间还有着看不见的连接。

在一家小公司待了半年,她实在抵抗不了一个隐秘的冲动,动起了妇幼医院的脑筋。她听人讲过,自己也看过这方面的书,孩子在六岁以前,每个月必跑一次妇幼保健院,她想,如果她在那个地方工作,难保不碰上舅舅舅妈带孩子来打预防针。这个念头一出现,就怎么也赶不开了,她想试试在医院找份勤杂工的工作,类似当年那个文眉女人的工作也行。也是上天成全,没费什么力,她就得到了那份工作,满以为就要跟文眉女人做同事了,却发现文眉女人已不在这里。过了段时间,她去花房问老鲍,老鲍看了她两眼说:应该是去别的地方了吧,这些人来来去去不是很正常吗?

对她来说,保洁工作是个全新的体验,她从没做过体力活,上岗前还真有点羞涩,不过,一天下来,她就完全释然了,她有制服,有医用无檐圆帽,医用口罩,医用手套,露在外面的只有两只眼睛,相信就算碰到熟人,也没人认得出来她,她甚至一人申请了两份工,从早上六点一直不歇气地干到下午六点,她对后勤管理人员说,她身体好,吃得消,想多干点活,实际上,她是想得到更多的观察机会,她不想漏掉任何一个可能发现孩子的机会。

有一天,以前的同事意外地打通了她的电话,说她有一堆邮件,他们都替她收着,问她要怎么处理。她说了个地址,请她帮忙转寄。末了同事感叹一句:你好傻哟!都是那个一飞害的你!

她长叹一声,说不出话来,怀孕如同洗脑,洗内脏,经历了怀孕和生育,以前种种不堪突然变得很遥远,远得像上辈子。

收到那些邮件后,她才知道同事为什么要对她说那些话,有三封信都来自劳改农场,不会是别人,只会是一飞,她这辈子,劳改农场里认识的人,就他一个。

第一封信里,他解释她去看他时,他为什么会生气,因为他还没适应那里,他跟每个人都处不好,他两次尝试自杀,但两次都被救了过来。第二封信,他在反省自己,为什么不能做个甘于现状的人,否则,他不会做那件蠢事,不会把自己弄到这步田地。第三封信过了很久才写,语调跟前两封大不一样,他提到了孩子,他说他这辈子都会视她如恩人,他可以想象她怀着他的孩子要顶着多大的压力,他说他现在境况好了些,不用下地了,在劳改农场做财务了,还有了一点点工资,他在里边几乎没有浪费时间,他已经想好出来后要干什么了,他不会让她失望的,也不会让孩子失望,他会用力弥补,会一心一意为他们缔造最好的生活。最后他说,我看人没有错,你果然是最值得拥有的。

他还以为她把孩子养大了!他这是要跟她重新开始了?还是觉得他们从未分手?还真是自说自话呢,他都那样骂她了,她不可能不跟他分手,嫌她不漂亮,不配做他孩子的母亲,任何一个女人都会崩溃,会记恨一辈子。

无论如何,她听到自己的心越跳越快,他肯定不会在里面待满十年,等他出来了,找她要孩子怎么办?她要怎么告诉他那一切?

她开始萌生查找孩子的念头。大不了把所有的学校都找遍,把所有的机关都找遍,她记得舅舅舅妈的样子,她说不出来,但只要被她看到,她一定认得出来。

她有了心事,天天都如鲠在喉,心不在焉。

老鲍看出来了。说出来吧,说不定我可以帮你。

她讲到那个文眉女人,讲到她要去找孩子,老鲍打断了她。

这个肯定不行,这种事情最忌讳单方面撕毁事前约定。真想找到孩子,不如多做善事,做到一定程度,上天自然会奖励你,让孩子以你意想不到的方式来到你面前。

我无钱无势,忙忙碌碌勉强糊口,有什么资格做善事。

打个比方,既然你在这里工作,如果让你碰上像你当年一样的女人,力所能及的情况下帮帮她,就是了不得的善事。

有天下雨,李南下班的时候去找老鲍借伞。

老鲍没开灯,一个人摸黑坐在屋里,见到李南,轻轻嘘了一声。

你听到没有,一大堆孩子在这里吵吵闹闹的,吵了好久了。

明明什么声音也没有,只有雨滴从屋檐上滴落的声音,一点点,一滴滴,时快时慢。李南不禁毛发直竖。

开灯呀,干吗不开灯?

不开灯,开灯就把他们吓跑了。

李南拿了伞就想走,老鲍拉住她的袖子。

天一黑就开始闹,一直闹到后半夜,你真的听不见吗?这么大声音怎么会听不见呢?

李南说:因为我不信鬼。

有冤就有鬼,这里每天都有新的死婴,堕胎的,引产的,难产的,他们冤哪,他们做错了什么,糊里糊涂就被结果了性命。

李南禁不住起了一身鸡皮疙瘩。

幸亏……她想说,幸亏她把孩子生下来,交给了外婆,否则,这些声音里说不定就有她的孩子。但她最终没好意思说出来。

我总觉得他们知道我在听,他们能看见我正在做的事,所以想要我也对他们做点什么。

你做了什么?

我来这里的第一年,捡过一个引产下来的孩子呢,浑身发青,说是死了,装在一个大塑料桶里,也是缘分,恰好被我看到了,我把他包起来,抱进花房,在暖房里放了一会,孩子居然哭起来了。这是我最高兴的一件事。从这以后,我一到晚上就能听见孩子的吵闹声,好多呢。

你一个男人,为什么对孩子这么感兴趣?

老鲍一笑:再给你讲个故事。我姓鲍,是吧?实际上,我应该姓抱,我就是抱来的孩子,我的养父母都是好人,当年他们在垃圾桶边捡到了我,你看,我头上至今还有伤疤。他低下头,撸起头发给李南看。

我养母说,他们看到我的时候,野狗正在啃我的头,我被一床小被子包着,只露了半个头在外面。他们赶开野狗,把我抱起来,去医院治伤,然后抱我回家。我最感恩的就是我的养父母,他们比我的生身父母好一千倍一万倍。有什么办法呢?后来还是被我的生身父母抢回去了,抢回去也没拿我当个事,所以我看起来有两对父母,实际上却等于无父无母。

李南低下头去。

人生就是路过,没什么东西永远是你的。

从老鲍那里回来,李南沉默了两天。她决定给一飞回一封信,既然他看到过她的大肚子,她有必要交代一下大肚子的下落,不管怎样,他有这个知情权。她希望这封信能先给他一个缓冲,免得等他出来之后,突然得知,做出什么过激的事来。

她先在信里祝贺他的好运,至于她,她说她正在努力地活着。才写了两句,积压已久的愤怒猛地爆发,这是她没有料到的。

你现在倒心平气和了,难得还问起孩子!既如此,当初何苦那样对我?光天化日众目睽睽(旁边有好几个农场看守)之下嫌我丑!我挺着大肚子长途跋涉一整天去看你,何罪之有?这种伤害足以杀死我一万遍。所以,我不再是以前的我了,以前的我,从劳改农场回来那天起就已经死了,孩子也不存在了,我把他送人了,他爸爸不稀罕他,他妈妈又太丑,不配当他妈,那还留着他干吗?现在我丑也罢美也罢,都烦不到你了,我们两不相干了。

她把这段短短的、气哼哼的话寄了回去。她想象他读信的脸色,他也该为他的毒舌付出代价了。

这封短信的作用除了发泄怒气,也帮她平息了想要去看看孩子的执念。那样做的确不好,会让孩子落到老鲍一样的下场,看上去有两对父母,实际上跟孤儿差不多,还是不要打扰他们,让孩子安安静静长大吧。

一飞出现得很突然,他判了十年,结果只在里面待了五年。他是凭着李南写给他的那封信找过来的,两人在医院门口见的面,第一句话就是:你把我儿子送给谁了?

李南的激动瞬间消失。

她不回答,他也没再多问。

一支烟抽完,他问她住哪。她说,我还没下班。

她把钥匙给他,又把路指给他。

分开后她一直在想,难道他的意思是,他们马上又要开始同居了?其实这几年里她一直在回忆他们相处的最后一段时间,她毫不费力就从他脸上看出厌倦和嫌弃的神色来,他并不爱她,或者说,他已经不像当初那么爱她了。坐牢能让将死的爱情获得重生吗?

下班时间已经过了,她还在工具房里磨蹭,她发现自己并不急着回家,见到那个刚刚获得自由的人。有什么东西不一样了。他身上的味道都跟以前不一样了,跟以前相比,似乎多了些阳光和沙砾的味道。

她在路上买了些夫妻肺片和卤牛肉之类的东西,正好解释她的晚归。

一飞在睡觉,被子粗鲁地堆在腰间,两条腿蛮横地伸出来。她以前从没见过他这样盖被子。

他被她的声音惊醒,见她无意到床边来,便伸了个懒腰,下了床,过来看她准备晚饭。

你比以前瘦了。

她知道他这是在夸她,因为她以前一门心思想要变瘦,尽管她并不太胖。他伸手揽她的肩,她只笑了一下。如果他刚才不用夸她来讨好她,她可能感觉会更好。

我老了。她说:这些年我过得太苦了,一年等于十年。

这话倒是真的,从怀孕开始,她就没有开心过一天,坏心情让她一天比一天老,每天早上起床,第一眼看到的脸,都比昨天更暗一层。

比我还苦?

她知道自己说错话了,不管怎么说,她都应该比一个失去自由和尊严的人好过。

简单的饭菜摆上简易小桌,一飞却没有吃的意思,他点起一支烟,吸了一口,隔着烟雾说:

到底把我儿子送给谁了嘛?

你什么意思?难道还想要回来?那是不可能的。

知道一下也不行?

你又不喜欢孩子,你也不喜欢我这么丑的人当你孩子的妈妈。

她也不吃了,那年在劳改农场受到的侮辱,从来就没有忘记过。

话都不会听!还不是为你好,我要是不说那几句话,鼓励你生下来,你想想你现在是什么样子,那才是真的苦呢。

她以前也这样想过,又怕是自己一厢情愿,现在亲耳听他这么说,隔阂开始慢慢退去。

他抽完手中的烟,摁熄烟头,说:过去的就都忘了吧。我也不是以前的我了,刚开始那两年,我只求速死,有一回差点就成功了,后来才知道,还是活着好,哪怕活得像条狗,只要还活着,就有希望。

她终于可以长久地直视他了。

我后来一直心存侥幸,我以为你会躲到某个地方,把孩子生下来,结果你告诉我,你把他送人了。一想到这事,我心口就痛,所以你一定要告诉我,你把他送到哪里去了,我想偷偷去看看他,我不会惊动他养父母的,这点规矩谁都懂。

不错的家庭,爸爸是教师,妈妈在机关工作,这样的家庭不会差。

她慢慢讲起了那年在医院,本来是要去引产的,结果遇见了文眉女人,她给她做工作,劝她不要无故拉上一条命债,又为她联系收养人。

总之,我觉得孩子跟着他们,比跟着我好得多。也许孩子本来就该属于他们,他只是在投胎时走错了路。

没给你钱?他停了片刻,犀利地问。

给了五千营养费。我一直留着没花,那个钱不能花,花了我就成了卖孩子的了。

亏你还记得卖这个字。

你什么意思?我不过是替孩子寻了条活路罢了。

一飞又点燃一根烟,抽到一半,叫她带他去见那个文眉女人。

她告诉他文眉女人已经离开医院了。

一飞立即用异样的目光瞪着她,她想了想说:不过花房里的老鲍可能知道她在哪里。

他叫她立即带他去见花工。

她望了他一阵,觉得不照办敷衍不过去,就拿出手机,说要先问问他在不在花房里。

不等她开口,花工便用平时贼兮兮的语气问她:怎么啦?一会不见又想我啦?她也不方便斥责他什么,开口便说明意图,问她和一飞此刻能不能去花房一趟。

你是说,你的男人?我还以为你没有呢。

她觉得一飞可能听得到他在说什么,就不再说话,希望老鲍能明白过来,最好不要再开玩笑。

老鲍在那边静了一会,静得像把话筒捂进了棉花堆里。

然后,他突然反应过来似的,连声说:不行不行不行。

怎么不行？又不会占用你很长时间。

真的不行,我今晚忙死了,明天有检查团来检查,现在好不容易安静下来,我得马上开始布置,几千盆花,就靠我一双手,我到现在还没吃上饭。

那好,你忙吧。她知道花工的工作,闲的时候闲得发慌,一旦忙起来,不吃饭不睡觉也是有的。

一飞猛地站起来:走！既然他那么忙,我们过去帮帮他,一边帮他一边说话。又不是什么了不得的技术工种。

你跟他关系不错？一飞在路上问她。

你走之后,他们夫妇俩是唯一肯帮我的人。

好一阵两人无话,李南不知道他在想什么,她以前对他就有点把控不住,现在更觉得难以捉摸。

路过一个烧烤摊。一飞说:吃点烤串再去吧！

她马上想起自己带回去的晚餐,敢情他是嫌弃她带回的东西不合他的胃口。

李南从没在路边摊上吃过烧烤,那是男人的事,情侣们的事,不过既然他有这个提议,她不妨尝试一回。

他点了十几个串,她点了几串烤蔬菜,他又要了一瓶啤酒,吃到中间,李南望望昏黄的路灯,再看看身边那些头碰头一起吃烤串的小伙子们、情侣们,有点不自然,她跟一飞好像也不算情侣。所谓情侣,意味着长期分开后立即变身干柴烈火,可从他们见面到现在,跟天天见面的两个老熟人有什么分别呢？

不管怎样,先自得其乐吧。

当然也包括突兀地提升一下他们之间的温度。

她突然伸手抓过他的酒杯,喝下一大口,立即张大嘴哈气。

一飞斜了她一眼:以前又不是没喝过!

他进去以前,她的确跟他一起喝过酒,但那是白酒,又是在两情相悦的时候,是带着要化到对方眼里去的欲望喝下去的,每一滴都是催情剂,千真万确,而现在的啤酒在她嘴里真苦,又酸又苦,难以下咽。

全程一飞都没有结账的意思,她看一眼他的衣服,他穿的是衬衣,只有一只口袋,一看就是空的,裤子是西裤,也是口袋空空的样子。她起身去结账,这是应该的,他刚刚出来,一无所有。

两人并肩往前走,始终保持一只拳头的距离。如果这些年他们一直有来往,她就可以往他那边轻移半步,倚着他走,可惜不是,除了她去看他反被他羞辱的那一次,他们再没见过面,她不知道怎么面对这种冻结的状态。

看得到医院的灯光了。

花房在院区后面,站在自动电子大门的闸机前,能看见暖房一角,那是她最熟悉的地方,当她走进医院,第一眼不是落在正中间的大楼,而是花房的右边角落,也就是说,进入医院之前,她首先看见的可能就是老鲍,他总是勾着腰,专心打理他那些花花草草,她很少见到一个男人如此专注于花草。

花房一片昏暗,不像有人在里面工作的样子,她以为老鲍在大楼里布置,楼上楼下找,还是不见人,也不见任何搬动花盆的痕迹。

她满大楼上上下下跑的时候,一飞在一楼大厅里,靠着导医台,似乎在发呆。

最后,她气喘吁吁地跑过来,不等她开口,他就说:走!

他的语气让她心中一凛。

走出大门他才说:你给他打电话的时候,我就听出来了,他在撒谎,而且,我敢肯定,他对你的第一个谎言,应该是关于孩子的。但愿是我想多了。

李南白了他一眼:这几年你似乎学到了很多。

走了一阵,一飞突然停下脚步,一脸诡异地对她说:我们再去一趟,我敢打赌,这回他肯定在。

她也好奇,就依了他,一起往回走。

果然,还在大门口,她就看见了花房的灯光,心里陡地升起一股失望,觉得老鲍让她在一飞面前很丢面子。

穿过医院大楼的时候,他说,不要说我们刚刚来过。

老鲍看见他们的神色让她直想笑,她第一次见他这样,像被老师抓住正在作弊的考生。

你的布展搞完了吗?我们是专门过来帮你的。

哎哎哎,任务不大,刚刚做完,不用帮忙的。

李南不住地说着废话,老鲍应付着她,目光一直跟着一飞。一飞忙着打量花房,就像他不是来帮忙的,而是来寻找什么东西的。

最终,三个人尴尬地面对面站着。

老鲍还是那个意思:找到文眉女人也是一样的回复——当时有约定,永不再见面。

我还一面都没见过。一飞捋了捋袖子,露出胳膊上的道道疤痕。

因为我当时在劳改农场里打天下。

受苦了受苦了。刚出来吗？

苦不苦的看怎么混吧，出来之前，我已经混到了财务部，在那儿工作了两年，所以我一点都不怕再进去一趟。他嘴里吐出来的烟，不经意地飘向老鲍。

老鲍马上换了种语气：我不能保证，只能说帮你们去试一试。

从医院出来，李南小声埋怨道：你不该这么明显地威胁他。

他跟那个文眉女人肯定是一伙的。但愿他们不是我想的那样。

不管怎样，我见过抱走孩子的那两个人，很本分的，一看就值得信赖。

如果那两个人是人贩子扮演的呢？

你胡说八道！李南叫起来，与此同时，她突然醒悟过来，按照一飞的逻辑，那其实也不是不可能的。

你知道什么呀，我在里面可是见识过真正的人贩子的，他们看上去都是好人，老实人，热心热肠，有一个人长得特别像我以前的同事，就是我跟你说过最喜欢给人介绍对象的那个，你知道一年之内贩卖了多少儿童吗？——三个，我亲耳听他说过，最保险也是利润最高的线路，就是直接从医院弄走刚出生的婴儿，从产房抱到医院门口，转手就赚好几万。他们有暗线埋伏在医院里。

李南走不动了，她停住脚步，仔细回忆那对夫妇的样子，似乎她一动，他们的形象就会在她脑子里碎掉，不再可寻。

可能是一飞的话起了作用，李南连着两天都没有去花房了，她不知道该怎么单独面对老鲍,完全不在意一飞的话?好像也不行,按照一飞的猜测来怀疑老鲍?好像也做不到,而且没道理。

只好暂时不见面,就这么含糊着。

这天上午,李南来到手术室,正要清理一个塑料桶,突然全身一抖,失声尖叫起来。

是一个引产下来的女婴,放在袋口敞开的黑色塑料袋里,那只小手居然在动!

几个护士也围了过来,却谁都不敢出手去碰。不知谁说了句:快去喊老鲍!

不一会,老鲍神色匆忙地赶来,毫不迟疑地把手伸向塑料桶中,连同塑料袋一起抱了出来。婴儿身上的血迹和胎膏,让李南想起了当年的情景,微微的体温,浓重的潮湿感、黏腻感,跟这个女婴不同的是,她听见了孩子尖厉的哭声,而眼前这个孩子,安静得像一个假娃娃。

老鲍把孩子放在一块发黄的医用白包布上,请护士们帮他清洗一下。

年长的护士一边利索地清理,一边抱怨:我真是恨死了这些人,他妈的早干吗去了,这不是造孽吗?

老鲍也叹气:真是个命大的孩子啊,命大之人必然福大,死刑这关都能挺过去,今后还有什么难得倒你的?说不定还是个大人物呢。你说,麻烦阿姨你给我好好洗洗,顺便检查下我有没有问题,我将来成大人物了第一个就来报答你。

护士把收拾好的孩子包起来,放到老鲍手中。老鲍抱好孩子,正要离开,无意中跟李南的视线碰了一下。

李南仿佛听到嗡的一声,是两个没有防备的物体蓦地相撞才能发出来的声音。这还是第一次,她被老鲍的目光撞疼了,在此以前,她感受到的老鲍的目光不是暧昧得肉麻,就是兄弟般的体贴。

她能感觉到,老鲍很介意她也在现场这个事实。

老鲍原地站了一会,似乎突然改变了主意。

哎?我怎么觉得这孩子不行了呢?

孩子的确没动静了。

不可能啊老鲍,你看这嘴唇的颜色,你看这皮肤。我再给你一床小被子,她可能有点冻僵了。

不对吧,你看这腿,软耷耷的,刚才还不是这样的。

老鲍回过身来,把孩子放回桌上。我看我还是不要插手这事了,她要是死在我手上,那就成了我的罪过了。

咦,你这个老鲍,上次那个比这个还差,你都抱走了。

哎哎哎,不要乱说,搞不好很容易被人误解的。

老鲍逃一般跑了出去。

护士看看外面,又看看桌上的婴儿,苦笑:不好意思啊,老鲍不帮你,就没人帮得上你了。

李南悄悄躲了出去,她希望护士能把孩子弄走,否则,别人都可以躲过,唯有她躲不过去,因为她有清理产室的任务。果然,护士已经在叫她了。李南!李南呢?快把李南叫来。

她只好回来,戴着乳胶手套的手,小心地取出一个新的塑料袋,却迟迟不敢向孩子伸出手去。

护士上前一步,两手一抄,就把孩子高高地托在手里。李南赶紧将袋口撑开,护士手一抖,孩子应声落进塑料袋里。

重新将袋子小心翼翼地放进大号蓝色垃圾桶,她要把这只桶推到冷藏室,那里专门收集体积大一点的医疗垃圾,定期交到殡仪馆火化,小一点的都及时从卫生间冲走了。

她把冷藏柜的抽屉拉出来,在桶边摆好,还是不敢用手去碰孩子,她尝试把孩子直接从桶里慢慢倒进抽屉里。动手之前,她轻轻拨开一点塑料袋,孩子的身子已经泛青了,应该是断气了。

她拎着塑料桶手柄,将桶小心翼翼地倾斜,一点一点地倾斜,尽可能地跟抽屉形成一个相接的折面,这样可以避免把孩子咚地掉进抽屉里,那会摔痛的。

蓝色塑料大桶倾斜到四十五度左右时,她看见孩子近乎透明的小手指缓缓地、费力地张开,惊骇地停了下来。停顿片刻,她不得不继续倾斜,五十度、六十度,最后关头,孩子的手、世界上最小的手,猛地抓着桶沿,尽管她并没睁眼,但她能感到她的世界在剧烈倾斜,她正面临前所未有的危险。

世界就此僵住。李南不敢继续倾斜,也不敢将塑料桶恢复成站姿,那会跌痛孩子的。她只能扶着倾斜的塑料桶,一动不动地站在那里。很快,她感到两臂酸痛,最后,她大叫一声,痛哭起来。

路过的护士听到她的声音,进来一看,忍不住笑起来,护士伸出两根手指,从垃圾桶里轻巧地拎起塑料袋,轻巧地丢进抽屉,飘然离去。

她没走,也没把抽屉塞进冷藏柜中,她坐在地上,守在抽屉旁边,她总觉得孩子的手指还在动,跟起伏的胸膛保持着同一节律。她告诉自己,是幻觉!是幻觉!但不管用。

直到另一个保洁工进来,看到她坐在地上,哭红了两眼,忍不住搡了她一把:你有病啊?你的眼泪就这么不值钱?又不是你的孩子!

这天李南没吃午饭,女婴小虫一样的手指总在她眼前晃,她能看出来,她奋力抓住桶沿的手指非常用力,她一想起这个,眼泪就直往上涌。她好像从来没有像今天这样伤心过,孩子送走那天都没有这么伤心过,那时她心里总有某种莫名的希冀,总觉得孩子是在奔向更好的所在,不像今天,她亲眼见证了一个崭新的生命,兴高采烈地来了,却被无情地拒之门外,被粗暴地扔进垃圾桶。一想起这个,她的眼泪就像个失控的水龙头,怎么也关不住。

回到家,仍然没有办法吃晚饭,她向一飞说起今天医院里发生的事,特别描述了桶沿上那只小手,一飞在鼻子里笑了两声:

你到底还是干净的。

这话深深地安慰了她,她把手肘撑在桌上,捂着双眼,心里平静了不少。

要不就是假慈悲。

……为什么这样说我?她叫起来。

死了好,总比被人卖出去,又被人弄成残疾上街乞讨要好。

谁会这样做?谁敢这样做?

老鲍知道吗?

她猛地想起老鲍今天的表现,明明已经高高兴兴把孩子洗好擦净抱起来了,不知为什么又很突然地改变了主意,丢下孩子跑了。她总觉得老鲍的怪异举止跟她也在场有关。

一飞笑了一下,又笑了一下:他不是在防你,他是在防我。他知道你看到了,就等于我也看到了。

为什么要防你?

是啊,为什么要防我呢?这得靠你去慢慢悟。

因为一飞,她和老鲍之间似乎正在疏远,最明显的就是当她去花房的时候,老鲍并不过来跟她说话,依旧在他的花圃里忙碌,甚至故意躲到花圃中去。

她又不能告诉老鲍,她虽然跟一飞重新同居了,内心却有种被绑架的感觉,明知感情上还没恢复到过去的关系(甚至不知道还能不能恢复),身体却因为物理性的原因而率先恢复了。

那天晚上从医院第一次见了老鲍回来,她开门的时候,一飞突然从后面贴上了她的身体,这是他们重逢之后第一次有身体接触。来不及细细体味他的味道,门一开,他就推着她直奔卧室,她说要去洗澡,他说待会儿去洗。

但她觉得不爽,他什么也不说,一个人埋头苦干,像饿极了的人,突然面对满桌子饭菜,谁也不看,也不说话,只顾疯狂大嚼,她别说回应,连气都透不过来。有那么几秒钟,她分成了两个,一个跳到天花板上,看着床上这两个人,另一个听到了一个声音:看哪,他在发疯一样地操她!

后来她醒悟过来,奋力抓他,掀他,蹬他。他两眼发红,狼狈不堪。

怎么了嘛!

休想让我怀孕!这辈子,我都不要再有小孩了,我宁可死,也不想再有小孩。

洗澡的时候,才发现他可能把她弄伤了,而在以前,他进监狱之前,从来没把她弄伤过。她呆了一下,他是太急躁,还是器官发生了什么变化?听说人去了那地方,什么事都可能发生。

她回来的时候,他还没睡着,稍稍挪了挪,给她腾了点地方。

去换个双人床吧。他说。

她听懂了他的意思,但他难道不应该征求一下她的意见吗?他怎么知道她就一定会同意再续前缘重新同居呢?他怎么也不问问他们还能不能回到从前呢?他大概不知道,自从他当着那么多看管人员的面骂过她之后,在她心里,他早已被撇开了,她也用行动表明了,她后来再没去劳改农场看过他,她把他骂她的那点火星一直保存着,让它越燃越旺,让它永远气势汹汹地提醒自己。

她认为她做到了,甚至还不止,她把小孩的伤痛也算在他头上,如果他不那样骂她,她现在就是个单亲妈妈,她肯定带着孩子去监狱看过他了,他们一家,虽然相隔两地,但情感饱满,内心充满希望。都说为母则刚,如果她好好养着孩子,现在肯定不是这个随波逐流行尸走肉的样子,肯定跟别的妈妈一样,风风火火,张牙舞爪,脸上飘着一抹忙碌的红晕。她不止一次望着那样的妈妈脸发呆,觉得那才是一个中年女人应该有的样子,心里装着自己的心肝宝贝,脚底踩上钉子都不觉得疼。

但他招呼也不打一个,就这么不由分说挤进来算怎么回事呢?

不行,必须跟他摊牌,到底是漫无目的地同居下去,还是有结婚的打算,因为这两条路必须匹配两种不同的心态。

但真正面对一飞的时候,她又打消了摊牌的念头,他还没找到工作,这事看起来非常艰难,当他想抽烟的时候,身边总是只有空烟盒,当他想要出去的时候,总是穿好衣服端坐桌旁不吭声,他在等着她拿钱包。也许应该等他稍微正常一点后再摊牌。

她给他钱时还必须谨慎措辞。既然要出去,多少得带点钱。好像他根本不想带钱似的。她不把钱递到他手里,只是放在桌上,小心地压在水杯底下。

她感到沉重,还不如跟老鲍在一起轻松呢,但老鲍似乎正在离她而去,她想主动跟老鲍讲讲自己的心事,说不定能重新拴牢老鲍。不如就讲讲她跟一飞之间的状态,正好也听听老鲍的意见。

没想到老鲍竟然这样劝她:我觉得你应该多花点时间和心思在一飞身上,毕竟他心里还是有创伤的,你要多照顾他,把他暖过来。

李南冷笑一声:谁又没有创伤呢?我以前也不是这个样子的,我以前的生活,跟现在截然不同。她从来没跟老鲍讲过以前的事,差不多从她怀孕开始,过去就被她尘封了,从没对任何人讲起,连夜深人静时的回忆都拒绝。那些心痛与不堪,她不想时时翻起,怕不小心印在脸上。

不管怎么说,你们应该好好合计合计,这么年轻,从头开始,一点都不晚。一飞这小子,一看就是个聪明人,你不计前嫌跟着他,他会记着你的好的。

才不是你想的那样。

她扭身就走。

她还没告诉老鲍,现在替一飞出谋划策的人可多呢。

端午节前一天,李南订做了些粽子,算是去他家过端午节的小礼物,尽管他们并没邀请她,但万一她临时接到了邀请呢?他们家应该已经知道他俩现在的关系,因为他偶尔也会向她透露一点家里的情况,她自作多情地想,也许人家觉得自己的孩子坐过牢,不好意思表达什么,所以她应该主动些。

晚上九点多了,他还没回来,她打他电话,他说他回父母家了,还说他们喝了些酒,还吃了好多粽子,他打算今天就住在父母家。

好,很好。她说,然后等他挂了电话,才默默按了那个红键。

她冷笑一声,突然抓起桌上的马克杯,朝地上狠狠砸去。真是笨啊,真是不长教训啊,都说了江山易改本性难移,为什么还要相信他从牢里出来就会跟以前不一样?

望着粽子坐了好一会,一会觉得应该把这些粽子扔到楼下垃圾桶里去,一会又觉得应该煮了吃掉,毕竟也是花了钱的。可最终,她把粽子放进了冰箱,可以当好几顿饭呢。

洗澡的时候,她的脾气又上来了。为什么要收留他?他明明可以住在家里,为什么要白白给他当空窗期的消遣?

赶紧从卫生间出来,在睡衣外裹了件外套,拎着他的拖鞋快步出了门,一脸蔑视地丢进垃圾桶后,心里舒坦多了。

第二天晚上,他按时回了家,她生着气,一直不吭声。他找不到拖鞋,也不问她,就赤着脚,一屁股坐在那把聚丙烯塑料椅子上,开始讲昨晚的事。

原来过节只是由头,主要是家里在给他安排相亲。

她的心脏猛地跳了一下,然后就卡在那里不动了。

我跟他们说起过你,我说你不打算生小孩,他们说那不行,一定得生,还说现在鼓励多生。

那么,她打算给你生几个?她尽量让自己冷静。

还没讨论这个。他认真地说。

她突然站起来,打开门。

你走吧,再也不要来了。

什么意思?告诉你就不错了,我要是不告诉你呢?

总会知道的。

我还没说我决定跟她发展呢。

去吧,去求她吧,她可能比较配当你孩子的妈。

她是比你漂亮。他渐渐生起气来。

那正好,赶紧去吧。

去就去。他猛地起身,往门外走。

她突然叫住他的名字,他停在楼梯上。

她一笑:孩子生下来先检查一下有没有屁眼。

她说完就关门,人靠在门上,身体轻轻抖动起来。

这是个清风和煦的早晨,又刚刚斩断了跟一飞的关系,满脑子都是重整旗鼓重新开始的念头,李南感到脚步都轻盈了许多。还在医院门口,就看到门诊大楼前围了好多人。

七楼顶上立着一个抱孩子的女人。

她听了一会,明白了情势,那个女人要抱着孩子一起跳楼。

神经病。脑子进水。欠揍。很多人在骂那个女人。李南一一打量他们的面孔,因为个个都是仰视的姿势,她轻易就能看见他们的鼻孔、牙齿、下巴,她第一次发现这些人真丑,所有人都好丑,而且气味难闻。

孩子的包被是淡绿色,她知道这是月子中心那边的孩子,整个医院,只有月子中心的被服是淡绿色,其他全是白色。月子中心是有钱人的天下,普通人根本不敢问。她想起几天前,月子中心有人吵架,是外面进来的女人,带着两个女性帮手,合伙欺负一个生孩子的年轻产妇,三个女人把产妇从床上揪下来,摁在地上打、踢,幸亏孩子当时不在场,否则恐怕也遭了殃。产妇的妈妈闻声赶来,也被那三个女人摁住打了一顿。那三个人很有经验,在保安赶过来之前,及时住手,眨眼间逃得无影无踪。

李南早就觉得不对劲,年轻漂亮的产妇,住着豪华的月子中心的包间,却很少看见孩子爸爸露面,自始至终只有产妇和她妈妈,两人说话都很轻,走路也轻,一副活得小心翼翼的样子,不像其他进出月子中心的人,大步流星,眼睛都长在额头上。

她想象母亲和孩子同时跃起,坠落在地,孩子脆弱的身体像玩具一样跌散,脑子里不合时宜地跳出另一个孩子来,那个七个月就知道奋力抓住塑料桶沿的婴儿,被老鲍抱了一下又放弃不要的婴儿,她总觉得是她的出现改变了那个孩子的命运,总觉得她间接杀死过一个人。她不想再做这样的事了,即使只是被她看到也不行,除非她插手干预——她能力有限,但只要愿意去做。

她知道有个地方可以上到楼顶。

不是每个婴儿都能躺在淡绿包被里的,不是每个婴儿都能在月子中心里降生,不是每个婴儿生下来就被这么多人惦记。她一边在心里打草稿,一边奋力往上爬。她要把这些话讲给孩子的妈妈听。

她的出现吓了产妇一跳。

把孩子给我!她大喝一声,就像她才是孩子的妈妈,产妇倒成了偷孩子的人。

给我!她再次怒吼。

产妇完全被她的样子搞蒙了。

就这点本事吗?有本事给我打回去,明里打不赢,暗里打,一年打不赢用十年来打,你都有了孩子了还怕什么?你都当妈了还怕什么?那些人怎么逼你的,你也怎么逼她们,自己认怂也就罢了,干吗扯上孩子?孩子有什么错要陪你糊里糊涂去死?

正因为不放心孩子……

交给我!我来替你养,你去找那三个女人。打赢了回来抱孩子,打不赢就别回来了,专心一意当你的受气包去。

产妇又开始哭:我做不到,我一无所有,众叛亲离,我死了大家都开心。

那你去死吧,把孩子给我,你以为他还是你的?一旦生出来,他就不再是你一个人的了。给我!

你到底是谁?

你管我是谁?我是这个医院里的人,是个大人,还是个女人,这里每生一个孩子我都有责任保护他。

警车开了过来,产妇有点慌了,两条腿抖索起来。

他们这是逼我呢,他们一来,我只能跳了。其实我本来还想过去捅了他爸爸的。

我要是你,我就把孩子放一边,先给自己把仇报了再说。

我做不到!

爸爸不认,妈妈又没用,那就交给我好了,至少可以活下来。

为什么?你为什么这么喜欢孩子?我就不喜欢,当初决定生下来,不过是想抓住他爸爸,既然抓不住,留着他也没用。

什么狗屁逻辑!把孩子给我!

李南想把孩子抢过来,又怕那女人真做蠢事,正想着,警察顺着李南走过的路上来了。

一个警察笑起来:又是你啊?

女人好像很厌恶警察,突然改变主意,也不跳楼了,抱着孩子往楼下走。

李南犹豫了一下,也跟着往下走。

她依稀听见那个警察对谁说了一句:这女的被我在KTV抓过一次。然后就是香烟的味道,他们大概要在上面抽根烟才会下来。

李南紧紧跟过去。女人在六楼通道尽头的小阳台上哭泣,李南试着靠近,还好,女人似乎暂时没有往下跳的打算。

淡绿襁褓中的孩子还在熟睡,小脸粉红,小嘴无意识地做着吮吸的动作,对正在发生的一切一无所知。

多漂亮的孩子!

他还没有名字,出生卡片上有他的生日,他很健康,什么毛病都没有,他是巨蟹座,据说这个星座的人很顾家。但愿他将来能对他老婆好一点。

到喂奶时间了吧?她想把女人劝回房间去。

我没奶。开始一两天是有的,后来越来越不开心,就没有了,像突然停了水一样。

李南伸出两手,女人把孩子交给了她。襁褓微微的温度感动着李南,她抱着孩子,热泪盈眶。她当年奶水好多啊,像两只大水袋,沉甸甸挂在胸口,胀得生疼,却找不到那张小嘴。

你抱孩子的样子,很像妈妈,你有孩子吗?是儿子还是女儿?做你的孩子肯定很幸福,看你面相就知道,又善良又温柔。

为了不让泪水掉下来,李南只能一动不动,也不敢眨眼睛。她没觉察到女人已悄悄退至栏杆边。

对不起哦!

李南抬头望去,女人的一条腿还在栏杆这边,她大喊一声,奋力伸出手去,但无济于事,那条腿像鱼尾一样倒竖着从栏杆上方消失了。

孩子在她臂弯里痛苦地皱了皱小脸,像是要哭,没过多久,又重新平静下来,安稳地睡去。

在楼顶抽烟的警察迅速下来,按程序拉起了黄色警戒线。登记了那个女人在月子中心的物品,通知了相关人员。

李南求得院方许可,暂时代为照看女人留下的婴儿,免得被送去福利院。她这样打算,如果没有人来认走这个孩子,她就正式去民政局办理收养手续。她不想再失去任何一个孩子了。

别人收养了她的孩子,她又收养了别人的孩子,如果她对别人的孩子视若己出,人家定然也会对她的孩子视若己出。她认定这一点。

她跑去找老鲍,请求在花房里安放一张婴儿床(她从医院仓库里找来的旧床),她会在工作的间隙跑来看他,给他冲奶粉。她要争取两个小时过来一次,实在过不来的话,她请老鲍代她冲奶粉。

这孩子跟我有缘,他注定是我的孩子。她对老鲍说。

老鲍也很支持她收养这个孩子。抚养孩子是很养人的事情,你会从中收获幸福的。

这一天她格外忙碌,必须在天黑前把一切搞定,让孩子在天黑前舒舒服服住到家里去,好在医院周围婴儿用品店多。她愉快地花钱,花了一笔又一笔,这么多年的节俭终于崩溃了。

八点多钟,她才抱着孩子进门,没想到一飞还是坐在她家里。

你不是已经相亲成功,准备去生一窝孩子了吗?

他不理她,惊讶地盯着孩子看。

你,这是什么意思?领养?也不问问我?

你又不打算跟我结婚,为什么要问你。

你怎么知道我不打算跟你结婚?

得了,没心思跟你斗嘴。

她去做饭,一飞在一旁盯着婴儿看,她不时抬头看这边一眼,担心粗手粗脚的一飞会弄伤孩子。

你对我有误解,多想想我们以前。一飞离开孩子,过来了,她提着的心放了下去。

以前你对我也不好,生怕人家看到我们在一起吗?我就那么丢你人？

我只是不想处处都跟他们一样,一样的恋爱,一样的婚姻,连吃的东西都一样,大家都过一样的生活,跟养鸡场有什么区别。

如果没有碰到你,我肯定会遇上别人,肯定也会有很隆重的爱情,那样的话,就算过上养鸡场的生活我也愿意,所以你对我犯下的罪就是:你剥夺了我的生活权。

剥夺？我对你说过一个不字吗？

你是没说,但你打击了我的兴致,结婚的兴致,生孩子的兴致,你让我错过了做这些事情的最佳时机。

一飞也不辩驳,只是瞪着她。

过了一会,一飞又找到了理由:就算是这样,我还是要说,你说的那些事情真的有意义吗？你是什么样,我是什么样,我们的孩子就是什么样,他就是我们的复制品,没什么值得期待的。

是没什么值得期待的,可我就是厌倦了没有感情的生活,我想培育一种新感情,我愿意为这个小不点全心全意、不计后果地付出,尤其是当我想到有人也正在这样为我的孩子付出的时候。她几乎哽咽起来。

她知道他们之间还有一丝挽救的可能,但她不想抓住它了,她对男人的感情好像已经用光了,她现在满心期待的就是这个从天而降的小家伙快快醒来,她想看他的眼睛,看他嚅动个不停的小嘴。

她打开一个纸尿裤,反复练习穿脱的动作,她在医院里见过护士们向家属演练那个过程,动作她都是熟悉的,就是从没亲手碰过。她知道她没问题的,从那个女人手上第一次接过孩子时,作为母亲的本能就被唤醒了。

练习好纸尿裤,接着消毒碗筷,擦洗家具和地板,凡是孩子会碰到的地方,都要清洁消毒,再不能像以前那样不讲质量地对付三餐了,孩子会促使她对生活讲究起来,卫生、品质、营养、观感,全都要讲究。有孩子真好,没有孩子的时候,她很少想到这些事情。

孩子哭了,她冲过去,却不知所措,站立片刻,才想起应该把他抱起来。抱起来后,孩子哭得更厉害,她轻轻地抖,像医院里那些家属一样,抱着孩子又是哼又是踱步,但孩子完全不吃这一套,哭得越来越厉害,像正在忍受某种剧烈的不适。

她打电话给老鲍,本来想问护士,但解释起来太费力了,抱孩子回家的事她还没有公开,也不想公开。

老鲍说:你让他哭呗,哪有不哭的娃。

万一他是有什么不舒服呢?

给他吃了吗?多久前吃的?

她说了个时间,老鲍笑了一声:你还是女人呢!孩子两个多小时就要喂一次,你已经欠了他好几顿了。

于是急急忙忙去冲奶粉,果然,那小嘴一碰到橡胶奶头,立即一口咬住,再也不肯松开,小手指还惬意地抓一抓的。

一瓶奶粉喂下来,她已经舍不得放下了,眼睁睁看着孩子在她怀里再度睡过去,她突然有种冲动,她想就这样抱着他睡一夜。

第二天,她早早地带着孩子来到花房,把孩子安顿好后,再去上班。走前不忘叮嘱老鲍:外出的时候记得锁门啊,超过二十分钟的出门,一定记得给我打电话,孩子身边不能没人。

一飞什么态度？

哪有他表态的地方。

你真的不能忽视他的态度。老鲍突然严肃起来。

但她已经风风火火走出门去了。

昨晚她就在想孩子的名字，想了一晚上，没想出来，这会，从花房出来，她突然来了灵感，孩子肯定要跟她姓，这一点毫无疑问，名字嘛，单名一个绿字如何？她想起第一次见到孩子那天，那个淡绿色的襁褓，以及势必要在花房度过的婴儿时期，绿字真的非常贴切。小名就叫小绿，听起来也不错。

晚上，她抱着小绿回家，一飞又出现在她家里。

你实在要来我也没办法，但你要搞清楚，你没拿我当女朋友，正好我也不拿你当男朋友，咱们就这么讲定了。

一飞没什么反应，只顾盯着孩子看。好奇怪啊，感觉比昨天大了很多。李南心想，男人也会被天使般的孩子俘获吗？

忙了一阵，发现小绿的一只水杯不见了，她打电话问老鲍有没有掉在花房里，老鲍找了找，说没看见。

看来是弄丢了。刚刚挂掉电话，一飞突然来了句：在花房门背后的钩子上。

你今天去过花房？

怎么？不能去？就算你想霸占老鲍，也不能剥夺他跟人交往的权利吧。

可笑，你们有什么可交往的！

她知道他是不屑于跟老鲍这类人交往的，他内心是瞧不起这种人,觉得人家不能给他带来"精神上的营养"。

她忍了又忍,还是说了出来:你最好不要跟我的同事有太多来往,你不是也不喜欢我进入你的圈子吗?连你的办公大楼都不许我靠近。

这是什么意思?隔离我呀?不是说全社会都有义务来帮助我这种人走上自新的道路吗?当然也包括你。

她瞪了他一眼。

李南正在用大排拖拖地,老鲍的电话来了。

是你抱走了小绿吗?

没有啊,我一直在上班。小绿怎么啦?

老鲍说出不见了三个字时,世界突然静音了,她听不见老鲍的声音,也听不见周围任何动静,只能看到那些熟悉的人在匆匆忙忙无声地移动。

直到她跨进花房门,静音才消失,她听到了自己的喊叫声,近乎嘶哑,而且变形。

我浇完一遍水,回来一看,婴儿床上是空的,几件衣服、奶瓶,都不见了,我还以为是你带着他去打预防针了。

大门口的监控调出来看过了,没有人抱着小绿离开。花房外的公共区域,也都调出来看了,一无所获。可惜花房里没有监控,难道是从花房后面翻院墙弄走的?

她要报案,老鲍脸色一变:妹子,你这就不仁义了,这么多年来,我待你怎么样?

孩子不见了,肯定要报失踪啊。

你报警的话,我就是唯一的嫌疑人,我的工作肯定得丢,万一哪句话说得不对,我可能还无法脱身。

我当然相信你,我是怕有人进来把孩子偷走了。要不这样,我们先找找,再决定要不要报警。

当着老鲍的面,她不再提报警,但一转身,老鲍看不到她的时候,她赶紧拿出手机报了警。

她听得出来,警方很重视,这让她略感安慰。

警察一出面,事情很快有了线索。

看了那么多遍的监控录像,居然都没看出来,一飞不过是戴了顶棒球帽,又大大方方提了个洛可可风格的婴儿篮,他们就把他忽略过去了。

警察问她跟一飞什么关系,她老老实实说了他们的过去,也说了他们的现在。又问她是否委托过一飞,把孩子转移到某处,她断然摇头。她绝对不会把孩子托付给他,她宁肯托付给花房的花工,也不会托付给一飞。

说起花工,他们也问了她一些问题,包括他们是如何认识的。她本来想简单几句敷衍过去,但她很快发现,他们对她说的每一句话都有记录,如果她前后不对,或者稍有自相矛盾的趋势,他们就会做上特别的标记,并再次发问,要她确认。这种架势把她吓住了,她想她最好的办法就是实话实说,才不至于说错话,引来误解。她知道在这种地方,发生误解的后果是相当不妙的。

一旦她决定说实话,就不得不说到她怀孕的事,说到她想去堕胎,却被告知只能引产,说到她碰到那个文眉女人,说到外婆,说到抱走她孩子的舅舅舅妈。她看到问她话的人和记录的人不断交流眼色,却又不做任何结论。

她在自己说出来的文字后面签了字,画了押,警察就放了她。

她回到医院,来到花房,老鲍不在,屋里有点狼藉,她徒劳地又找了一遍,只找到小绿的一块口水巾。她在想,也许她把小绿放进花房本身就是个错误,这里毕竟是个公共场所。

有个角落,有很多烟蒂,她很奇怪,老鲍是不抽烟的,一飞才喜欢没事就夹根烟在手上。

很快她就知道,老鲍被抓了,罪名是涉嫌贩婴。

说是有一条规模较大的婴儿链,名叫替生,意思是,有人专门搜寻那些身处困境的孕妇,领走她们不合时宜、不受欢迎、不能自己抚养的孩子,送到那些求子若渴的母亲们手里,这些人多半活动在各大妇幼医院,孩子经过他们的手,重新选择了父母,绝大多数孩子在新的家庭过上了正常的幸福生活,但也有少数几个经历了一些曲折,甚至去向不明。

鉴于种种原因,这次调查遭到了许多家庭的抵抗,因为基本上没有家庭愿意公开孩子其实不是自己生的,而是领养的。所以罪名之下,真正有用的证据并不多。

李南一口气跑到看守所,事已至此,她想老鲍应该可以直接告诉她,她的孩子在哪里,舅舅舅妈,也就是那个教师爸爸和公务员妈妈,他们又在哪里,他们三个是否在一起。

她没有见到老鲍,她在看守所门口哭闹,一个年纪大的警察动了恻隐之心,告诉她他所知道的消息,外婆根本就不存在,舅舅舅妈当然也不存在。她彻底安静下来,她被吓蒙了。

回到家翻来覆去想那个过程,不对呀,如果真有那么一条链子存在,她也是参与过的,她还见过外婆呢,老鲍带外婆上楼,是她把那束花递到走廊里的孕妇手上,把目标指给外婆。

她开始大口大口喘气,心跳如鼓,恐惧令她透不过气来。

她的体重一天天往下掉,头发也一天天泛白,听到警笛声就两腿筛糠,见到穿制服的,就紧张得结结巴巴。她甚至想过去买点安眠药备在身边,一旦发现情况不对,立即吞服下去。她害怕去上班,又不得不硬着头皮上,她得更新一些消息,每天都有新的消息传到医院来。

但她一直平安无事,调查扩展到其他医院去了,莫愁路的妇产医院已不再是重心。

忧心忡忡地过了一年多,并没有人来找她,连例行公事的询问都没有。

李南再次踏上了当年走过的旅程,老鲍被判了二十年,服刑地点正好是当年一飞待过的地方。快到目的地的时候,李南看见了那条公路,冷清无比的集市,陈旧阴森的小平房,她还记得那个小商店后面的旅店,潮湿的有味道的被子,以及一根绳子吊着的白炽灯。那时她还是个大肚子女人,现在那孩子快七岁了,他在哪里?他有学上吗?她真希望他有一个当老师的爸爸、当公务员的妈妈,真希望外婆是存在的,孩子都喜欢外婆,妈妈也喜欢外婆。

老鲍居然没有太大变化,只是黑瘦了些。

因为我很坦然,我觉得我没有错到哪里去,有几个孩子是出了点差错,但那不是我的本意,毕竟我不能对一个孩子全程负责到底,如果说我必须为那几个孩子服刑,我是服气的。话又说回来,那些在父母身边长大的孩子,还可能发生各种意外呢,有谁追究过父母的责任?

我明明见过外婆,我还把外婆带到她床边,走廊里的那个。为什么你不提这事?你忘了吗?

怎么会忘呢?老鲍一笑,温柔地望着她。

你没必要保护我。她望着老鲍,尽量忍住不流泪。

又不光是你一个,所有为那些孩子出过力的,我都没提。

还有谁?

老鲍一笑,不说话。李南眯着眼睛想啊想啊,突然,她想起那个引产下来还是活着的女婴,想起一个护士的脱口而出:快叫老鲍来!这么说,护士知道老鲍在干什么,但自始至终,没有一个医护人员卷进这条链子里来。

你这是何苦?那些人感激你吗?

我不要谁感激我,自己问心无愧就行。

李南心疼又气恼地瞪着他:好好表现,一出来就去找我,我的手机号永远不会变。

别管我,好好过你的。

我怎么可能过得好嘛,找到的那几个孩子当中,并没有小绿。

老鲍两眼突然发出光来:傻瓜,这是好消息啊,说明小绿的父母非常不舍得他走,把他藏起来了。真的,你相信我,这绝对是好事,当年我的亲生父母如果不去找我,让我在养父母家安静长大,我的命运可能不会如此。所以你看,我改变了那么多人的命运,面对自己的命运,却束手无策。

命运到底是什么东西?

命运就是你想摆脱又摆脱不了的东西,对我来说,可能是我的亲生父母,对你来说,可能是一飞。

这回应该摆脱了吧。她告诉老鲍,她没打算去第三监狱探视一飞,她要从此与他音信断绝。

是吗?那还打听得这么清楚?

她张了张嘴,没发出声音,她有点气恼。

有些人永远不会被原谅。她挺直脖子,语气格外坚定。

他微微笑着,以难以察觉的小幅度,频频点头。

柜中骷髅

　　峡口常年大风。有时是季风,风从千里之外呼啸而来,在峡口上空揉搓一个季节,直到地上一切筋骨移位,变颜变色,方才悻悻离去。有时来自水上,风在水面上作花样滑翔,从上游到下游,又从下游到上游,所到之处,衣袂翻飞,寸心浮动。有时来自两岸壁立的山巅,那是正在往前疾走的风,冷不防跌下悬崖,瞬间张开数不清的翅膀,飞沙走石。

　　在南方,再没有比峡口更饱经风吹的城市了,祖祖辈辈的峡口人,额顶都长着反旋,那是被风吹的,峡口人眼睛都小,那是因为行走在风中必须眯着眼睛,峡口人多瘦削,风一刻不停地吹,刮走了他们身上的水分,风干了他们的体脂。峡口人大都不太高,因为树大招风……

　　峡口县改市的时候,有人建议趁机将峡口改称为风都,可惜上面未予批准,后来有人说,管批示的人正好是从峡口走出去的,认为峡口二字已经声名远播,不宜轻率变更。就这样,一个心怀家乡的游子,不动声色地拯救了一座险些消失的城市。

风是极具沾染性的东西,它路过加油站,就是汽油风,路过超市,就是柴米油盐风,路过饭馆,就是酒肉风,路过医院,就是来苏水风,路过学校,就沾满一身的尖叫和奔跑……只有路过生活小区时,风的味道最复杂,五味杂陈,百味难辨。

风在每家每户门窗前盘旋窥探,寻找进去的良机,每次都百发百中,满载而归。屋里的人不知道风来过,他们急匆匆关上门窗,拉好窗帘,以为自己完好无损。

风吹不进小魏的家

她叫魏妤青,很多人不知道妤字的发音,就很坦然地将她的名字简化为小魏。小魏!小魏小魏!他们一直这么叫。

有年"三八",单位组织女职工春游,游完了景点,全体撤回商场,女人们眨眼间像水滴掉进了大海,幸好领队事先有交代,几点几分在某地集合。

到了集合时间,所有人都拎着大包小包回来了,唯独不见小魏,手机也打不通,领队一急,就去了服务台,请求广播找人,什么都登记好了,唯独呼叫姓名一栏,领队怎么也想不起来小魏到底叫什么名字,总不能就写个小魏吧?领队站在那里,羞愧得满脸通红,回去问任何一个同事,都有可能传到小魏的耳朵里,小魏会怎么想她。什么?一起工作这么多年,居然连我名字都不知道。后来领队终于想了个好办法,她在呼叫姓名一栏里填上了"某某单位的小魏",总算蒙混过关。

小魏三十四岁了,家里依然只有她自己一双拖鞋,但她不急,笃笃定定藏身在峡口某个闭塞而安全的无名小弄堂里,那里是老城区里最老的旮旯,邻居们多数都没了牙齿,除了偶尔有收音机和电视机带来的噪音,其他时间安静得像墓地。

小魏也不是每天都要回到这个最老最安静的旮旯里来,她在单位集体宿舍里还有个床位,一周里去睡个一两晚,纯属占位,万一哪天单位对这些单身汉们出台个什么政策呢?一切皆有可能。

无名弄堂的房子是个隐藏很深的一居室小套间,看起来只是个一臂宽的小过堂,门帘一掀,里面别有风光,小魏把她的聪明才智都拿到布置房间上来了,不宜大兴土木,她就自己用一百多张砂纸把水泥墙面打磨成了损伤型壁纸。地面是水泥的,她自己动手刷了两遍清漆,夏天赤脚踩在上面,凉悠悠的,还带点不易察觉的弹性。因为房间太小,峡口著名的大风在门口只能一掠而过,无法侧身进入,所以小魏一般不大在房间做饭,以免排烟不畅污染了空间,大多数时候,她身边带着一只保温桶,中午去食堂,故意多打点饭菜,趁人不注意,拨出一部分,悄悄装进保温桶里,带回家里就是一顿晚饭。

对一个女单身汉来说,不支出就是在攒钱。要想尽一切办法避免支出。

无名弄堂的房子是冯医生提供给她的,从来没人找她收房租,她也不问,问了也付不起,一顿饭钱都想省掉的人,哪有付房租的气概。

她原本就不是个骨感型的女人,近来越发圆润柔美,柔得连唇线都快没有了,脾气也一天比一天好,一想到自己正过着超出她支付能力的生活,她就觉得自己非常幸运,也非常幸福。

冯医生每周一到周四之间在这里消磨一两个晚上,但从不在这里过夜,走之前,趁她不注意,他会往她写字台的抽屉里放一小沓钱。这个抽屉,看似无意,其实是他精心挑选的,不是枕头下,也不是床头柜里,更不是衣服口袋里,那些地方都太轻佻,有下流的嫌疑,他从不用那种态度对待女人,那等于在贬低他自己。从青春期开始,他对每个女人都是认真的,认真到可以把灵魂交付给对方,唯一不能轻易付出的只有名分,尤其是结婚以后,他不想因为任何原因而离婚,因为他很小的时候,母亲就很失望地告诉过他,不管跟谁结婚,到头来都是一样的。

冯医生长着一张不近人情的脸,鼻子高挺,目光威严,下颌方正有力,但他不能笑,一笑就露出满口杂乱而淘气的牙齿,满脸威严全部崩坏,仿佛大厦将倾、大难临头。她没告诉过他这种感觉,她直觉他不会喜欢这种感觉。有时她想,如果他妈妈在他年少时给他戴戴牙箍,他可能会是另一个人。

他们在无名弄堂里过了近两年没有日常生活的生活。他说他喜欢这样的生活,不做饭,不养孩子,不应酬,不遵守一切常规,不问窗外,可以裸着身体在屋里走来走去,可以开着门上厕所,可以说些遭天打雷劈的话,有天兴之所至,冯医生拿出手术前备皮的架势,一举剪光了她的阴毛,她也反过来要剪他的,他几乎要答应了,又猛地醒过来:我回去怎么向她交代呢?这是她最佩服他的地方,看上去不管不顾,像个无道昏君,关键时刻,总能及时清醒过来。

他不在的时候,她把时间都花在打理家务上,一遍遍地擦地,擦到一尘不染,糍粑掉到地上都可以捡起来吃,她侍弄插花,多数时候并不是鲜花,鲜花太贵了,而且峡口的鲜花市场极其有限,买花容易被人注意,她把目光转到蔬菜市场,冬天的紫菜苔,能一直插到开满黄色的小花,水芹和芦苇叶子插在一起也很好看,还防蚊,闻起来也不错。总之,菜市场每个季节都能找到做插花的材料。

冯医生常常对着她的插花出神:你程姐只会把它们炒来吃!

程姐是冯医生的妻子,还是小魏的同事。

小魏替程姐说话:别这么说她,炒来吃才是正道。

说起来,还是程姐牵线让他们认识的,程姐得知小魏在书法比赛中获了个奖,立即尊她为青年书法家,一天三次做工作,把她请到家里辅导儿子冯一心练书法。冯医生在家里对小魏并未表现出过多热情,就像他对儿子的书法如何并不特别上心一样,他觉得一个学生把数学学好才是正道,但他对一个普通女职工却有一手不错的书法这个事实很感兴趣,上上下下打量她,像她哪里长得不对劲一样。大约是在第五节课后,冯医生在路上碰见了小魏,停下车,把小魏叫了上去,小魏以为冯医生想让自己坐个顺风车,结果他一口气把车开到了城外,停在一个僻静处,转脸对她说:一直想有这么个机会,今天终于得到了。

她完全没有防备,慌乱之余,倒也心生欢喜,算起来她那时已闲置了快半年没有新的男朋友了,任何一个主动走过来的男人都能惹起她的遐思,何况是端正沉稳的冯医生,中心医院的冯副院长,程姐动不动就要提起的令她骄傲也令大家羡慕不已的丈夫。她只是感到意外,除了那点书法,她浑身上下再无出众之处,竟然也能吸引住面前这个整洁而体面的男人。

几分钟后,他拿起她的手,她没抽回,他吻她的手,她既感动又惭愧,上车之前,她刚刚用这只手整理过失去了松紧的棉袜,它总是掉下去,一直褪到脚心。接下来,他直接探身过来吻她了。

她以为他会有进一步的动作,但他停止了,面色发红,呼吸粗重,他捋捋掉下来的头发,顺势捂了会眼睛。晚上还有点事情。他说。车子动了起来,他在往回开。

下车时,她脑袋发昏,必须缓行,才不至于摔倒。他向她点头,用眼神告别,她发现他的眼神里原来并不仅仅只有威严。

她在原地站了很久,终于慢慢将自己从心慌意乱中拉了回来,即便她已经三十多岁,经历了几次不愿提及的失败的恋爱,这种情况仍然让人始料未及,忐忑不安。太近了,同事的丈夫,学生的父亲,有身份的人,种种条件都在提醒她,这人碰不得,即使是对方先碰的她,她也应该躲开为妙。

她打定主意,忘了这事,只是一吻而已,就当握了一次手,就当公交车上被人揩了一把油。

事实证明她的想法是正确的,冯医生可能也跟她持有同样的想法,因为此后他一直没动静,她甚至在他家见过他一次,他像往常一样,点点头,客气了一两句,就进了自己房间,那份冷静令她简直不敢相信自己的眼睛。

大约过了三个星期,他再次冷不防在路上碰到了她,他把她叫上车,一直往北开,来到那个无名弄堂口。

他把她推进那间小屋,交给她一把钥匙,说她可以按自己的爱好稍稍布置一下,前提是不兴土木,安静低调。

甚至都不征求她的同意!她目瞪口呆。一直以来,她是多么渴望有一间属于自己的屋子啊,多少个夜里,她躺在集体宿舍气味复杂的小房间里,把自己塞进抽屉一般的小床上,想入非非:哪怕有个又笨又胖的家伙来包养我我都愿意,只要他能给我一个属于自己的空间。老天爷一定得知了她的心愿,老天爷肯定是在怜悯她这些年来受的苦,她那么勤奋,所有的加班来者不拒,那么好说话,不论哪个同事家里需要帮忙,她都随叫随到,她像她单位那个大家庭的公共小妹,谁都可以支使她。她不在乎房子是买的还是租的,不在乎它有没有未来,这么做是不是合适,也不在乎他有没有征得她的同意,她顾不了那么多了,很多人三十多岁就死了,如果她不幸也是那样的人,她至少要享用过属于自己的房间,就这么一个人生愿望。

他给了她一些钱,让她去添置些必需品。她强令自己不要害羞,这个世界上还有很多这样的秘密关系,她得到的不过是打了折扣的,房子是租来的,而不是买来的,更不是买给她的。给她的是现金,而不是银行卡,更不是金卡。他所给的钱,讲明了用于装饰房子,并不是给她本人的生活花销。她为到手的种种折扣感到心安。

她终于说出了她的担心,她想辞去一心的书法老师之职,她怕程姐看出来。

不,你得继续教下去,你不去她才会怀疑。

她的课定在每周五晚,他说他会在那天晚些回去,尽量减少她的不安。除了这天,除了应酬,一个星期里的任意一天,他都有权去那个无名弄堂的小屋里。

镇定些! 你的镇定就是对她的最大尊重。

她利用一切可以利用的分分秒秒,默默搭建她的小窝,任何人,包括自己的父母都不知道她还有这个小窝,那里只属于她和冯医生。

周五晚上,上完冯一心的书法课,程姐问她:你平时下了班都做些什么呢?

她一脸的漫不经心:散散步啊,看看书啊,追追剧啊,然后就睡觉,我睡得早,十点多就睡了。

所以你皮肤好啊。程姐掐她的胳膊,挤压过后的皮肤迅速由白转红,程姐盯着那块地方说:将来还不知被哪个家伙享用了呢。

破窗而入的树

楼下有棵年代久远的樟树,五楼的家被树枝遮挡得严严实实,有一年,妈妈提议砍掉一根树枝,因为它若再长一厘米,就能戳破窗户玻璃,成为一心的室友。但一心阻止了妈妈。

这是我的房间,又不是你的,你只能砍伸进你房间的树枝。

一心一般不为自己发声,这还是头一次,虽然荒唐,也只得依了他。

事情果然像妈妈担心的那样,有天晚上,哐啷一声,窗玻璃爆了,一根树枝执拗地伸了进来。一心欢欣雀跃,如同过节,妈妈不得不拿掉一个窗格的玻璃,作为惩罚,一心的房间不能开空调,但一心不介意,宁肯冬天在房间穿得厚厚的,夏天光膀子只穿一条内裤。

树枝带进来的风有峡口的野气,还有江面上的水汽,像一只误入人类洞穴的小野兽,一心可喜欢它了,时不时就对着它说话:你说,我读文科还是理科?一个人发展太全面也不是什么好事对不对?难以抉择!

周五晚上,他早早地在学校完成了大部分作业,小魏进来时,他趴在桌上写那一小部分,他特地把这一小份留到这个时候做,他在英文书写方面很是自负,他希望她看到这一点。

果然不出他所料。

哇!你的英文写得太漂亮了,根本就是艺术品。哪天我找段文字,你给我翻成英文,我回去裱一下,挂在墙上。

小魏并不是一心的第一个书法老师,她根本就没有当过老师,一心一直在青少年活动中心学书法,有天晚上,老师一高兴,多喝了几杯,回家途中,一脚踏空,摔进了一个施工现场的大坑,第二天早上被人发现的时候,已经僵得没法穿寿衣了。事情太突然,以至于当妈妈把小魏带进来的时候,他几乎有种撞见了阴谋的感觉,他从没听说一个人会死于醉酒,不正常的死背后一定藏着阴谋。他当时真是这么想的,直到他看见小魏那双手。她的手指很圆润,每个关节上都有一个圆圆的旋涡状小坑,指头却红粉粉地尖削着。当他第一眼看到那些手指时,差点没笑出声来,一个成年人却长着这样一双小宝宝才有的手,即使世间真有阴谋,也与她无关吧。

她的字也让他目瞪口呆,没想到那么肉那么小的一只婴儿手,写出来的竟是如此冷峻飘逸的瘦金体。他再次细细打量那双手,手掌圆润肥厚,指尖幼细且微微发红,泛着一层淡淡的油光,似乎蘸点酱油就能吃。隔了一会,他忍不住去偷看她的脚,她穿着露趾凉鞋,脚指头也是同样光景,圆圆的,又红又亮,在厚厚的鞋底上整整齐齐站成一排,可爱极了。

他开始重新打量他的新老师,她还戴了一只玉镯,跟她擅长的书法倒很相称。汗毛可谓浓重,镯子几乎是躺在密密麻麻的汗毛丛里,妈妈说过,她年轻时汗毛也很浓重,随着年岁的增加,那些毛毛不知何时竟慢慢掉光了。看来阿姨还很年轻。

写呀!看我干吗?那只可以吃的手在他肩头点了一下,不像他想象的那么柔若无骨。

他练字的时候,她打量他的书柜:早就听说你是学霸,现在才知道你为什么是学霸。他猜她指的是那些课外书,他的确是班上阅读量最大的学生之一,这得益于小舅,小舅在书店工作,从小到大,一到寒暑假,妈妈就把他扔在小舅那里。

爸爸进来了,他是专门来见他的新老师的,他穿着西装,拿着公文包,他一穿上这身,一心就知道,爸爸又要出去了。

爸爸向阿姨伸出手:辛苦你了!他要是不好好练,你尽管打,书柜旁边就挂着他的专用戒尺。

短暂一握,旋即松开,爸爸一只手拿着公文包,一只手插进裤兜里,这是个不常见的姿势,一般来说,当他站下来说话的时候,公文包会夹在腋下,两只手会交叉在肚脐那里。他出去了,小魏老师抬手在脸上抹了两下,跟他打招呼的这几秒钟,似乎耗费了她很多精力。

上完书法课,妈妈的晚饭也准备好了,小魏老师被留下来吃晚饭。

不等冯院长吗?她有点不安的样子。

不用管人家,人家跟我们不是一个作息表,人家二十四小时都是国家的人。

一心似乎担心小魏老师会对爸爸留下某种印象,解释道:他在外面吃不好,光顾着说话,都没看清桌上摆了些啥,每次回来都要加餐。

话题不知不觉转到小魏老师的婚姻大事上去。

很矛盾,谁都想找个能干的人,但男人一能干,就变成国家的人了,就不再属于挖掘他的那个女人了。

小魏老师说:你说的是冯院长吧?也不是每个能干的人都能达到冯院长这个程度的。

我倒很怀念他当医生的时候,按时上下班,回到家就做饭拖地,还辅导一心作业,自从当了院长,家里什么都不管,家就是个旅馆,我是保洁员,一心是门童,高兴就摸他一把,给点零花钱,不高兴看都想不起来看他一眼。

还不是因为你太能干,你把一切都担了下来,让冯院长没有后顾之忧。

我担什么呀,家里一团糟,你看看一心房间的窗户,一年多了,迟早哪天会连窗框都要掉下来的。总有一天,我要来个大罢工,大家都不管了。不说我了,说你!你真的还没有目标吗?也不小了。

目标?有啊,我希望我未来的丈夫是个军人,这样我就不必每天都面对他,每天都做那么多家务了,虽然我没结过婚,但在我的想象里,两个人天天在一起,会不会很烦啊?我尤其不能理解那些在同一个单位工作的夫妻,白天在一起,晚上还在一起,真的不会疯掉吗?

妈妈看了一心一眼:你吃完没有?吃完了就进去写作业。

一心知道,接下来她要开启少儿不宜的话题了,而这恰好是他最感兴趣的,不过既然妈妈赶他走,他也没法强留下来。

人长大了真好,什么都能说,什么都能干。一心回到自己房间,关上房门时,他故意留了一道缝。

她们果然在说他最想听的话。

你喜欢两地分居啊?千万不要,我告诉你,说到底人就是动物,分开太久肯定会出事。

出事就出事呗,靠绑在一起才不出事的,也没什么质量。

哪有你想象中的高质量的婚姻,都是靠绑的,金钱绑,孩子绑,房子绑,毫无捆绑能在一起一辈子的,我没见过。

你这么悲观,还这么幸福,为什么?

正因为悲观,才能幸福,你这么乐观,我还真有点担心你。不管怎么说,先嫁了再说吧,再不嫁,生育年龄都要错过了。

那你帮帮我啊,我现在完全没有机会结识外面的人,成天都跟你们这帮老面孔在一起。

这可不容易,我知道你很挑剔。公务员你不要,嫌人家唯唯诺诺媚上欺下。老师你也不要,说人家张口就训人。生意人你也不要。其实你那都是偏见。还有什么人呢?我好像把所有的类别都搜遍了。

医生怎么样?医生看起来不错哦,以后看个病什么的也不用跑医院了。

想找医生我可帮不上忙,我认识的医生都结婚了,没结婚的都是小青年,刚毕业的,有些连见习期都还没过。

前两天正好有人想要给我介绍个医生,我还没决定要不要去见面。

快说说哪个部门的?

好像是做理疗的。

做理疗的?妈妈的声音里有很明显的不屑:要不,你先不要做决定,我来帮你试试找个真正的医生。这不是工作的问题,是将来你的家庭经济结构问题。

小魏老师退缩了:还是算了吧,这么找太刻意了,不是说要么等要么碰吗?碰上了就碰上了,碰不上就这么晾着。我只是很纳闷,为什么人家毫不费力就碰上了,我闲置这么多年,一次也没碰到过。

一心!妈妈猛地转头,冲一心的房门喊:别以为我不知道你的诡计,锁门!

一心只好从桌边站起来,用力关上门。他不介意妈妈当着客人的面吼他,妈妈说,男子汉,接受打击和侮辱,跟争取荣誉一样重要。

风中的感叹号

程姐是那样一种人,喜欢画眉,却不喜欢眼线和眼影,喜欢用粉饼,却不喜欢用打底液,这让她的妆面有点像儿童画。

她还喜欢金丝绒和丝绸,喜欢旗袍,喜欢盘发。鉴于她的身材日趋发福,不得不走定制路线。她有自己固定的店,很多年前,政府部门有人出国公干,相关部门的人会把那些人叫到一个地方,量身定制出国西服。程姐找的就是那个店,那个店自知身份娇贵,平时不是半掩着门,就是索性不开门,生意全靠电话预约。

程姐的旗袍因此十分合体,且质地精良,与众不同。

为了与旗袍相称,程姐只梳一种发式,在头顶高高地盘一只髻,因为发量丰盛,髻子周边至少要卡上十五只以上黑色小钢卡,定位牢固后,再盘上一条珍珠发圈。

头发搞定之后,再松松地往旗袍上套一件白色羊毛坎肩,天热就换成真丝披肩。

与这一切相匹配的,必须是高跟皮鞋。

这样的装束不能骑自行车也不能骑摩托车,所以无论寒暑冬夏,程姐一直都是不紧不慢笃笃定定在路边盛装步行,远远看去,利索笔挺,像在风中平缓移动的感叹号。

作为院长,程姐的丈夫可以享用公务车,可他却连顺风车的机会都不肯给程姐。人家绝对不会认为你只是在搭顺风车。他说。

她理解,也支持。支持他,就是支持自己,支持自己的人生。

所以她一天几趟步行在多风的峡口,幸亏她有旗袍,把她的一切裹得恰到好处,既不张狂地飞舞,也不小里小气地躲进她的胯间,连头发似乎都看透了她的处境,特别支持她,乖乖地趴在发网里,纹丝不动。

在牛仔裤运动鞋武装起来的人群中,程姐异常耀眼。他们说,程姐你好像宋庆龄,程姐你像上海滩走出来的人。他们越是这样说,她就越是一日三省,生怕自己的言行配不上着装。她去春游,端端正正站在花花绿绿大声喊"耶"的同事中间,似万千花草簇拥着一块大岩石。她去上班,电脑上方,一尊丝绒与珍珠的旧时代肖像,既让人心生恍惚,也让人怀疑她的专业能力。她去开会,纹丝不动,后背笔挺,像某个大人物的正妻。她去菜场,卖菜的人说,您让保姆来就行了,何必亲自动手。

一年中总有一两个极其难得的时刻,她和冯院长走出家门,沿着小区外面的马路慢悠悠踱步,路过一家店铺,她扫了一眼,自己都惊呆了,一个穿着黑色金丝绒旗袍的夫人,头上戴着珍珠,走在一个身材高大面目模糊的男人身边,正式得仿佛要去人民大会堂开会,可他们明明只是晚饭后出来消消食。

惊讶之余,她有点担心,委婉地问他是否看腻了她的旗袍,他哦哦两声,说:挺好!她追问他好在哪里,他说:起码不俗!她再次试探:你不觉得太打眼了?现在已经没人这样穿了。

那才是你呀。他望着前方说。

好像也太正式了,现在流行休闲风。

旗袍永远不过时。

你指的是张曼玉的那种旗袍吧?她再次试探他,虽然句句都是偏向她的好话,但她还是觉得没采集到她想要的信息。

张曼玉只有一个,而且无法婚配。

进入旗袍大门后,她发现里面还有无数分野。这几年,她越来越往夫人旗袍的路线上走,那些轻薄的面料,包括昂贵的真丝,越来越不适合她日渐丰满的身躯,她寻求一种既柔软又挺括又透气的面料,她发现那种面料其实很贵,多半依赖进口。如此一来,她的定制就变成了真正意义上的高端定制,但她刻意不告诉别人价格,她直觉这样做是安全的。讲不清是她选择了旗袍进而选择了某种生活方式,还是旗袍裹挟着她,将她绑架到另一条路上去,她感到自己正在跳出原来的圈子,往广阔辽远的地方看去。她养成了看《新闻联播》和时事追踪的习惯,她的谈吐也在发生变化,有个很深的夜里,她终于等回了在外应酬或工作了大半夜的冯院长,她对他说:我一晚上都在担心,你必须跟那些医药代表彻底划清界限,最好让他们永远都找不到你。

他说:我先洗澡。

径直进了卫生间。

为什么爸爸回家第一件事总是洗澡?他是在外面捡垃圾了还是挖煤了?

她跟一心解释:爸爸在外面应酬多,光是握手,一天都不知道要握多少回,手上的细菌多得你无法想象,严格地说,他应该在进家门前先消个毒,但我们这里没这个条件,只能让他一进门就先去洗个澡。

尽管如此,她觉得她并没有彻底打消一心的疑虑。孩子一天天长大的坏处就是,大人会觉得自己越来越笨,藏了头,却露了尾。

她整理他脱下来的衣服,有的要送出去干洗,有的要手洗,家里的洗衣机,只属于她自己和儿子。她像所有的女人一样,仔细翻找他的衣服口袋,察看衣领袖子,拿到鼻子底下闻一闻,她从来没有在他的衣服上发现口红印和长头发,也没有陌生的香水味,一次也没发现过。

她既欣慰,又难过,一个无肉不欢的人眼睁睁变成了素食主义者,她觉得自己有责任。她太知道他了,在他们共同的年轻时代,尤其是儿子出生前的那几年,她私下里曾经叫过他冯生铁,许多个清晨,将醒未醒时刻,他迷迷糊糊进入她体内,瞬间元力勃发,硬得像生铁一样,这种情况持续了一年多,以至于他们总是没法吃早餐,洗脸刷牙都只能匆匆忙忙,因为床上动作再快,也比洗脸刷牙耗时。上天是公平的,你铺张浪费过什么,后来就会缺什么,之所以没有痛感缺失,是因为另一件事代替了那根生铁,他几乎连年提拔,从普通医生一步步走进院长办公室,这件事带给他们的兴奋感足以盖过一切生理体验,他回家的时间越来越晚,有时甚至不回家,打他电话,不是在路上,就是在会议室里、宾馆里,即使在家里,他的手机也是二十四小时不关机,常常在深夜有电话响起,他一接,整个人惊坐起来,急急地披衣起床,摸着黑往外跑。这中间她也经历了很多,她大病了一场,人人都以为她将死去,可她又活了过来,只是丢失了一些脏器,等她终于痊愈后,他们就分房而睡了,因为疾病给她留下了神经衰弱的后遗症,一旦她被他的晚归吵醒,后半夜就再难入睡。

有时她觉得分房睡是好事,有时又觉得错得厉害,两个人的被子冷了,好像什么都跟着冷了。作为弥补,一天当中,她多次随意进出他的房间,表面看起来那是她的特权,实际上是因为她要打扫,他则轻易不踏进她的房间。她不得不退而求其次,至少他进大门还是义无反顾奋不顾身的,她悄悄修改了防守线,其实也不叫修改,是额外加了一道防守线,一个没有了子宫、没有了卵巢、没有了月经、没有了青春的女人,她的一切都必须是双线强力防守,老天爷保佑可怜人,别人都不可以,唯独她,老天爷允许她启用双线防守。

其实她还有一道天然防护,但她不想使用,那就是儿子一心,无论如何,她都不能把一心当作自己的防身牌,她不想把儿子拖进这场不动声色的较量中来,更不想让儿子在父亲面前减分。每天晚上,不论多晚到家,不论一心是否已经睡熟,他都会去他床前看一眼,出来时,一个人笑眯眯地说:真他妈快呀!嘴上都有一圈绒毛了。她喜欢看到这样的场景。

他大概永远都不知道,每天早上,他上班之后,她是抱着怎样的热情在收拾他的房间。枕头,被子的皱褶,遗落的小纸片,超市的收银小票,换下来的睡衣,唯有一样东西她只能在夜里检查,就是他的公文包,因为一旦他醒来,走出大门,公文包就像皮带一样跟他形影不离。

她在他的公文包里发现过现金,用信封装起来的,缠着银行腰条的,她知道那都是些小外快,多数是以车马费、评审费、讲座劳务费的形式用现金付给,未来即使有事,也够不上受贿腐败之类的标准。

她会把她发现的现金都收走,他从无异议,只有一次,他说:你总得给我留点零花钱吧。她说:你哪有机会花钱?

上次出差,几个人在车上为一件事打赌,我输了,开包一看,没有一分钱。

她笑笑,继续以主妇身份收缴他的现金,以及财物,都是价值不菲的好东西,名牌皮鞋,名牌西装,后来还有手表,以及新上市的手机,新的笔记本电脑,有时她会有种荒唐的感觉,他背后似乎还站着一个看不见的高段位的妻子,在奋力打扮他。当然,这个人并不存在,这一点她很有把握。

收缴归收缴,同时不忘警告,这也是她的角色职责。

这些东西有什么用?你又不赶潮流,别被那些人害了。

还是老婆好。

她冷不丁提起小魏的那个做理疗的医生。

也许已经见面了,也许还没有。

少管人家这些事!他在专心致志整理领带。

我是想问你知不知道那个人。她仔细观察他的表情。

医院有一两千人,我能记住十分之一就不错了。他的视线始终没跟她对接上。

他边说边走,等她发现他遗漏了他的茶杯时,他已带上门走了。

她冲向窗边,他在楼跟前转弯,他的车等在那里,司机早上会来接他,但晚上,他不用司机,他喜欢自己开车回来。司机正在替他拉开车门,他径直坐进车里,像皇帝一样无视司机的殷勤。她提醒过他,在下属面前要谦逊,但他似乎没往心里去。

他跟以前不一样了。在玄关换鞋的时候,她就有所发现,他没有弯下腰来,而是直着腰,踢开拖鞋,用力拱进去,他以前都是弯腰进行的,他说人必须对自己的所用之物有所感恩,尤其是鞋,鞋是人一生须臾不离的好伙伴。

也许在更早一些的时候就已经不一样了,只是不那么明显,没被她发现而已。

她整理好自己的地盘,回头审视一眼,锁上门,步行去上班。

走路的时候,她脑子特别活跃,她沉浸在自己的世界里,脸上盛着奇怪的表情,常常一不小心就走错路。她已经看见好几个人朝她回头了,她相信那些目光是她的新旗袍带来的,她今天穿了一件湖蓝色改良旗袍,在店里试穿时,头发雪白的老师傅望着她,慈爱地说:像个女教授!

一个很老的老头,十米开外就一直盯着她的脚,鞋并无新意呀,她顺着他的视线低头一看,终于明白一路上那些目光是什么意思了,她穿错了鞋,一只脚是红皮鞋,一只脚却是黑皮鞋。她脸上一热,马上转向,脑子里轰轰响着往回走去。

六张篾席大的房间

星期四,天刚黑定,冯医生就像从地底下冒出来一样,突然出现在无名弄堂小魏家门口,连一秒钟的停顿都没有,如同踩上了电子感应器,大门无声洞开,冯医生掉进了那个洞里。

他从来不用钥匙,直接用密码一样的短语给她打电话,她接了电话,就在门边候着,数着他的脚步声,直到最后一秒,提着门把手,把他迎进来。

她关好门,会在猫眼里观察一小会,看有没有人尾随着他。

都是他教给她的,她学会一样,就添一分紧张,之前她什么都不懂,反而什么都不怕。

他进来就往地上一躺,孩子般摊开手脚,踢掉袜子,扯掉皮带,踢掉裤子。

小客厅兼餐厅的地上被小魏铺满了从乡下收集来的篾席,因为他说过他最喜欢赤脚踩在篾席上的感觉。房间不大,六张篾席就铺满了。

小时候,从春到秋,我都睡在这样的篾席上。

小时候你在哪里?

离这里六百里的冯家坳。

现在还回去吗?

不回去了,亲人们不是死了,就是跟我一样搬到城里来了,我已经没有故乡了。

那就把这里当故乡吧。她也在篾席上躺下来。

你真的去见了那个做理疗的医生？

还没有,没兴趣。隔一段时间就有人来做媒,但我都没兴趣。

不见也好,见了我就得被甩了。

她推了他一把,他就势拉住她不放,她提醒他先去洗个澡,他果断拒绝。

我不！谁知道待会又有什么事。再说,回去我又得洗,我一天当中到底要洗几次澡啊？

他没夸张,的确有好几次,他刚到没多久,就接到电话,不得不气急败坏地穿好刚刚脱下的衣服,闪身走人。

他把手机放在伸手可得的范围之内,一旦进入程序,从不浪费时间,以免被人中间打断,刚一完事,就迫不及待往卫生间跑,手机放在马桶盖上,这样就不会错过电话。

他洗澡的时候,她也不能闲着,仔细整理他的衣服,看上面有没有粘上她的头发,她的口红,一经发现,立即采取措施,免得他带上罪证回家。

如果洗完澡还没接到任何电话,他会去她床上小睡片刻,她则去准备晚饭。首要任务完成之后,小睡和晚饭他就不介意被打断了。

因为事先练习过,而且筹划已久,她的晚饭总是上得很快。

他喝着她斟上来的酒,吃着她盛上来的饭,呵呵地发出包容的笑声。

你不管怎么做,做出来的都是单身汉味道。

她有点气恼,明明已经用了很多心思,费了很大力气。

别生气,这是夸你呢,这样做饭才是你呀。

后来她终于知道,她做菜既没有章法,也没有底蕴,她一瓶酱料都没有,而程姐的厨房,光辣酱一项就有五六个种类,各种调味瓶高高低低摆在一起,就像个药铺。

她没办法武装起一个程姐那样的厨房,毕竟她并不是天天做饭,而他也说:我来这里的主要目的并不是吃饭。有一次,他甚至自带了一大块卤牛肉过来,并且说那是一块很有来历的牛肉。她尝了,觉得从未有过的好吃,但他再也没有带过第二次。

她问他,如果那个做理疗的小伙子约她,她要不要去赴约,她本想避开不谈,但又觉得这是她必须正视的现实,就算没有这个做理疗的医生,也还会有别人,毕竟她正值这个年龄,又是单身。她觉得正好可以试探他一下,她要不要撇开一切,把希望寄托在他身上。他沉吟了几秒说:还是去见吧,既然你程姐也知道了,断然拒绝她会觉得奇怪。

她马上一脸受挫的表情,他在她身上到底是没有别的想法的。

我宁愿一个人、一辈子住在这间小屋里。她的声音顿时颓唐不堪。

瞎说!你会搬很多次家,搬一次房子就大一次,最终,你会住进一个高门大院里,你会在那里结婚,生孩子,练一手好厨艺,你会彻底忘掉我,别否认,谁都逃不脱自然规律。

要不,我调到你们医院去吧,这样我就可以一直在你周围,不管我将来怎么样,你将来怎么样,一直到老,我们都可以很近很近。

别说傻话了。我肩上的担子太重,医院里有两千多号人,身后还有一大家人,你程姐身后也有一大家人,还有孩子,工作上也是一言难尽,太沉重了。天天面对这么沉重的我,你会厌烦,还会被传染,而我只想让你活得轻松些。

我看你,还有程姐,并不沉重啊,而且程姐以你为荣,三句不离"我们家冯医生",你们俩简直就是模范夫妻范本。

我不能说太多,这对她不公平。好好过你的生活吧,该怎样就怎样,不要对我抱有任何希望,我这辈子就这样了,再过几年,一退休,万事休,你还这么年轻。将来某一天,你在大街上碰到一个弓腰驼背的老头子,不要狂按你的汽车喇叭吓他就行了。

她打了他一下,说不出更多的话来。

我不想再去你们家了,周五一心的书法课我也不敢再教了,每次看到程姐的笑脸,我就无地自容。

不要这样想,一切存在的都是合理的。

你想要我一直装下去?装一辈子?

我倒是想呢,不过那个做理疗的医生怎么办?

辣椒酱与避孕套

午餐后半小时里,大多数人会选择去附近溜达一小会,除非是下雨。小魏从不出去,因为上班时间不能玩手机,中午那会她得捧着手机把耽搁的时间全都赶回来。

但这天她玩不成手机了,她被程姐叫去了办公室。

程姐的办公室拾掇得像个小家,她把百叶窗帘理得整整齐齐,挽起一半,办公室立刻光线适宜,充满凉意,不像其他办公室,要么窗帘全开,光线刺眼,容易疲累,要么全部拉上,须终日开灯。她在窗台上摆满绿植,在办公桌上摆一只卡通文具盒,座椅上搭一条小毯子,办公桌下,一个不起眼的地方,放着一个红外线理疗器,说是可以保护踝关节和膝关节,长期使用,可以一辈子不得关节炎。

小魏奇怪,就快夏天了,还担心踝关节着凉?

我年轻时也跟你一样,嘲笑过心疼关节的中老年人。

不过程姐不是叫她来谈关节炎的,她打开文件柜,从某个角落里拿出一瓶辣椒酱来。

专门带给你的,我托亲戚帮我做的,自己种的辣椒,没打过农药没施过化肥,生姜大蒜花椒都是本地野生品种,一定要吃本地品种,一方水土养一方人晓得啵?菜籽油也是土榨坊里榨出来的,样样都是自产的好东西,你拿去炒菜用,也可抹馒头吃。

满满一瓶,装在大号念慈庵枇杷膏的玻璃瓶里,程姐每说一句话,瓶子里的红油就顺着辣椒酱的缝隙移动一点。小魏接过来,两手一沉,分量超出她的想象。她想起冯医生的评价,说她的饭菜有种单身汉的味道,这下好了,她可以丰富一点了。马上又脸红心跳起来,当心啊,程姐有双犀利的眼睛。

犹豫片刻,她又放回桌上。你还是自己享用吧,我一个住集体宿舍的人,没有机会做饭。

我知道你们集体宿舍也是有厨房的,什么叫没有机会做饭?就是懒,来了客人来了同学怎么办?下馆子?经常下馆子,你那点工资也吃不消啊。再说,一个女人,总得练一两样拿得出手的家常菜。

我没有客人。她急忙打断程姐。

我就不信,你一个客人也没有?程姐盯着她。

她的眼神下意识地游移开去,马上又命令自己收回来,理直气壮地面对程姐:没有。

程姐笑了起来:反正你得收下,我专门为你带来的。你知道怎么用吗?

于是免费上了一堂厨师课,烧荤菜何时放酱,炒素菜何时放酱,半荤半素又如何放酱,以及为何要有这些区分,小魏才知道,小小一勺酱,学问竟这么大。

菜跟人是一样的,都是那几样东西,有些人就是好看,有些人就是不好看,还有些人看上去也不错,但人家就是不喜欢。可惜呀,我只懂得把菜炒得好吃,其他什么都不行。

小魏心里又一阵跳荡,不过她叮嘱自己别多想,也别主动挑起话头。她低头盯着辣椒酱,似乎想要数清里面有多少片辣椒,多少片生姜与大蒜。

你比以前更漂亮了。程姐突然说。

小魏抬起头来:怎么可能?只会一天比一天老嘛。

你正在花期,老离你还远着呢。我刚见你时,你皮肤没这么好,也没这么白净,现在又饱满又水嫩。程姐突然凑上来,压低声音:男人最喜欢这种皮肤了。

小魏打了她一下,正要说话,程姐电话响了,电话很短,嗯嗯两声就放了下来,程姐说一会有人来她这里领工会福利,小魏趁机要走,程姐却留住了她:我还有要事跟你商量呢。

一个女人敲门进来,是本单位员工,但小魏不知道她名字,就低下头去不看她。

程姐拉开抽屉,拿出一盒东西,问那个女人:你要大号还是中号?或者小号?

女人果断要了大号。

程姐让她签完字,才给她东西。女人刚一走,小魏就扑过去:什么东西?还大中小号。

程姐似笑非笑地望着她:你也可以领的,工会福利,人人都可以领。程姐把盒子递到她眼前,原来是避孕套。

这东西也发?

计划生育产品嘛。

小魏吐吐舌头。

程姐突然哧哧地笑起来:真有意思,每个女人来我这里,都说要大号,我记得只有一个人拿了中号,小号一个也没领走。什么生产厂家,一点心理学都不懂。

小魏想笑又不敢笑,站起来说:我走了。

喂,喂喂,我话还没说完呢。

程姐一把薅住她的胳膊,塞了一个小盒子在她口袋里:拿着,你也是工会会员,不要白不要。

我不要,我要它干吗?

给你就拿着!都成年人了。

程姐到底还是把东西塞进了小魏的口袋里,小魏无论如何也没法停留了,一溜烟下了楼。

回到办公室坐定,小魏突然一惊,程姐不是说有事跟她商量吗?结果什么也没说,就给了她一瓶辣椒酱,一盒避孕套!她听到自己的心跳声猛地高昂起来。

滨江公园里长风浩荡

狭长的滨江公园里长风浩荡,中段有一片高高低低的亭子,风势被回廊减弱不少,是个聚会吃饭的好地方。下午三点,那个做理疗的医生会在那里等她,媒人告诉小魏,他会穿一件红T恤,胸前印有耐克钩。然后又把小伙子的照片给她看了几张。

小魏到底不太积极,就说:我肯定找不到他,我最不善于认人了。

我都说得这么详细了,你们要是还找不到对方,那就真是没缘分。

小魏迫不及待地把这个决定告诉了冯医生,炫耀忠心一般。

见就见吧,聪明点,不要两三句话就被人家拿下了。

拿我?应该是人家两三句话就被我拿下了吧。

你敢!有情况随时打我电话,我来救场。

小魏满足地笑出声来,这才愉快地朝滨江公园赶去。

人很多,也很嘈杂,与她想象中的约会场面相去甚远。她一进去就看到那个红T恤了,人偏瘦,除了他的红色上衣,没一点抢眼的地方,他正专心致志低头看手机,丝毫看不出在等人的样子。

小魏躲在一丛冬青树后。

从上往下看,小伙子脸形不错,鼻子突出,跟这样的人生个孩子的话,鼻子肯定能得到遗传。手指也不错,瘦长,灵活,不过这灵活也许仅仅体现在使用手机上。发型不行,一看就是出自十五块钱的里弄师傅之手,也不够顺滑,肯定是没洗头的缘故。既然是相亲,居然连头都不洗一个,也太不当回事了。小魏正要回身就走,冷不丁地,小伙子一抬头,两人视线撞了个正着。

坐下来后,小伙子第一句话就把她拉住了。

我叫冷铁军,我以前见过你,你们单位体检的时候。

连她自己都不记得体检时的情形了,也从来没有人在相亲时这样介绍自己。

可能是空腹时间太长了,我听到你肚子里的肠鸣声,你当然也听到了,我们同时笑了一下,你可能忘记了。

奇怪!那么多人空腹,难道就我一个人肠鸣吗?

别人肠鸣时都是绷住脸,假装没发生,只有你,非常不好意思地笑了一下,所以我记住了。

得有一年多了吧?还记得?

那是因为,我在暗中打听你。

不会吧,你是说,是你委托那个人⋯⋯

不可以吗?我比较喜欢按程序来,因为我怕被误解。

小广场上响起一阵歌声,还有伴奏的乐器,轻而易举就盖住了他们的说话声,冷铁军提议,他们可以去江边走走,那边安静多了。

江边风大,看着水面平平静静的,只有船行带来的细小波纹,实际上,小魏前额的几缕散发一直处于扬起的状态,冷铁军也是,她看到他额头上整齐的发际线,不由自主想起冯医生的,和他相比,冯医生的头发又稀薄又寒酸,像秋天败落的荒草。

这是我今年做得最成功的一件事。

什么?

终于把你从人海中捞出来。

小魏抿着嘴笑,被人专心致志地讨好感觉还是不错的。

他们从中段开始,沿着江堤往北走,渐渐走到了无人区,往上一看,只有密密匝匝的树林,再往前一点,就是一片工厂厂区,几个大烟囱吐着白烟,宿舍区挂满各种晾晒的衣被,斑驳零乱。冷铁军说,我父母的家就在这一带。

这意味着,冷铁军是本地人,小魏不是没关注过,很多姑娘都想遇到这样的本地小伙子,家中至少有一两套房,不仅不指望孩子赚钱回去贴补家用,反而能给孩子提供力所能及的支持。

两人走到滨江公园的最北端,转过身来往南走,走到他们第一次出发的地方时,冷铁军提议去看电影。

正好是小魏想看的电影,就痛快地点了头。

在影院坐好,才发现这是一个特别适合情侣的小影院,全场只有他们俩正襟危坐,她感到尴尬。为了尽量减轻这种感觉,当他们的手指在爆米花盒子里相遇时,她没有倏地闪开,幸运的是,冷铁军并没觉得这是某种许可,也不打算趁机偷袭,这让小魏陡生好感。几分钟后,冷铁军碰了碰她的胳膊,凑到她耳边说:我看到了熟人。他把声音压得更低:某某某和他的外遇。

小魏并不认识他说的某某某,也不打算掉头去寻找,这倒让冷铁军意外:很好,你不是个八卦爱好者。

她附在他耳边问:你怎么看这种事?我是说,外遇。

热烈的感情总是美好的。

她更意外了:即使是外遇?

外遇也有好的一面,可以巩固原配地位。

小魏白了他一眼:外遇是可以毁灭婚姻的好不好?

那要看什么样的婚姻,那些还有使用价值的婚姻,不大容易毁灭。

小魏不知不觉有些出神,恰在这时,冯医生发来信息:聊得很愉快?她抿嘴一笑,故意发了一条:不容小觑哦。然后告诉他,他们在看电影,冯医生就再没消息来了。

一直到电影结束,冯医生那边都没消息,冷铁军的话更多了。她开始感到不安。

听说你住集体宿舍?其实你可以考虑租房,还是要有自己的独立空间比较好。

我不需要。小魏果断回答,心里感谢他提到这个话题,正好拉开他们之间看似正在缩短的距离,让气氛冷却下去。她急着给冯医生回信息,又不想当着冷铁军的面回。

小魏生硬地停止对话,闷着头走。冷铁军觉察到了,瞄了她几眼,问她是否急着回去,他可以送她。

不用,我得去趟超市,我们就此别过吧。

冷铁军要她的电话号码,她痛快地给了他,心想,正好,我可以在电话里宣布结束,省得现在尴尬。

冷铁军刚一转身,她就迫不及待地给冯医生发信息:纯粹是浪费时间。已经散了,就在刚才。

才散?时间不短嘛。

总得说几句话嘛,你以为都像你,行动大于语言。

冯医生那边就没话了,他很谨慎,稍微有点露骨的对话一出现,他立刻消失。她赞赏他的理智,只有糊涂虫、失败者,才会控制不住自己。

一场暴雨

天气十分恶劣,南方来的风把一切都吹得滴溜溜转,空调外机在护壳里发出阵阵怒吼,电缆线仿佛打结了,被人抓在手里一个劲地抖。街上飞舞着绿叶,前一秒钟它们还长得好好的,青翠欲滴,这会全都被风从树上扯下来,淌着鲜嫩汁液,满大街打滚。风把回家的小魏吹得东倒西歪,她本来不想回家的,她刚刚下班,如果直接回到集体宿舍,她将一滴雨都淋不到,一丝风都感受不到,因为集体宿舍就是她上班那栋大楼的后面一栋。

但冯医生发来信息说:有个想法要跟你交流一下。

他通常都用这类暗语:交流想法、征求意见、聆听高见、有事相求。

她只好举着一把小花伞,在风雨中踉跄着往那个僻静的小弄堂赶去。

伞被吹得翻了过去,像一朵郁金香,好不容易翻回来,没走几步又吹翻了,后来她索性不把伞全部撑开,只撑开六成,倒是不容易吹翻,但举伞的胳膊受不了。她想叫车,但满大街的车疯了一样呼啸来呼啸去,根本不肯停。这个天气真是,所有的东西都发了疯。

终于到家了,不但衣服湿透,连体内都仿佛灌满了雨水。这时她应该赶紧打开淋浴龙头,用热水将冰冷的身体冲洗干净,冲到发热、发红,再喝一杯滚热的姜糖水,她从小受到的教育和熏陶就是如此。但她不敢去浴室,她担心冯医生马上就要到了,不能让他在门口敲门,敲了很久她才啪嗒啪嗒跑来开门,她从没让这种情景出现过,他既不能敲门,让邻居听见,也不能多等哪怕一秒,让邻居看见。哪怕只是一个背影,也可能给他们这个小小的不合法的家带来灭顶之灾,她必须在他刚一靠近大门,还差一步就要迈进大门时,无声地将门拉开,让他毫无停顿地进来,必须保持这个速率,就算被人无意中看见,也只能怀疑是自己看花了眼。

她披了块干的浴巾,一边揉搓头发,一边站在门背后等。

风雨加大了她辨听门外动静的难度,她发现她什么也听不到,最后她想出了一个好办法,她把门打开,顺手从头上取下布艺发圈,插在门与门框之间,再通过这一丝丝门缝盯着外面。只能这样了。

衣服上的雨水源源不尽地滴落下来,脚边地上很快就湿了。她感到冷,冰镇过的湿毛巾贴在身上,就是那种冷。

她后悔没有进门就去洗澡,否则现在已差不多快要洗完了。她打了一个冷战,一串喷嚏接踵而至。

门外一暗,几乎没有声音,是他。她奇怪他是怎么做到没有脚步声的,难道他的鞋底上有消音器?

她把他迎进门,说了句我先洗澡,转身就往浴室跑去。

她把水温调到能够忍受的最大限度,洗头,洗澡,直到把就要流出来的清鼻涕逼回去。

她出来时,他一脸严肃地坐在桌边。

为什么你迫不及待要洗澡?你跟那个姓冷的小子有事,对吧?

她头缠干发毛巾,生气地瞪着他,他也瞪着她。

我下了班,直接从单位过来的,冒着大雨赶过来的,差点被雨淋死在路上,你说我有时间跟他有事吗?

昨天我也没来。

你想说什么?把你想要说的全都说出来。

如果你真的跟他好了,我就不再来了。

我——没——有,我跟他见面的情景只差直播给你了。

她跌坐下来,把潮乎乎的干发毛巾扔在桌上。不来拉倒,省得天天提心吊胆,做贼似的。

他在靠近她,她知道他后悔了,他不过是想以这种方式镇住她,她看透他了。他从后面抱住她,吻她的脖颈。

再说这种话,就真的不要来了。

不说了。他转到她前面来。

别耍我,别欺负我这个可怜人。他吻着她说。

你可怜?太搞笑了。

是啊是啊,没一个人觉得我可怜,谁都觉得这两个字跟我不相干。

后来他们又一起进了浴室,他闭着眼睛,在水龙头下接受冲洗,离开了那些衣服,那些表情,那些姿势,就像灵魂离开了躯体,肉身显得势单力薄,鱼尾纹并没有因为水的灌溉而鼓胀变淡,反而更深了,这使他闭起来的眼睛不像是在享受,而是在受难。也许他真的挺可怜,因为他永远戴着面具,他永远在憋屈自己,他真正的自己永不能见天日,实际上他才是"铁面人"。只有在她这里,他才敢拿下面具,直面自己,他当她是珍宝,是心肝,是玩物,奉献自己,不顾一切。她瞥见柜镜里的自己,面颊又红又潮,没有办法,谁也不知道未来会有什么,更好或者更坏,不如接受眼前,潜心享受。他们从不敢大声,因为老房子不隔音,他们经常听见隔壁老人不要命的咳嗽,但他们很快就发现,紧张有紧张的妙处,当把一切声音压低到刚够对方听见的程度时,真的非常非常性感,因为那时他们必须放慢语速,必须把平时不堪启齿的词语说得缓慢又清晰,他常常让她爆发猝不及防的大笑,却只是嘎地一下,赶紧死死捂住嘴巴,而他最喜欢她笑得身躯乱颤的情景。每次他走前,穿好衣服之后,必须对着镜子预演一下走上街头的表情,他担心脸上的放荡会留下余韵。

他的每一次离开都会惹得她伤心,他们这样算什么呢?情人吗?可她看到的情人们都旁若无人如胶似漆,而且往往伴随着大量消费,她消费过他什么呢?偶尔放点钱在她抽屉里,最多的一次也只有五千块,她拿它去买了个空气净化器,因为空间小的缘故,她总觉得屋里空气欠佳。小三吗？小三可不像情人，情人只讲两情相悦，不问未来，小三的目的可是要撬掉原配的，她从没奢望过，他也没有这个意思，因为他总在强调，程姐对你可不差。最最悲哀的是，她竟也没有逃离这里的迫切愿望，甚至，当一个做理疗的医生出现在她面前时，她也没有感到特别的吸引力，这是怎么回事呢？慢慢习惯了小小洞穴中的秘密生活？还是在等他终于做出那个伟大的决定？

差点忘了，今天我可以晚点回去。他已走到门边，又折回来：今天你程姐不在家，我可以在你这儿吃了饭回去。

她欢快地答应着，目送他爬上她肉粉与浅灰相间的睡床。

要不你也不要做饭了，我们再睡一会。

她温柔地拒绝了，她之前刚刚看过一个做回锅肉的视频，难得有机会实践一下。冰箱里有备用的五花肉，橱柜里有程姐给她的辣椒酱。五花肉焯水时间比较长，等候的间隙，她靠着灶台打量房内的一切，继续想入非非，她想她将来可不想像程姐那样，把厨房弄得像个杂货铺，她希望她的厨房里看不到烟火气，她要把一切杂物都隐藏起来，让他吃到的一切有如天赐，而不是程姐那样以物理的方式调和而成。五花肉的香气漫出来了，抽油烟机根本抽不尽油烟味，下次不要再做了，她不喜欢家里有肉的气息，程姐家里就有，特别是她的厨房，她似乎明白程姐为什么要穿旗袍了，一进门，她就除下旗袍挂进衣柜里，出门前，洗好脸，化好妆，抹好香水，最后才去穿上旗袍，若脱胎换骨一般，所有肉类的气息，家务的气息，抹布的气息，都留给那身家居服。也许程姐也不喜欢那些气息，所以才想到要用一身截然不同的装扮来划清自己与那些气息的界限。想到家居服,她不禁笑了起来,可能是因为穿旗袍太久了,程姐的脸已不能适应其他服装,当她换上家居服时,立即变了个人,像偷穿了他人的衣服,又像某个发了福的家政工,总之,就是不像她认识的程姐。

她去叫他,说晚饭烧好了。

一顿饭工夫,他居然沉进了深睡眠,坐在桌前还有点发怔,没醒过来的样子。

其实你没必要这么麻烦。每次他拿起筷子,都要这么客套一下。他可能不知道,他吃下的不是饭,而是咒语。她小时候听奶奶辈的人说过,一个女人要是心里有了人,一定要想办法给他做饭吃,做一次,他们的关系就牢固一次。她知道这很荒谬,但还是不由自主联想到那个说法了。

"这是什么酱?"冯医生停下筷子。

她诡异地一笑:猜猜?

最后还是她自己说了出来:程姐给我的,是不是感觉特别亲切,明明是在我家,吃到的却是你家里的东西。

他似乎噎住了,梗着脖子对着她。然后,他放下了筷子,走向一边,去漱口。

以后不要用她这种酱了。

她不理解:我有次听程姐说,你非常依恋这种酱,说你不吃菜,光靠这种酱就能吃下两碗饭。

他漱完口,擦净手,回到桌边,说:那是在家里,在你这里,我不要吃它,我闻都不要闻。她什么时候给你的?

两个星期以前。

是吗?他移开了视线。

万一被她知道了,怎么办?

大不了破釜沉舟呗。

你才不敢!她笑起来。

她送他到门边,停在离门一米远的地方:见到她欢脱些,别那么沉重。

他摸摸她的头颈:真是个好姑娘!

他像特务一样机警地出了门,他关门非常有技巧,几乎听不到门锁的声音。

她在桌边趴了一会,细细消化他留在这里的一切,声音,味道,话语,消化到一半,电话响了,她以为是冯医生,结果却是冷铁军。

不,我不想出来,天气不好,我都准备睡觉了。不好意思,坏天气总是让我心情不好。天气当然能影响行为啦。

她想她必须毫不客气地杜绝他的想入非非,谁叫他那么闲,一副无所事事的样子,谁叫他那么多话,没一句话有分量,但凡他有一点点冯医生沉着稳重的风度气质,她都不会如此决绝。也许他并不差,可惜他们相遇的时机不对,他哪里是冯医生的对手呢?

耳边的风

他们已经有两个星期没有见面了,他说他最近忙得连吃饭都没时间,应付检查、申请升级,还有好多说不上来的大事小事。她明白,他告诉她这些,不是解释他的忙,而是提醒她,最好不要打电话给他,连信息也不能发,他的手机多数时候摆在桌上,消息一来,旁边的人眼睛一斜,就尽收眼底。已经有人闹出类似的笑话来了。其实他不提醒她也不会轻易联络他,她永远是乖乖地等他指令的那一个,她喜欢看到他忙得脚不沾地的样子,如果他来这里太频繁,太有规律,她倒要怀疑他这个副院长是假的了。一想到他来这里,其实是用尽了过人的心智,克服了重重困难,她就很感动,有种被他压缩了藏在心窝窝里的感觉,他带着没有形体的她开会,向领导汇报,给下属签字,他接受敬酒,在闪光灯里签合同。她一想到这些,心里就暖洋洋的,仿佛比以前拥有得更多。

她整天握着手机,片刻不敢松开,因为害怕冷医生找她,耽误了冯医生打进来的宝贵机会,她关了机,而关机更容易错过冯医生的电话,只好再次打开。小小一个开关,一个不易察觉的小突起,快被心慌意乱的她磨平了。

冷医生联系不到她,就找到她工作的地方去了。

你不上班?她皱着眉头问。

为什么你电话老是打不通?

别浪费你时间了,我觉得我们不合适。她觉得这样拖下去不是个办法,冯医生都敢为了她跟屹立几十年的家闹翻,她还在乎一颗尚未萌芽的种子吗?

但我觉得我们特别合适,真的,各方面都很合适。

小魏哭笑不得:你说了不算。

你是不是不止我一个男朋友？

小魏吓了一跳:你什么意思？

你跟我在一起时,总在回复别人的信息,我发誓我没看到内容,但我有个直觉,肯定有个人,藏在我们之间。

真是好笑,你是提醒我跟你在一起时要关机,对吗？还有,现在还谈不上我们之间什么的,我还不是你什么人。

话不是这样讲。既然我们有媒人,那我们就是在朝那个方向走,对不对？

能不能走下去还很难说。

所以才要走走看嘛。

我不喜欢一个男人疑心那么大。

我也不喜欢一个女人总是把自己搞得那么神秘,我去你们集体宿舍问过,她们说你并不是每天都睡在那里,你别处还有行宫？

我们停止吧,立即,马上,祝你一切顺利。她想绕过伫立不动的他往外走,但他伸出手拦住了她。

不行,你得给我个理由。

没有理由。她正要转身去走另一个出口,程姐从办公楼后面绕了过来,也许冷医生在她背后做了什么动作,程姐被他吸引过去了,问小魏:这是你朋友？

她做了个否认的表情。

冷铁军却及时地向程姐伸出了手,两人客气地问候了一声,程姐回过身,两眼发亮地冲小魏做了个表情,知趣地走了。

原来她是你同事？

你认识她？

当然认识，医院里谁不认识她，但她不认识我。

小魏立刻觉得她有必要再跟冷铁军待一会，就收回脚步，随着他往外走。

原来你跟她是同事啊。冷铁军把重音放在"她"上，表情变得意味深长。我可听说过她一些事情。

小魏瞪了他一眼，催促他别卖关子，有话快说。

这事不能在大街上说。

她的目光落在一家冷饮店前。

也不适合在公共场合说。

最后他们找了个广场边上的小凉亭。

首先我声明我也是听别人说的。

她作势欲走，他拉住了她。

听说他们夫妻早就室内分居了，十几年前，她得了病，子宫输卵管卵巢全切了……你可别说出去，我也只是听说，而且我也不知道分居跟这个有没有关系……

他一口一个听说，长舌妇一样，一句句往外抛出的都是令她目瞪口呆的硬扎货。她完全被他控制了，眼巴巴地望着他，一再要求他告诉她，切除那些东西对一个女性的身体来说意味着什么，有什么影响，还有没有什么别的影响。他说除了不能生育、不来月经之外，没什么大的影响。眨巴几下眼睛，又说：当然，可能时间一长，卵巢的分泌功能也会受到影响。她从他躲闪的眼神里觉察到他故意漏过了什么，她突然生起一股强烈的好奇心，她一定要弄清楚这件事。她又问他:她都生了这么大的病,她老公不是更应该细心呵护她吗?为什么反而要分居?他还是闪烁其词:他还算好的,有人还为这事离婚呢。这不是她真正想要的答案。等了一会,她决定单刀直入,因为除了他之外,她不可能从别处得到更专业的回答,除非是冯医生本人,她肯定做不到。

我不知道对不对,在我的想象里,是不是……她做了那个手术后,就不能……她突然停下,怔怔地望着冷铁军。

冷铁军古怪地一笑,伸出食指,一下一下点她:你知道的可不少啊。

她强撑着辩驳:笑什么?亏你还是医生,我又不是白痴。

他收住笑,往她身边挪了挪:不说这事了,我们不该拿别人的痛苦来取乐。

不是取乐,是……同情,作为同事,我居然不知道她做过这个手术。

话刚说完,她猛地站了起来:不对不对,我还见过程姐买卫生巾呢,就在不久前,亲眼所见。

冷铁军镇定地笑着:你亲眼见到她用在自己身上?

那倒没有,但是……她又没有女儿,她只有一个儿子,不是买给自己的还能是买给谁的?

就不能帮别人买?要不就是买给别人看的,比如说你。

你这人怎么这样啊?把人想得那么复杂!

冷铁军息事宁人地抬起手来,按到她肩上,贡献了一个秘密过后,他理所当然地觉得他们之间的距离应该能拉近不少。

她看了下那只手,请他拿开,说他的掌心像只熨斗,热死了。

他马上提出去一个有空调的地方坐坐。

她顺从地站起来,她心里有什么东西被打乱了,打散了,乱七八糟的东西堆了一地,但她一时又理不清,就怔怔地跟冷铁军往街头走。

路过一家冷饮店,冷铁军问她要不要来一杯,她根本没听清他在说什么,直着脖子继续向前,他揪住她,她一回头,抛过来一句话:你说,他们会离婚吗?

我觉得不可能,首先,你的同事会牢牢捍卫她的婚姻,好不容易把自己的老公培养成院长,怎么会心甘情愿从这个位置上退下来呢?怎么可能把胜利的果实拱手让给别人呢?

那也不能一厢情愿啊,难道他们要过一辈子婚内分居生活?

他欲言又止。她鼓起勇气抱着他的胳膊,一个劲地摇,摇得他雄心大悦。

按说不能轻信这样的传言,更不应该传播这样的传言。

放心,我要是说出去我马上烂舌头。

我听说,注意,我真的只是听说,她经常带女性朋友去她家里,都是些年轻貌美的姑娘,隔段时间就换一个。

她不由自主地提高声音:那又怎么样? 她就不能有朋友?

好了好了,早跟你声明过只是听说嘛,就当我没说。

她望着前方,胸膛兀自起伏,她心里明白,他的话并非完全不可信。

强撑到天黑,她回到那个铺着乡下篾席的家,没有开灯,也没有换下制服,迫不及待倒在篾席上,篾的青涩味隐隐约约钻进她的鼻腔,这味道让她保持清醒,她有很多问题要想。

她和程姐是怎么要好起来的呢?之前,她们只是普通同事,见了面都不用打招呼的那种。她像条小鱼一样奋力往记忆深处游。在一次年会过后,全体职工聚餐,大家嘻嘻哈哈抢着入座,看似乱坐,其实乱中有序,平时关系要好的几个,不多不少都挤在了一桌,小魏上了趟厕所回来,发现自己心仪的座位已经没有了,只能选次一等座席,也就是跟上了年纪的女性共坐一席,再次等,席上全为男性,末等座席,当然就是领导席了,除非被点名,谁也不会自找别扭跑去跟领导共坐一席。事实上,小魏那天吃得很舒服,阿姨们对她照顾有加,帮她夹菜,帮她倒饮料,一边吃一边问长问短,让她产生一种置身亲戚家饭桌的错觉。坐在她左手边的正好是程姐,作为回报,她也开始夸程姐的旗袍,那是一件黑底棕色格纹的呢料旗袍,虽袅娜不起来,总比那些棉花包看起来要俏丽一些。她一夸,程姐马上两眼发亮,满脸的相见恨晚。就在那天,程姐告诉她,她的衣柜里除了家居服,除了睡衣,几乎全是旗袍和大衣。这省却了好多麻烦,出门前根本不用挑衣服,根据温度高低选一件,穿起来就走,连镜子都不用照,还不会出大错误,也不担心跟人撞衫。程姐还主动提出要把自己的旗袍师傅推荐给小魏,谁会拒绝衣柜里多一件旗袍这种事呢?小魏一口答应下来。

但她后来终究没有做成旗袍,冷静下来后,她意识到她根本不敢公然步程姐的后尘去穿什么旗袍,她羞于向众人展示自己的风格,以及跟谁是同伙。第二波亲密接触的高潮是在她书法获奖之后,程姐主动来到她的办公室,向她道喜,同时告诉她,她的儿子一心也在学习书法,正巧一心的书法老师走了,急需找个新的老师,问她愿不愿意一周去她家辅导一次。在旗袍问题上,她已经为自己的胆怯内疚过了,书法问题,事关小孩,事关她的荣誉,自然不敢怠慢,短暂考虑过后,她答应下来,不就是每周去一次程姐家,每次跟她的孩子相处一个小时吗?一个长期住在集体宿舍的人,对任何家庭生活都充满了由衷的向往。

上到第三次还是第几次课时,小魏才见到一心的爸爸。程姐把他领到一心的房间,向他介绍:这就是一心的新书法老师,也是我的同事小魏。又对她说:这是一心的爸爸,你就叫他冯医生好了。冯医生相貌没什么特别的地方,但身材十分高大健硕,他向小魏伸过来的手也很大,小魏感到自己的手握在他手里,就像一个婴儿被放进了摇篮里。

下了课,程姐提出让冯医生开车送小魏回去,冯医生出门时对程姐说:正好我顺便去下爷爷奶奶家。

拐出医院小区,拐出整个城东区,冯医生问小魏急不急着回家,如果不急,他们可以顺着江边兜兜风。小魏当然不急,她回到集体宿舍不过就是睡觉而已。

他打开了音响,是一支交响乐,她不知道那是什么曲子,只知道它舒缓飘逸,又出奇地宽阔,总之非常适合这样的夜晚,适合在夜色中快速飘移的人,听到后来,她甚至感觉她不是躺在车上,而是躺在一条音乐的河流上,车灯不断裁剪出来的真实路况幻化成了缥缈的音乐背景。她浑身放松,两目微闭,她感到她把灵魂放出去了。

冯医生的声音突然从一旁杀入:怎么样?

在这之前,他一直没作声,安静得像是无人驾驶的汽车。

她已无法形容内心的巨大愉悦,只说了两个字:很好。

有时候,白天过得不好,晚上我就一个人开车出来,也没有目标,就这样开着音乐胡乱跑一通,然后回家。

那天他们来回一共跑了三十公里,他把她送到集体宿舍的大门口时,她恍恍惚惚地下了车,身子还飘在云端,飘在音乐里,她挥手跟他再见,感觉挥起来的胳膊并不属于她,仿佛是别人的。

一连三次,她下了课,他就送她回家,顺便在外面兜一圈,他果然是个驾车兜风爱好者,每次的路线都不一样。

似乎有一种古怪的默契,她从没见程姐问她何时回家的,也没提冯医生是何时到家的,稍稍一问,谁都能听出来这中间有个显而易见的时间差,但他们谁都没提起过。

第四次,车停在一个两边都是芦苇的地方,他的手伸过来了。之前他也伸来过,教她放碟子,递给她爽口糖。但这次她感到异样。

他抓住她一只手:如果我说我喜欢你,你会害怕吗?

她心里抖了一下,但她故作平静,有什么东西正在到来,她必须全力以赴迎接它。

好感是不会让人害怕的。她忍受着剧烈的心跳,平静地说。

第一次见你,我就想说这句话了。

他的手再没离开过她,她没有拒绝,也不想拒绝,她享受这样的夜游,这样的气氛,这是一个单身女人的特权。他开始亲她,亲得她差一点爆裂,但他及时刹住车,说他可不希望弄出个什么车震的新闻来。他居然笑得出来,她已连喘气的力气都没有了。

但接下来戛然而止,她有两次课没有碰见他,她很煎熬,心想,下次再碰不到他的话,她就找个理由辞职不干了。正这样想时,他又出现了,又来当她的车夫了。这一回,他没有带她去兜风,而是直接把她带到一个僻静的无名弄堂前,他说他为她租好了一间房,但他劝她集体宿舍的床位还是要保留着,否则她会被很多目光监视起来。

房子很普通,最大的特点是隐蔽,她不动声色地往房间里添了一些属于自己的东西,毛绒玩具,卡通拖鞋,奇特的夜灯,篾席是最后一件添置的物品,也是他最喜欢的东西之一。比什么木地板都要好。他望向四周,窗帘是深蓝与灰相间的格子花纹,朝外的一面挂了一层遮光布,拉上窗帘不开灯的话,屋里漆黑一团。床脚、桌脚、椅子脚都戴上了橡胶垫,移动起来没有任何声音,厨房里的锅铲是木头的,锅是不粘的,无论烹饪什么都不会发出太大响声。这是一个刚好容纳两个人的家,任何第三者出现,都可能给他们的二人世界带来灭顶之灾。她不用他提醒就知道,就算是严刑拷打,她也不会把它暴露出去。

如果按冷铁军透露的消息来分析,程姐极有可能知道她和冯医生的关系,这也太离谱了,如果程姐是那样的人,那她得有多变态,才能一面跟她做同事、做朋友,同时暗中又咬牙切齿地恨她。没有一个女人不恨自己的情敌,她觉得。

只能说明来自冷铁军的传闻纯属胡说八道,据说男性职工都嫉妒自己的上司,女性职工都恨不得自己身边最漂亮的那个突然倒大霉,今天她算是亲眼得见了。

她想给冯医生发个消息,当笑话一样在他那里确认一下,才输入两个字,又掐掉了,她从没主动给他发过信息,万一他正在开会,她的头像和文字突然冲破黑屏,带着音乐向人招摇,她怕他会窘得无地自容。她可不能给他带去这种羞辱。

夜风中,黑暗中

冷铁军的八卦,终究没有带给她困扰,她喜欢他,这就够了,至于是谁把她带到他面前的,她觉得无所谓,也不在乎,何况他对她的依恋正逐日加深,原先他像个间谍一样谨慎,从不留下任何东西在这里,也不带来任何东西,除了偶尔给她放点现金。现在已放松多了,他在这里留下了毛巾、水杯,还有喜欢的酒,她也给他买了抱枕,他一进门就甩掉鞋子,抱着她买的抱枕,在篾席上滚来滚去,天气凉了,她就在篾席上铺一层绗过薄棉的小夹被。

他已不像当初进门就迫不及待地要她,似乎在篾席上躺着,舒展身体才是最重要也最享受的事情,有时正好赶上她月经在身,他也不懊恼,只随口说:那是好事!怀孕才是他们避之唯恐不及的事情。

情浓时刻,她头抵在他胸口说:我不结婚了,这辈子就住在这个小窝里好了,等我老了,死了,你就过来把这房子推倒,把我埋在这里。

他哼哼一笑:等你老了,我的骨头早就可以打鼓了。

只要你还爬得动,并且愿意,你可以爬到我这里来,我愿意提前,陪你一起。

他撸一把她的头发,算是对她表达爱意的响应。

她说她有一个最大的愿望,就是他开着车,她坐在副驾上,打开音乐,一直不停地跑下去,最好是夜晚出发,最好天永远不要亮,以保证他们永远在暗夜中飘飞,如同在茫茫宇宙中作无边无际的航行。她说这个愿望产生于他第一次带她夜游的那个晚上,那时他们几乎还是陌生人。

他看了她一会,果断点头:完全没有问题,我们傍晚出发,天亮回家,吃饭也不停,就在车上解决,上厕所也不停,插尿管。

因为他是医生,他们经常会在某些抒情的时刻故意说些大煞风景的医学术语。比如他们不说吃饭说进食,不说做爱说交配,然后看着对方乐不可支。

有天晚上突然下起了小雨,她又有了一个特别的愿望,她想和他来一场雨中兜风,她想象雨点打在车顶上,如同敲鼓,他们的车,像一支雨中的箭,嗖嗖向前直飞。她喜欢他收集在车上的音乐,喜欢车灯橘黄的光束,喜欢世上的一切在他的光束里探头,又知难而退。她叹息着把一个个愿望说出来,她以为他又要说:我们应该尽量减少一起外出的机会。结果他一挺身坐了起来:走!

她惊喜得跳了起来,赶紧去洗脸,去装扮。他坐在桌边,抽着烟,眯着眼睛看她在镜前跑来跑去换衣服,撑开眼皮戴隐形眼镜,梳头,描眉,扑粉,涂口红。最后,他灭掉烟,走过来,搂着她的肩,她仰脸看他,皱皱鼻子:突然发现自己真的爱上我了,是不是?

他乐了:真是个鬼精!

她隐隐有点失望,他不说是,也不说不是,只骂她鬼精。当然,现在不是计较这些的时候,现在只想夜游的事情。

一出门,他就把主动权交给她,问她:朝哪边?她抬起脸,闭上眼睛,感觉风是从左边吹过来的,就说:往左。他们就一直朝左开,遇到岔路口,毫不犹豫地选择靠近左边的那一条。音乐也是她选的。雨已经停了,那些扑上来又迅速后退的景物,嗖嗖跳着行进之舞,她感到自己仿佛在飞,飞离地面,飞向群星密布的夜空,这时她还有最后一点清醒,她知道制造这飞翔的是旁边这个人,他在力所能及的范围内,带给她最大的快乐,他那么不自由,那么大压力,仍然把自己的愿望列入他的记事簿,把卑微的她与他的那些重要事物排在一起。这样的人,她有什么道理不抓紧、不珍惜?一直开到凌晨三点多钟,他有点犯困,决定把车停在路边,小睡片刻。他一熄火,浑身一松,人就沉入另外一个世界,见他这样,她反而清醒过来,就像一间小屋,被人拆去了门窗,屋里的一切处于不被保护状态。她不知道这里是什么地方,她猜他也不知道,她支起耳朵,凝神谛听外面的动静。她果真听到什么声音了,一阵杂沓的脚步声,越来越近,外面黑漆漆的,什么也看不见,恐惧一圈圈放大,像钢锤一下一下砸在悬空的铁板上,她的心脏和耳膜快要受不了了,她小心地推了推他。他睡得太沉,根本叫不醒。她加了把力,继续推,同时在他耳边说:好像有人来了!他动了一下,嘟囔道:叫一心去。

她一愣,恐惧仿佛得到响应,一圈圈缩小。一夜的激情都白费了!她直挺挺坐在座位上,整个人变得异常清醒。

到底还是有东西,某种四蹄动物,成群结队,从车边经过,停下来嗅一嗅,用脑袋顶一顶,又不慌不忙地离去。

若在平时,她一定兴奋得大叫起来,从小到大,她最喜欢看到的场景就是动物们成群结队地走过,鸭子、鸡、山羊、黄牛,而此时,内心只有悲凉,终究是不相干的,就像这些动物,动物帮了人类多少忙啊,结果呢?你还是你,他还是他,连梦里都是跟家人在一起,听他那语气,分明是在对程姐说话。

他终于醒了,几个长长的呵欠之后,低头看表,惊叫一声:怎么不叫我?导航仪上显示,他们已在离家两百多里之外。

今天上班我们都得迟到。他嘀咕着,把车子开得飞快。

你呀,真的应该早点叫醒我的。

她撒谎:我也睡着了。

他在城边上停了车,让她叫个三轮回去。她刚一下车,车就嗖地蹿了出去。

算了,她决定不生他的气,他身不由己,环境把他逼成了这种人,他不可能像冷铁军那样有的是时间黏黏糊糊,他四面都是高压,他是从铁丝网下逃出来的,他把挤出来的那点时间全都给她了,他的一克,相当于冷铁军的一千克。她安慰自己。

伸进房间的树枝停止了生长

对于一心的书法课,她不动声色地做了点调整,她故意晚到两三分钟,故意在穿过客厅时急匆匆边走边大声道歉:一心,不好意思,我今天迟了一点点。

这样就不用跟程姐过多寒暄了,她怕自己的心虚会形于言表。

一个星期不见,一心似乎长大了不少,嘴唇上一圈隐约的青色,下巴也锐利了好多。

与此相反,那根探进房间来的树枝却蔫了不少,叶片发黄。

它快死了,它傻,自己走进了死胡同。

小魏扫了他一眼,这孩子好像不开心,从她进门开始,他就一直在砚台上舔墨,毛笔已经饱满到快要滴下来了,还在一个劲地舔。

不怪它,它又不会思考,只能凭着本能往前走。小魏假装没看到他在默默地怠工,一定要找机会跟程姐请辞了,每次来都要察言观色,像演戏一样,真的太累了。她相信程姐也没真正把她当作老师,她只是想给儿子找个陪练而已。

还得变着法子夸他,最好每次夸他的内容都不一样,不把他夸得高兴起来,他能把字写得让人无言以对。

你真厉害,学习这么紧张,还能抽出时间来练书法。据我所知,好多人一进初中就把这些丢一边去了。

也许他们只是把练书法的时间拿去谈恋爱或是玩手机去了。

这一点我的看法可能跟一般家长不同,我不觉得中学生一定要禁止谈恋爱,禁止玩手机。

他做出一个夸张的表情:我就知道我没看错。

什么意思?

你没必要知道。

好吧。

看来这书法课真的不适合长期教下去了,她可不想跟一个孩子也走得那么近,母子两人她都不想走太近了,不过表面上,她拿足老师的架势,严肃地说:现在开始,别说话了!说话走气,还怎么练字?

但一心完全不在乎她的指令,继续说:我是自己不想玩手机,烦!要不要我把微信打开给你看,现在可能已经有几百条消息了,全是无事找事,问作业啦,发嗲啦,乱发表情啦,真不知道她们那个脑袋里一天到晚在想些什么。

明白了,想追你的女孩子太多……

没一个是我的菜,一个个不是假装幼稚,就是假装豪放。

我猜,你是不喜欢人家来追你,你更喜欢去追别人。

你怎么那么懂我!

我懂全世界的人。说说你都喜欢什么样的人?

我说不出来,不过,一旦那个人出现在我面前,我肯定认得出来。

牛皮要吹爆啦。打住打住,写字的手不要停。

不是吹牛,我真能认出来。

你要是能认出来,我就能一个一个说出她们的名字,无非是子琪、一诺、萱萱、轶晨、雨桐……

杂花乱草。

奕嘉、家琪、天伊、海若……

雌雄不分。

新一、若驰、彤颜……

是魏好青!他飞快地说出她的名字。

她一哆嗦,毛笔就掉到桌上,在字帖上杵了一个大黑块。他好像也被自己吓到了,安静下来,低眉敛目,毛笔比任何时候都拿得正。

有病吧!瞎开什么玩笑!

我没开玩笑。他抬起头,瞟她一眼,脸色意外地惨白。

我生气啦！她真的装出生气的样子,扭头就往外走,门一拉开,心头一炸,程姐黑着脸堵在门口。

我、上厕所。

慌忙之下,她真的蹿进了厕所,茫然无绪地站了一会,竟没忘了按一下冲水器,再出来时,程姐还在原地站着。她肯定听到他们的对话了,她肯定一直站在那里偷听来着。

来不及多想,她急切切对程姐说：不好意思,我突然想起一件事来,要稍稍提前一会走,有人在等我,就是那个冷医生。

程姐什么反应都没有,面色呆滞,如梦方醒。

那我走啦,程姐。

三步两步冲到门口,就听到砰的一声门响,不知道是一心还是程姐弄出来的,管不了那么多了,快走快走,越快越好。

一溜烟走出小区,才觉得自己的行动好荒唐,为什么不跟程姐解释？此时不解释,以后还怎么解释得清？而此刻再跑回去解释,只会显得多余,而且笨拙。

她突然手脚发软,一步也走不动了。程姐知道了,用不了多久,冯医生肯定也会知道,他会怎么看她呢？她要怎么解释呢？他能相信吗？

不管他们怎么想,这个有着来苏水味的地方,她怕是再也不能来了。

从葱茏到枯黄

一心喊出魏妤青三个字的第二天,也许是第三天,他突然打来电话:今天你可以备点晚饭吗?

当然可以。她心花怒放,同时在心里盘算着怎么向他解释那天晚上的尴尬,顺便了解一下程姐是怎么向他汇报这事的。

距离上一次见面已经有一个星期了,他们的见面越来越没有规律,每次他走之后,她照例会情绪低落好几个小时,有时甚至一两天,直到他下一次再来。她自己诊断为见面后遗症,不可能他一走,她就像关门一样把那种状态彻底关在门外,恰恰相反,他们在一起时,她的心里倒是简单的,像万里无云的晴空,而他一走,她就思绪翻滚,忧心忡忡。他哪里是出现了几次、几个小时呢?他分明是占据了她的全部时间、全部身心。

放下电话,她就开始做着下班的准备,以便时间一到,第一个冲出大厅的玻璃门,奔向超市。她想起小时候妈妈做的粉蒸排骨,粉蒸各色蔬菜,每次都吃到他们走不动路。她今天也想摸索着做一做。

夏天真是个好季节,各种颜色与形状的蔬菜应有尽有,她记得以前妈妈总说:多吃点多吃点,马上就是枯黄季节了。现在看来,妈妈实在是个悲观主义者,居然能越过夏季的葱茏,一眼望到即将到来的秋冬的萧瑟。

她去超市买了蒸米粉,各种调料,以及猪排骨、豇豆、芦蒿,一一洗好,切好,腌渍起来。二十分钟后,她把米粉洒到腌渍好的材料里,再整整齐齐地上盘,装进笼屉里蒸。在等候的二十分钟里,她换了身衣服,虽然她闻不到,但她相信,穿了一天的衣服必定有不好闻的汗味。

没多久,肉香弥散开来。

但他没来,晚饭时间早过了,她侧耳聆听,外面没有她熟悉的轻响。

粉蒸肉的表面在变干,他已错过了味道最好的时刻。好吧,他临时有事,他走到半路又被什么事情拖住了,他身不由己。她把粉蒸肉碗重新架进蒸锅里,开启最小的那一簇火苗。她要把最好的味道抢救过来。

她饿了,但他不到,她不想开吃。

她想给他发信息,想来想去到底不敢,万一他正好在加班,或是在开什么很重要的会呢?万一她发的信息被别人无意中看见了呢?必须忍着。

她趴在桌上等啊忍啊,慢慢睡了过去。

后来,她被一阵怪味惊醒,是蒸锅发出来的,水烧干了,不锈钢锅发出咔咔的声音,锅底在变形,在熔化,揭开盖子,粉蒸肉冒出浓重的烟雾,她被那股怪味呛得咳嗽起来。

看看时间,已是凌晨一点,他不会来了。

这是他第一次爽约。她脑子里闪过无数场面,都是最坏的,最让人担忧的,但她不敢去核实,尤其是这种时候,他以前教过她,越是不对劲的时刻,越是不要找他,搞不好会祸及自身。

可惜了那锅粉蒸肉,不敢吃了,只能扔掉,锅也没用了,已经烧穿了一个孔。她小心翼翼一层又一层打包那些肉和锅的时候,有种很古怪的感觉,好像扔掉的不是菜,不是厨具,而是某种跟她身体有关的东西,跟她命运有关的东西。

第二天,她并没有接到他的电话,但她还是来了,她告诫自己,要注意控制情绪,无非是爽一次约,不值得赌气、吵架,不要给他留下小气又任性的印象,鉴于他的实际情况,应该给他一个宽限期。当然小小的惩罚也是必需的,她没有准备晚饭,也没法准备了,因为她没有心情去买一口新锅。

他还是没来。

第三天,她觉得一定要打个电话问一问了,她极少给他打电话,偶尔一次应该不算特别犯规。她选在午休这个时段,应该是个相对安全的时刻。

一切证明是她想太多了,她太紧张了,他根本没事,就是很忙,上面来了个检查组,里里外外忙成一团,还有一场讲座,几个会,还有接待,还有日常,他已焦头烂额,只能靠挂水维持体力了。她从他声音里听出了深深的疲惫,以及类似生命不息战斗不止的热情,再看看自己都在想些什么啊,那一瞬间,她感到自卑,她必须有所改变,不能再企图把他羁绊在那个无名的黑暗角落里,他有更值得做的事。

一个月过去了,两个月过去了,南风变成了北风,他依然忙碌,依然疲惫,她开始觉得不对劲,再忙,总得吃饭,在哪里不是吃,到她这里来吃个饭,能浪费他多少时间?

那间小屋似乎只认他,他不光顾,小屋也失去了生机,而她一个人待在里面时,因为心情不好,懒于收拾,小屋很快露出破败之相来。

有一天,她看到他遗留在这里的小半包香烟,她抽出一支,坐在地上,弓起两腿,慢条斯理地抽起来,一抬头,她看到了墙边袖珍穿衣镜中的自己,这是怎么啦?这个人真的是魏好青吗?即将三十四岁的魏好青,真的这么老了吗?深咖啡色长袖T恤,黑色长裤,头上夹一个半圆形的波浪钢卡,苍白发黄的脸,肿眼泡,眉毛散淡得快要消失,还怨妇一样夹着一支烟,你怨谁?他是你的谁?不是老公,不是情人,对你来说,他到底算个什么名堂?她久久地盯着镜中的自己,烟灰掉下来,落在黑裤子上,她深吸一口,看那一头的红色义无反顾地奔向自己,之后,她张开口,对着那红色徐徐地、嘲讽地吐出一蓬巨大的烟雾。她觉得这有点像他们俩。

事情再明白不过了,他正在坚定地退出她的生活,她不想耍赖,那只会自取其辱,也不想去讨个理由,那只会令自己伤心。她已不是小姑娘,小姑娘才会哭闹,向闺密求助,她是成年女人,成年女人必须独自一人应对一切内忧外患。

她要弄个仪式,以做了结,她把烟头移到脚边,试了几次,都不敢真的把烟头摁上脚背,她想了个折中的办法,她可以摁到右脚鞋面上,如果烟头熄灭,脚背无恙,她就起身,像平常一样离开这里,再不回来,如果烟头洞穿鞋面,烫伤脚背,她就必须抛开他给她定的一切规矩,心怀怨恨地做她想做的一切事情。

结果是,烟头刚一接触到帆布鞋面,就溃散成一小撮红色粉末,滚落一地。她拿起那只拖鞋,凑近了观察,这是她刚搬进来时特地为自己买的拖鞋,她打量那个小小的棕色圆孔,一只拖鞋,尚且知道保护它的主人……

手机屏幕亮了一下,是冷铁军,她突然两眼一酸。

风停的日子

小魏和冷铁军在春末夏初一个无风的日子里举行了婚礼。

她做这个决定很突然,一个周五的下午,冷铁军提议去坐夜班车,一觉醒来,人已在八百里之外。他觉得这个方案既高效又很有意思。夜和车两个字深深地吸引了她,她痛快地答应了。

她戴上眼罩,以微微的不舒服为名,拒绝了冷铁军的聒噪,在长途汽车上默默想了一夜心事,流了一夜眼泪,天亮时,冷铁军扶着浑身麻木的她下车,一边揉搓她的四肢,一边为她安排早点,中间还偷偷亲了她两口:小可怜!可怜的!

她一感动,整个人就扑进了冷铁军怀里。

没等踏上回程,冷铁军就向她求了婚,她想都没想就答应了,还能怎样呢?如果不是冯医生,其实什么人都一样,谁都可以。她真是这样想的。

婚后不久,两人合力买了辆车,冷铁军其实不主张这么早就买的,等将来孩子来了再买车不迟,但小魏一想起那些深夜兜风,一想起那些车载音乐,就觉得一刻也不能等。人不能复制,生活还不能复制吗?

好几次,她在梦中回到那个小屋,进门就把小包往地上一扔,两腿一屈,像条鱼一样滑到篾席上。梦里也只有她一个人,好像是在等人,但那人迟迟没有现身,等到后来,她竟忘了自己其实是在等人。

她不觉得做这样的梦是种干扰,相反,她很想一直保有这些梦。

她现在不像以前那样频繁地见到程姐了,她们原本不在一个办公区域,被一心叫出她名字的那几天,她有点无地自容,来来去去躲躲闪闪,生怕碰见程姐,后来无意中碰见过一次,可能程姐早有准备,提前移开了视线,等她小心翼翼再度投去目光时,程姐已不见踪影。她结婚时,几乎所有同事都来了,只有程姐没来。没过多久,她收到了程姐托人送来的密封的红包,打开一看,里面除了钱,还有一张纸条。

好妹妹,祝福你们,对于婚姻和家庭,我有一点小小的体会:当你爱他的时候,其实是在爱自己。所以,使劲爱他吧。仅供参考。

她有点看不大懂,但她觉得这纸条至少没什么恶意。

冷铁军也看到了这张纸条,居然说:写得好咧!

他希望她去找程姐,最好能请她吃个饭。

你们不是关系不错吗?这样的关系要深度培养,对我有好处。

我们后来没那么好了,同事关系本来就很难说,具体什么原因我也不知道,反正我们没以前那么近了。

重新去靠近嘛,同事之间就是这样,时亲时疏,全看自己需要,全靠自己经营。

她只能敷衍他:慢慢来。

新车到手那几天,小魏迫不及待地要冷铁军带着她开夜车兜风,走到人车稀少的地方,她把音乐声调大,全身放松,贴住靠背,仿佛躺在某种飞行器上,她闭上眼睛,试图重新在黑暗中乘着音乐飞翔起来。

可惜冷铁军太喜欢说话了,他一开口,就把她从飞行器上扯了下来。

他一个劲地说:腾格尔腾格尔,我喜欢腾格尔,腾格尔的嗓子在我心目中排第一。

她闭着眼睛,毫不留情地制止了他。

过了一会,他又说:我有一盘中国经典民歌,你找找,老听什么古典音乐,听得我瞌睡都来了,一会碰上交警,人家会说我疲劳驾驶。

她仍然闭着眼睛,没有换碟子的意思。

你这是自私,只顾你自己,一点都不考虑别人的感受。

她睁开一条眼缝:那你有没有考虑我的感受呢?

冷铁军终于闭上了嘴,车里重新安静下来,可能是被他打断次数太多,她再也飞不起来了,无论她怎么闭眼、怎么想象,依然能清清楚楚地感觉到逼仄的空间,路况也不好,时刻提醒她在坎坷中奔波。她感到自己像一只关在笼子里的鸟,连扑腾起来的力气都没有了。

冷铁军也有个好处,虽然一路唠叨,但他并不反感夜游,小魏放的碟子他依然不爱听,但抱怨来抱怨去,有一天他竟然说:我觉得贝六比贝八好听。惊喜之余,小魏故意鄙夷地怼了他一口:你的口味也就是个迪士尼水平。冷铁军认真地说:不错了,我以前只知道《命运交响曲》前面那一点点。

有一次他们跑得比较远,他们沿着新修的高速公路,横穿邻近的县,来到另一个县。小魏慢慢找到了最喜欢的感觉,她放低身子,闭上眼睛,她感到自己慢慢浮了起来。

他现在怎么样了呢?他在家里过得好吗?无声无息的,看来他在哪里都能过得很好。不过,说不定他也在这样想自己:哼,一转身就结了婚,过得有滋有味。也许他们只是缺一个好好的告辞,她幻想他们默默凝视、越走越远的样子,哪怕有这样一个场面也好,偏偏他们就像两个贪玩的孩子,天黑了也不回家,直到妈妈唤儿的声音,他撒腿就跑,头都不回。其实她对那段关系并无野心,只是觉得没必要那么虎头蛇尾,什么事不都讲个仪式嘛。

我看到一辆车,是我们那边的。冷铁军说。

小魏嗯一声,并未睁眼,她不想又被冷铁军从空中拽下来。

怎么觉得这个车号有点熟悉呢?

小魏微微睁眼,再定睛一看,简直不敢相信自己的眼睛,是冯医生的车。

她一手抓住扶手,一手紧抠大腿,她尽量不动声色,尽量不让冷铁军看出异样。

冷铁军在超车,她悄悄压下身子,只留一双眼睛在车窗边。

擦身而过的一瞬间,她看到了他的侧面,接着是他的大半张脸,深色上衣上面那张没有血色的冷峻的脸,看上去极其正派,似乎永远不懂调情,也不会使用轻佻的表情,事实上他相当懂得轻佻,他的轻佻只有在安全的时刻才会展露出来。

副驾座上有人,一个白衣女子,也许是淡蓝色,夜色下看不清,总之是纯净的浅色调。她的胳膊抬起来了,多么做作呀,不就是抬手理头发吗?弄得像在跳舞一样。

他还是喜欢夜里飙车啊,看来他并没有屈服于程姐的淫威,天天猫在家里。肯定也有音乐吧。他会不会想起她来,会不会在那个女人面前贬损她:我以前载过一个女人,知道她是怎样感应音乐的吗? 她像挺尸一样直挺挺躺着。他以前真的这样开过她玩笑。她几乎能肯定,他正在这样告诉她,因为她看见那个女人笑出了白牙,白牙在黑暗中晃来晃去,她笑得放松又持久。

是他?! 冷铁军惊呼一声:可被我发现秘密了。

谁? 她故意问。

我们老板! 可惜没拍下照片。

别缺德了!

缺德的是他,他可是有老婆的人。

少瞎说! 坐在他旁边的也许就是他老婆。

我觉得不像。

关你屁事!

没走多久,就得上摆渡船,那辆车就在他们后面,上船后,就变成在他们的斜后方,大概是要拿东西,他们开了灯,她看清了那个女子的面容,说不上很漂亮,但很清秀。她偷偷拍了照片。他们下了车,他去船舷边抽烟,她紧挨着他,她的裙摆飞起来,缠在他腿上。不得不说,灯光下这样的照片很美。

下船了,她跟冷铁军交代一声,闭上眼睛。她急需一个不受打扰的空间,她想进到那个空间里,去哭一场,去吵一场,去骂一场,但,她能骂他什么呢? 她根本就不知道该怎么骂他。

她戴了副太阳镜,背上双肩包,换了身旅行装束,伪装成找人的样子。她决定赌一把。

她故意挑了傍晚这样的时刻,她那时总在这样的薄暮时分回到无名弄堂里这个秘密的家。

没什么变化,小弄堂比以前更安静了,以前两百米处有个小卖店,现在也关门了,估计是开店的老人去世了。

再次确认了下门牌,她举手叩门。

果真有人来开门,她听见脚步声了,她捂住嘴巴,好像这样就能减弱心跳声。

是一个系着围裙的白发老太太,脚边跟着一条小狗,对她说,她找的人可能是以前的租客,现在她已经把房子收回来了,她也没有人家的联系方式。

她赌输了,却很高兴。她不知道她有什么可高兴的。

有天下午,她骑上自行车外出办事,老远就看见前面一胖一瘦两个白衣女子,瘦的那个裙摆飘飘,胖的那个裙摆紧贴大腿,有点面熟,她紧蹬几下,近处一看,紧贴大腿的那个是程姐,她穿了一件暗花织锦旗袍,至于裙摆飘起来的那个,她觉得跟那天晚上她和冷铁军遇到的那个有点像,尤其是她抬手理头发时,她对那个女人抬手臂的动作印象太深了。

她蹬不动了,停下来,扶着车把,望着她们的背影喘气。

她们在说着开心的事情,程姐大笑,头部微微后仰,右手一下一下打在那个纤瘦的女子背上,女子只是耸着肩捂着嘴。

她们像一对无话不谈的闺密,恰如当年她和程姐。

她故意骑到旁边一条小路上,再从斜里直插过来,逼停了两个人。面对面的那一刹那,她看到了程姐眼里的惊讶与戒备,不过她很快就镇定下来:吓我一跳,原来是小魏呀!

就是她,果然是她,她无数次看过那天晚上在船上偷拍的照片,早就把她的样子刻进了心里,俏薄的面容,文静得有点虚弱的样子。

她拿出以前的语气跟程姐开玩笑:又脱岗哦,我可看见了。

程姐急忙解释:才没有呢,我们去档案局有事。

她想起来了,这段时间搞档案管理升级,估计这女人是从档案局借来指导工作的。

她骑上车飞快地走了,程姐已经给她提供了太多信息。

他们的新房靠近江边,所谓的江景房。小魏只要一站上阳台,面对滚滚东逝的江水,心里就有种悲壮地想要号叫出来的冲动。

新房是冷铁军婚前买下的,连贷款都没有,现钞买下,有人说小魏捡了个大便宜,也有人说小魏其实是吃了个大亏,因为房产证上没有她的名字,说到底她不过是利用婚姻关系寄居在冷铁军的婚前财产里,万一哪天他们的关系发生变化,小魏只能净身出户,白给冷铁军做了几年的老婆。

但小魏根本不在意,就算冷铁军占了她便宜,就算他们会离婚,就算她一无所有,真到了那一步,她不会再婚吗?她不会再找一个人占他便宜吗?反正千百年来,女人都是这么活着的。

与其关注房子,不如关注在房子里的状态。

冷铁军是初婚,她却有二婚的感觉,与当年在小弄堂里的日子相比,现在的她扬眉吐气多了,她不用刻意提前回家,当她晚回,冷铁军一定在厨房,如果她说不想做饭了,他马上去拿车钥匙,她想吃什么,他就载着她给她找到什么。他开着开着车,有时会突然叫一声:老婆!然后其实又没什么事。

她看他一眼,有种萝卜咸菜般的幸福感。

但到底意难平。被人拿来当傻瓜使,不知道也就罢了,知道了,不平复那一腔沸腾的热血如何吃得下睡得着?

没想到那个女孩打听起来毫不费力,果然是档案局的工作人员,单身,出身极其平凡,她已经分析出程姐的门道了,专门选择这些看起来光鲜实际上处于弱势的姑娘。进一步了解下去,她几乎要哭出来了,那个女孩有自己的约会,一个高大魁梧的小伙子,她仿佛看到了当年的自己,小伙子热情很高,而姑娘因为在黑暗中心有所属,没法给他足够的热情。

有一天,冯医生会果断退出,这个备胎要出来当主角,挽救她于崩溃的边缘,而姑娘出于羞涩和保护名声的需要,不会大张旗鼓地跟在冯医生背后纠缠,只能带着遗憾与哀怨,有气无力地进入婚姻。很完美,不是吗?一腔欲说还休的心事,一个不足为外人道的人,一段若有若无的情,一段自我消化的家丑。她想起在哪里见到过,家丑,其实还有个别称:柜中骷髅。这样的包袱,似乎人人都背得起,不用担心有人因为不堪重负而疯狂。

难道不应该有人站出来中断这个循环吗?这样的循环对女孩们来说公平吗?到底会有多少女孩默默怀抱相同的幽怨,而她们的丈夫一无所知?谁又关心她们在婚姻里是否孤独和不幸?

真正行动起来之后她发现,世界其实很小,很透明,几乎毫不设防,她很快就查到了小伙子的一些情况,年纪轻轻,居然已经是一名司法部门的中级职员。她直觉这个身份对她的行动来说很重要。

一个上午,她吃过早餐,洗过手,对冷铁军说她要出去一趟,办点事。她完全没必要告诉他,但她想来想去,觉得还是应该弄点仪式感出来。她把那张照片寄了出去。

回去的路上,她感到眩晕,高天上流淌着白云,它们仿佛在发出嗡嗡的响声,一种什么东西要引爆的感觉。

但一切照旧,什么事也没有,她特别留意程姐的动静,她每天依然轮换着那几件旗袍,面带微笑,优哉游哉。

她还看到过几次那个纤瘦的女孩,果然是来指导档案升级工作的,她甚至注意到,女孩新买了好看的红色皮鞋,像两只风火轮,托着她轻盈而飞快地来去。

小伙子没收到她的信息,还是不相信?

但她不适合再去强调什么,也许小伙子害怕了,要不就是他另有考虑。

三个月以后的柳絮和风

那天小魏正在上班,突然感到身边气氛怪怪的。

他们在议论什么。

真看不出来啊,不是一向标榜自己比叫花子还要廉洁吗?

这世上就没有什么是干净的。

太干净了也戳眼睛。

没费多大劲,小魏查清楚了,冯院长,程姐的老公,被双规了,据说有人举报他受贿。

多聪明的小伙子啊,他没有用那些照片做文章,他走了另一条路,他肯定非常熟悉那条路。

事情以势如破竹的态势发展下去,冯医生再无回天之力,但自始至终,没有人提他的生活作风问题,他唯一的问题是受贿,数额并不大,只有五万,但也足以判刑。

程姐再没上班了,单位派人去看望她,说她放下了套着一圈珍珠的发髻,脱下了旗袍,穿着家居服,两眼红肿,面色蜡黄,看到人就说:他被人暗算了,他要那五万块干什么?能买房子还是能买汽车?他父亲种一季柑橘都不止卖五万。

没有人能真正安慰她,除了说:组织上会搞清楚的,不会冤枉他的。好人会有好报的。

最终,好人冯医生还是带着被冤枉的罪名,判了五年。

得知结果的那天,小魏捧着微微显形的肚子,来到程姐家。

程姐果然老了许多,屋里那些光泽度和质感极好的家具,也都蒙了一层灰,看到小魏,程姐立即泣不成声。

你也了解他的对吧?他不是那种人,他对钱根本不感兴趣。他太幼稚了,到现在连是谁在陷害他都不知道。

小魏奇怪自己如此平静,一丝波澜都没有。

当初的确有人给他送钱来,是个搞医疗器械销售的,找了他好几次,他都躲开了。有一天,那人趁我们不注意,留下了一只包,他当然知道那个包里会有什么,亲自开车把那个包送了回去,可那个人不肯见他,他就把它放在他办公室的铁皮柜里,但人家现在就是不承认,说没看到那个包。我在想,也许人家真的没拿到手,那个包说不定被另外的人拿走了。怪他自己没脑子,干吗不亲自交到他手上。他说那是他一个人的办公室,一般不会有人进去。太单纯了,太幼稚了,这样的人不出事谁出事?

会有水落石出的那一天的。小魏劝她:事已至此,不如赶紧想别的办法,争取早点出来。

我没有办法,我什么办法也没有,谁能想到都过了大半辈子了,还要去吃牢饭。早知如此,还不如好好当他的医生,起码不会有这种无妄之灾。

哭喊了一阵,程姐慢慢安静下来。

一心呢?他还好吧?

程姐一听,哇的一声又哭了起来:他要我给他转学,他说他要去外地上学,去一个谁也不认识他的地方上学。我能怎么办?只能想办法给他转,转到老家我妹妹那里去。他要是影响我一心考大学,就算他坐了牢,我也跟他没完。

这倒是小魏没想到的,过了一会,她又问程姐:一心现在在哪里,我想跟他说句话。我毕竟做过他几天老师。

一心拉开门走了出来。他的胡子已经正式长出来了,不太多,倔强的几根,黑色。

他不客气地盯了小魏一眼,算是打了招呼。

两人在沙发上坐下,小魏说:他是他,你是你,你是有文化有思想的人,越是动乱,越是要稳住阵脚,你还有照顾妈妈的任务呢。

一心鼻子里嗤了一声:一出闹剧!

小魏心里一震,难道他看出了什么?不可能啊,也许是自己想多了。

晚上,小魏对冷铁军说:一心长大了会给他老子报仇吗?

就怕等到他能报仇的时候,早已被生活摧毁得没力气了。

游刃有余

暑假开始了,学生宿舍空空荡荡,食堂停业,超市关东煮关火,我只好扛回一箱方便面,一提可乐,几包薯片和饼干。三份家教放假前就敲定了,我的学生们还在为这事那事忙碌,两天后才能正式开始上课。靠这些储备,这两天至少不会挨饿。

因为学校在近郊,家教我刻意选在市区,从学校出发,骑十五分钟自行车到地铁站,出地铁再十分钟脚程就是学生甲的家,从学生甲家里出来,吃个午饭,坐六站公交去学生乙的家,下课后找家店,吃个下午茶或者叫晚餐,边吃边用手机上网,消磨个把小时,再备课一个小时,就出发去学生丙的家。学生丙家是团课,有四个学生,是我一天中的收入重点,离我的学校也近,三站路,我可以走回来,一天的锻炼指标也达标了。回来冲个澡,打几盘游戏,或者看个电影,就可以睡觉了。

对我来说,这将是一个悠闲舒适且收入丰厚的假期,有了这笔钱,我就可以实施那个计划了。我打算在今年秋季认真谈个恋爱,最好是周末可以回家的本地人。我想象有一天,我被邀请到她家,我一定要讨得她母亲的欢喜,从此成为她家餐桌上的常客。我暂时就只有这么一个小小的愿望。

除了该结业的功课,这学期我没什么特别的成绩,仅仅发表过两篇小说,我的师友们对此感到迷茫,他们不理解一个工科大学的学生为什么要起早贪黑去做这种事,钱又不多。有个人曾经思索着问我:那是怎么一回事?你怎么知道你要开始……写了?我说,我当然知道,就跟屎来了就要去厕所一样。这话自然要招来一通鄙视,然后他们去踢足球去闲逛的时候就不叫我了,他们说,你自然是要去拉屎的。

可能只有我妈得知我发表了小说会比较高兴。我在我们家的微信群里告诉了她。这个群是我爸建起来的,他姓游,就不假思索地叫了个"游刃有余"。他走了,我们还在用他建起来的"游刃有余"。有时我觉得,"游刃有余"就像是他建起来的一座房子,我们在里面各有各的房间,谁有事,就站在客厅里喊一声。

我妈果然很兴奋。

太好了,看来我的基因没有白给你,你一开始就比我顺利,你这样下去会成大家的,我们得庆祝一下,我已经可以想象未来你幸福而充实的人生,因为写作能化解你的一切困厄,你还会变得强大起来。

我没有困厄。我打断她。

今天是几号?我得记录一下,我的笔呢?我仿佛看见她用颤抖的手掏出电子香烟,放在鼻子下猛嗅。她一激动就手颤,嘴也颤,声音当然也会跟着发颤。她二十多岁起就是个烟民,但书店是无烟区,她只好在上班时偷偷用电子烟解馋。

她用颤抖的声音继续说:把有你作品的杂志带上,我们把它放到保险柜里去。

我们家的贵重物品,存折、首饰、证件(主要是我从小到大取得的各种证书)、相册等等,都放在银行的一只保险柜里,那个柜子我们租用了好几年了。

初中二年级以前,我们家还是很正常的,我爸我妈和我,挤在一套七十多平方米的老破小里,别看它是个老破小,并不便宜,听我爸说,直到我小学毕业,他们才勉强还清了结婚那年办下的房贷。

我爸是个教美术的初中老师,我妈在书店工作,这是两项穷酸的工作,这两项工作加在一起,不是两个穷酸,而是朝掩饰穷酸的方向走去,比如钉几块木板,架上一些我妈免费从书店带回来的书,就算装饰了墙面,比如往地上抹高品质的水泥,然后在上面刷上清漆,就不用再买木地板。我爸一般都会在暑假里去某个画室带带学生,平时他是不敢带学生的,因为学校不允许老师在外代课。我妈一年四季都机器人一样守候在书店里,高大的书柜和长年生活在灯光下的环境,捂得她脸色苍白,四肢无力,一看就不是个高声大嗓的市井妇女。不管怎么说,那时的一切刚刚好,虽不富裕,但也不觉得穷,整天还都乐呵呵的。

变故是从小姨开始的,她突然得了急病,据说是红斑狼疮的前期,医生说,一定要拼尽全力把它控制在这个阶段,否则,一旦跨过去,真正变成红斑狼疮,那就无救了。免疫系统的疾病治疗就是地地道道的如履薄冰,按下葫芦浮起瓢,外婆家贫瘠的家底瞬间被吸干,倒霉的小姨刚刚大学毕业,还没找到工作,医药费只能全部自己负责。但凡一个大家庭,一旦有人被下过了病危通知,就像一个国家突然遇上外敌入侵一样,爱和勇气全都激发出来了,我妈撇开年老无用的母亲,就像自己才是小姨的母亲一样,带着钱包日夜守护在病床边,不停地跟医生沟通,做这些的时候,我妈仿佛忘了世界上还有我爸这个人。幸好我爸也是一腔热血很容易就被点燃的人,从一开始就扔给我妈一把尚方宝剑:你不管她谁管她?尽管用,大不了用完了再去借,留得青山在,不怕没柴烧。

说起来这中间还有个故事,因为不是单间病房,时间一长,病人家属之间就因为同病相怜而变成了类似朋友的关系,一个大家都叫他老杨的人对我爸的人品赞不绝口,好几次对小姨说:你有个好姐姐,这不稀罕,稀罕的是,你还有个好姐夫。老杨和我爸互加了微信,两人经常跑到病房外的露天平台上去抽烟、聊天。

小姨这座青山慢慢留住了,但她变成了一个瓷娃娃般的人,不敢工作,不敢出远门,因为谁也不知道她的病下一次会在什么时候爆发,以什么样的症状出现,它像一个没有固定形状的魔鬼,一直跟着小姨。就因为这座满身疮痍的青山,我们家几乎陷入了"家无隔夜粮"的状态。

但他们一点都不愁。反正下个月又能领到工资,工资足以维持这个家的正常运转。谁知祸不单行,我爸开电瓶车这种小型交通工具居然也出了事,把一个老人撞成了重伤,责任全在他,为了免于坐牢,我妈四处借贷无门,家底又刚刚掏空,无奈之下,去银行申请了抵押贷款,除了支付全额医药费,还一天两次给躺在医院的病人送吃送喝。我爸说算了,你不要管了,让我去坐牢算了。我猜我妈是在回报他不惜一切救治小姨的恩义,不仅不怪他,还劝他不要急,否极泰来。我亲眼看见我爸从一个一百六十多斤的壮汉,一天天变成了一百三十斤不到的沮丧中年人。

有一天,我爸在医院附近碰见了老杨,原来老杨家的病人还没出院。老杨问我爸怎么瘦得这么厉害,我爸一声长叹,讲起了自己的经历,老杨安慰他一阵,又帮他骂一阵,末了还跟我爸掏起了心窝子,说我爸太书生气了,空有一身本事,却没有利用自己的资源去致富。他建议我爸去办个儿童美术学校,他来注册,经营管理,这样学校无论如何也发现不了,我爸有点犹豫,那人就说不着急,可以慢慢考虑起来。然后就拉我爸去放松放松,说凡事急不来愁不来,车到山前必有路,船到桥头自然直。他的放松其实就是打牌,一开始我爸只是观战,他发现那个人不仅聪明透顶,而且运气特别好,吊什么和什么,钱像潮水一样朝他涌来,他连数都来不及数,打开面前的小抽屉,用手往里面一抹。他悄悄告诉我爸,他曾经创过一个星期买套房子的纪录。我爸渐渐馋得不行,也想下水,老杨说:你千万别进来,你一进来肯定输得裤子都不剩。我爸不服气,他观摩了这么久,也学下了一些套路,加上他以前也不是不玩牌,只是没瘾而已,非要试试。老杨说,要不这样,跟你玩我们就不带彩,纯娱乐。几盘下来,我爸居然赢了,而且一赢再赢,他开始心花怒放,还有点懊恼,要是带上彩,他刚才已经赢了好多钱了。那些人先是很惊诧,接着严肃起来,说没想到一个新手居然如此厉害,于是同意他的要求,恢复成日常赌桌。这时我爸还是赢,那些人开始焦躁不安,说果然是新手手上有黄金。我爸赢得飘飘然不能自已,以这个进度下去,没多久恐怕就能还清家里的贷款了,他没想到自己还有这个天赋(后来才知道那就是所谓做笼子),他强迫自己冷静下来,见好就收。然而,这个念头一起,他的手气就坏了,要什么牌摸不到什么牌,一盘又一盘,他赢回来的钱又原样流出去,信心一点一点垮塌,最后,他赢回来的钱都输光了,老杨给他使眼色,让他罢手,走人,但他觉得这样未免有点不道德,非要留下来,他一留下来,就又赢了,紧接着又输了,于是他明白,输赢真的是常事。一来二去,他在牌桌边已能达到心慌意乱但面如止水的地步,有时他整夜手臭,臭到付不出钱来,那些人大度地说:没事,先记着。此后,只要他付不出钱来,就记在账上。记账模糊了他的输赢感,也模糊了他的羞耻感,他甚至这样安慰自己,无非是个游戏,无非是记个输赢。他就这样背起了巨额赌债,数字大到我妈先是瞠目结舌,接着竟然笑了:不可能,怎么可能输这么多?一个人就算只是坐在桌边数数,也很难数到这么大的数字。直到来人拿出我爸写的欠条,我爸也低眉敛目地承认,她才有点相信。

一个晚上,一伙陌生人闯进我们家,把我爸的手按在桌上,高高举起砍刀,我爸早已魂不附体,声音变得像头母牛,哭着求我妈:把房子给他们吧,给他们吧。我妈朝他做了个不屑的表情,问那个要砍他手的人:如果这只手给了你们,借条我可以收回吗?那人说:想得美!我要他这只臭手有什么用?砍下一只手,顶多延期三个月。我不知道我妈当时在打什么算盘,她以前所未有的勇敢,向前跨出一步,跟他们讨价还价:两只手,赌债全免。那人一笑:我不是来跟你们讨价还价的,你是不是以为我的刀是假的?话音刚落,我爸的一根手指头短了一截。我爸盯着那截离开了他的手指,愣了足足五秒,才惊恐地大叫起来。我至今记得那恐惧大于疼痛的叫声,而更加惊恐的是,那把刀又摆好了预备架势。

刚才还一脸镇定讨价还价的我妈,瞬间垮了下来,像被人打断了脊椎一样瘫在地上:给你们,全都给你们,全都给你们。

我妈用保鲜膜包好那截断指,我们仨一路狂奔到了医院,手指头接是接上去了,但接得并不好,歪向一边。

房子卖了,还掉赌债,还掉贷款,付掉医药费,还略有结余。我爸把那些钱放到我妈手上:我发誓,我会给你挣回来的。我妈没有表情,很奇怪,我一直以为她会大吵大闹的,但她并没有,自从把我爸送到医院后,她就成了没有表情的橡皮人。

后来我才明白我妈没有大吵大闹的原因。我听见了外婆跟我妈的聊天。外婆说:没想到他这个人这么不稳当,骑车不稳,做事也不稳,穷家小户,还赌博,多少高门大户都搞得倾家荡产。我妈说:事情要连贯起来看,如果不给我妹看病,我们就不用去贷款来赔款,不贷款的话,他就不会想去赢钱,也就不会输掉家当。外婆说:这话可不敢给你妹听见,本来就做那个打算好几回了。外婆又说:真不能怪你妹,人家五六十岁的女人骑电瓶车都没事,他这么大个男子汉,还不如一个女的?我妈说:我没怪她,谁敢怪她呀,我只怪我自己的命,怎么活着活着,又倒回去了,又搞得身无分文了。

但是,更大的灾难接踵而至,我爸的事不知怎么就传到了学校,校长找他谈了话,没多久,教委的人也到学校来了,我爸被一拨又一拨的人找,最后,他得到了一个红头文件:关于将游某某除名的决定。

我爸那段时间肯定有点不正常了,他把我和我妈安排到外婆家。外婆家是个一室一厅的小房子,所谓厅,也只有两张饭桌大小,还包含灶台和水池。我们在那里只好实行轮流睡觉制度,外婆和小姨因为不工作,就白天睡,我和我妈晚上睡,所以我常常在睡梦中闻到食物的味道,以及各种窃窃私语,那是外婆和小姨在过着她们的"白昼时光"。至于他自己,整天在外游荡,有段时间甚至失去了踪影。

这种状况也不能长久,因为我和我妈每天都会从外面带进新的细菌进来,小姨已经开始出现某些从未出现过的症状了。

有一次,我听到我妈在给谁打电话,打了很长时间,我无意中听到几句:那不行吧?人家会怎么想我,老公没钱了就跟他离婚?我以后还怎么做人?不行,这种事我做不来。离了婚就对孩子好了?不一定的。当成是上天对我的考验吧,只是,这个考验太酷烈了。如果是自己的业障,想逃避也逃避不了。

一个多月后,我爸精神抖擞地出现在我们面前,他在宾馆登记了一间房,把我们从外婆家那间空气混浊的房间里叫了过去。

他说他去了很多地方,见了很多人,开阔了眼界,也刷新了思维,他说他见到了一种新的生活方式,绝对是我们以前想都没想过的。他说其实人完全可以摆脱物质的控制,至少是房子对人的控制,他还说名利也一样,人们追求名利也只是想把它兑换成物质,归根结底,人们活着不过是为了追求物质的享受,精神早就不知扔向何处去了。

他说了很多,见我妈还没反应,就直接点题:我们的房子不是卖了,而是被看不见的力量收走了,正是这股力量在强迫我们放弃物质,过纯精神的生活。

我妈不明白,纯精神的生活该怎么过,还要吃饭吗?儿子的学费还要交吗?一家人还要买衣服吗?

我爸笑了:吃饭穿衣算什么?房子,我主要说的是房子。告诉你吧,我这次见识了一对上海的夫妇,他们在上海有两套房,但他们把两套房子都卖了,拿钱到夏威夷买了一套房子,交给房产公司替他们打理,每个月的房租说出来你们都不相信,毕竟那里是全世界最花天酒地的地方啊,然后他们夫妇俩在上海成了无房族,不过这对无房族过得可逍遥了,他们包了一家五星级宾馆的大套房,你们猜怎么样?他们每天每天都在享受五星级的服务,房费虽然有点高,但他们的生活成本降下来了,他们不用付水电煤气费,物业管理费,不用买停车位,不用请家政工打理家务,然后他们还有一系列免费的享受:免费早餐,免费电信套餐,免费健身美容,免费游泳池,免费保安,免费叫早服务,一升一降的结果,是开支更少,而生活质量却大大提高。我真的深受启发,我们以前的格局太小了,视野太狭窄了,几十平方米的砖头和水泥,严严实实挡住了我们的视线,我们家本来不应该是这样的,不知什么时候起,我们头顶上的灵气快要跑光了,只剩下烟火气了。

我妈一脸鄙夷:你是不是失忆了?我们并没有可供卖了去住宾馆的房子,我们一间房子都没有。

当然不是完全效仿,而是借鉴,是学习人家那种生活方式。

他开始讲述他的计划。卖房还债剩下的钱,他要拿去买辆车,买车剩下的钱,建立一个账户,他们俩共同监管,主要用于我的教育。最最重要的是,我们家其实不需要租房,当有需要的时候,我们去住宾馆就够了。为什么我们要为一个睡觉的地方付出这么大的代价呢?当我们有房子的时候,我们到底有多少时间是待在房子里的呢?我们上班的上班,上学的上学,我们的房子只有我们的家具在享受,只有我们的保洁工在享受。我们回到家里来,仅仅就是睡个觉而已,以前还看看电视,聊聊天,现在谁还看电视?谁还聊天?现在有一只手机就够了,不独我们家,谁都是这样。过年过节,我们去旅游,旅游回来我们去住饭店,吃喝住一条龙,还有健身房、游泳池,还有免费早餐,还可以叫到房间里来吃,免费 Wi-Fi,不做家务,你们想想,这日子有多么舒服。好,就算还有几个亲戚,但现在还有哪个亲戚愿意住在别人家里,超过两个客人家里的卫生间和床铺就接待不起,最终还是要把人家安排到宾馆里,还是要到饭店去吃饭。真的,我们只要有一辆车就够了,我们可以买辆大一点的车。这辆车可以保证我们家有足够的活力,可以让我们像一支箭一样,灵活有力地穿行在这个城市。

我妈的脸慢慢红了,但她尽量克制着:你是说我们都睡在车里?洗澡拉屎就去公共厕所?

你听我说完嘛。你们那个书店不是二十四小时营业的吗?你可申请做夜班,我了解你们那里的夜班,只是需要有个人在那里值班而已,你完全可以在那里解决睡觉的问题。至于你的大衣柜,我建议你做一番清理,不常穿的、淘汰下来的,要么捐出去,要么扔掉,每个季节留三套日常换洗的,一过季就扔掉,下一季再买新的,你不是很喜欢买新衣服吗？衣服又不贵,随时都可以买。至于你嘛,我爸转向我:我准备给你转学,你愿意去上寄宿学校吗？能住宿的学校可都是好学校哦,当然学费也贵,但你们不要误会,新的生活方式并不是为了省钱,它并不一定省钱,它只是省了束缚和拖累,把我们从那几十个平方米的狭小空间里解放出来,以前,我们奔来跑去,不是在离开家的路上,就是在回家的路上,以后,我可以省掉这份力气了,我们不再需要做这种无意义的劳动了。我敢肯定,从此以后,我们各自的成绩只会更大,生活质量只会更高。

我妈提高音量:上夜班是没法睡觉的,最多只能打打瞌睡,长期睡不好觉,恭喜你,不出一个月,你就可以荣升鳏夫,娶新老婆了。

你看你看,这就是长期宅在家里的人的局限,我怎么会让你去受那个苦呢？相反,我是打算从现在开始,让你好好享受生活的,街上那么多按摩院、美容院、瑜伽馆、健身房、游泳馆,你完全可以在那些地方洗澡睡觉,睡好了,你可以去逛商场,去咖啡店、电影院、剧场、博物馆、美术馆,好地方多的是,你根本玩不过来。你可以在那些地方办卡,办卡可以享受优惠。你以前不是一直抱怨没有时间去那些地方吗？现在你多的是时间了,你没有任何家务,完全可以随心所欲地支配你的时间,你甚至可以重新去上个大学,去学一门新的语言。

我明白了,我爸的意思是,这世界上有太多可供休息可供睡觉的地方,有太多这样那样的角落,多数时候,它们处于闲置的状态,这是多么大的浪费,其实,它们完全可以取代我们以前称之为家的地方。人待在家里都在干什么呢？多数时候都是躺在沙发上,很多人家沙发都躺烂了好几张,看电视？除了千篇一律的新闻就是些弱智的综艺,你看一晚上,不如在手机上刷半个小时屏。要不就是吃东西,把冰箱塞得满满的,一次又一次开门,把它们一点一点塞到你肚子里,让身上的脂肪一天天变厚。而且家里的拥挤往往被人所忽略,不要以为自家的房子够大,空间够大,当你有心事,当你有秘密,再大的房子你也会觉得好拥挤,挤得透不过气来,而当你走出去,马上觉得天高地远,自己比沧海一粟还要小,没有任何人在意你,你也不介意任何人,你随便挂上什么臭脸都行,甚至你自言自语地骂人都可以。

你这是要把我放生?

我很惊讶我妈这个时候还能开这种玩笑。

我爸居然也哈哈大笑起来:亏你想得出!应该是打破家庭的樊笼,最大限度地利用我们身边的资源而已。

那你呢?我问他:你做汽车游民?

游民两个字说得好!我当然不会住汽车,那不舒服,也不健康。一家非常棒的画室聘请了我,等学员们离开以后,我可以睡在画室里,兴趣来了我说不定可以通宵作画,这回我算是回归本行了,说不定我能画出一幅传世之作来呢。

我注意到我妈的表情慢慢变了,她似乎真的开始考虑我爸的提议。

为什么这个世界庸碌之辈这么多?其实很大一部分人还是有才气有想法的,都是后来,日常生活拖累了他们,消磨了他们的意志,如果他们能够脱离无意义的日常琐事,专注自己的兴趣所在,很多人都是可以做出不小的成绩来的。我觉得我就是这样的人,好歹我也是科班出身,可除了毕业作品和以前的课堂作业,我竟拿不出一幅代表作来。如果我一直保持在学校里的那种劲头,如果我后来不那么沉溺于家庭,不在无止境的家务中消耗掉体力,怎么可能是现在这个状态?不说了,太羞愧了,现在开始还不晚,我相信自己。

你是想让我们一辈子都这么流浪下去?

这怎么是流浪呢?这是换个活法,腾出更多的时间去工作,去创造,人生的意义在于创造不是吗?只有创造才能带来真正的愉悦感,享受带来的愉悦感是非常浅薄非常短暂的。

我妈仍是一副被逼就范的样子:事已至此,也没有别的出路了,但我有三个条件:第一,我必须一周见一次儿子;第二,我需要一台新的笔记本电脑;第三,住宾馆的所有开销由你支付。我爸满口答应。

相信我,这是新趋势,我们只是先走了一步而已。他信誓旦旦地说:我们家还是原来的样子,只是形式稍稍变了一下,它还会继续变下去,一直变得每个人都觉得最舒服为止。

讨论告一段落的时候,我妈偷偷向我爸招了招手,我爸不动声色地走了出去。

为什么要回避我?我悄悄尾随过去,我有权利知道他们想要回避我的内容。

我妈说:不能买车!他马上就要上高中了,高中可不是义务教育,还有大学,都需要钱,应该把钱留着给他读书。

你错了,没有车,动都动不了,那就真死定了。

车是个消费品!我妈就像知道我就在旁边偷听似的,压低粗重的声音:你以为你还有钱加油?

请相信我,像以前一样相信我。

我妈踩着这句话往我站的位置过来了,我赶紧溜到原来的位置坐好。

毕竟是人家的生活,效仿起来,就像把理论付诸实践一样困难,一样充满谬误。

我妈最先怀疑我爸想要借鉴的模式本身,她怀疑宾馆不让本地人登记住宿,虽然可笑,但猛一听好像也有一点点道理,本地人不都有家吗?跑宾馆来干啥?这种怀疑当然遭到了我爸的大力嘲笑。然后,在我妈的坚持下,他们也比较过住宾馆和租房两种方案的优劣,他们拿出纸和笔,先算一家人一个月的各项开支,大大小小全加在一起,然后再摸一下像原来那么大的房子的房租,结果发现家用开支是房租的一点五倍,如果租房,意味着我们的家用开支突然要变成以前的两点五倍,从目前的收入情况来看,显然会入不敷出。但如果只在周末住宾馆,就算每个星期住两天四星级以上的标间,也比租房来得便宜。我爸胜利了:看到了吧?再没有哪种办法比散兵式行动更合理了。

所谓散兵式行动,就是我们三个人从此就不能一起吃饭一起睡觉一起刷牙了,我们只有周末才能在宾馆团聚一次,周一到周五那几天里,我们各自为政。首先我妈要去书店申请调班,把自己的全部班次都调整为夜班,原因是她得了日光过敏症(当然是瞎编的,否则她怕人家不理解她为什么会提出这种傻瓜申请)。然后是安排我妈的白天生活。

从我爸的表情来看,安排我妈的白天是个大工程,他为此反复推敲,写了一个长达三页纸的计划书。

他先在网上淘了一个我从来没有见过的旅行箱,它几乎是个小柜子,衣服可以在里面挂起来,还能装下一套充气枕头和床垫。这个旅行箱是专门为我妈准备的,她可以把它放在书店值班室里。二十四小时营业的书店在夜晚多半是自助服务,她可以在值班室里工作兼写作兼看电影电视(这正是她执意要买笔记本电脑的原因),也可以在充气床垫上保持轻度睡眠状态。睡觉的地方,放衣柜的地方,是女人的两个重要地盘,这两个地方弄好了,女人基本就幸福了一半。现在急需解决的最大问题是洗澡,不太讲究的话,书店的卫生间里是可以洗澡的,但我妈只白了我爸一眼,我爸就挥着手说:放心好了,一切都会给你安排好的。没过几天,我爸就拿出了另一套计划书,既然她在上夜班的时候已经抽空睡过觉了,我爸首先安排她去港式餐厅吃早茶,只要她愿意,她完全可以在那里消磨大半个上午,对我妈这种特别注意身材的人来说,连午饭都可以省掉了。然后去盲人按摩院做个按摩,为什么一定要指明是盲人按摩院呢?我爸说,他打听过了,盲人按摩院相对便宜,也不向客人推销产品,老老实实就只做按摩,而且都是真功夫,不像有些挂羊头卖狗肉的按摩院,那些丫头连穴位都找不到。按摩完毕,你可以去健身房玩玩,常去健身房的人,心态体态都年轻,重要的是,健身房有洗浴房,你可以在里面无拘无束地洗澡洗头,洗多久都可以,把皮肤泡得起皱都可以,然后你干干净净神清气爽地出来,进入你的自由时空,你可以去看场电影,看个演出,逛逛商店,喝杯咖啡,随便你干什么,只要不误了回去上班就行。

我妈很久没说话,终于开口时,她的声音变得阴阳怪气:我哪消费得起那种富贵闲人的生活!你知道你说的那些地方的价格吗?你给我埋单?全部由你埋单?

我爸显然是有充足准备的。我当然要为你埋单,我不为你埋单谁为你埋单?但你可以聪明一点,你可以办年卡,申请VIP,如果是长年的VIP,还有额外折扣,总之,你会是里面享受优惠最多的一个。一旦你进入这个里面,肯定会发现越来越多的省钱的办法。你还可以为这些地方写软文,我知道他们有这个需要,一旦他们认可你的软文,你得到的可能不只是折扣,而是你意想不到的意外惊喜。总之,你会发现你正在进入一个新的天地。

别再吹嘘你的新计划了,再怎么样也不如在自己家里。

你一定得转过这个弯来,这是生活方式的改变,我已经跟你描述过上海那两个人是如何生活的,他们可不是丧家犬,他们是有钱人,但他们就选择了不要家的生活,家是什么?搬进新家第一年还兴冲冲的,第二年就开始厌倦,第三年就嫌弃得不要不要的,第五年就满眼垃圾,恨不得全部扔掉重来。为什么会这样?新鲜感没有了,不仅没有了新鲜感,还变成了负担和垃圾,还有各种因为习惯而觉察不到的束缚,总之,一个人有什么样的家,人就会长成什么形状。

照你这么说,我们会长成什么形状?流浪者,还是无家可归者?

这样吧,你先体验一段时间再说,如果你觉得不行,我们还是回到定居的传统上来,好吗?

我妈突然流起泪来:回不来了,我知道回不来了,总有一天,我会沦落到去公园睡长椅,我关节本来就不好,我会冻死的,我还会被人驱赶,被人欺负,被人……

我爸当着我的面猝不及防地做了个让我无处安放眼睛的动作,他一把抱住我妈,不顾我妈的极力推让,使劲吻起来。绝对不会的,我向你保证,我当着儿子的面发誓,从今以后,我只会让你生活得更好、更滋润、更美满,我要让你的同事朋友同学羡慕你,她们谁都不能跟你比,一面在书堆里呼吸,一面积极健身保养,你会把自己养成一个内外兼修的极品女人,而她们呢?一有时间就忙着打扫做饭,洗洗晒晒,毫无疑问,她们的一生会在家庭主妇这里收尾,而你,亲爱的,我真的觉得你无可限量,你有大半生的生活积累,你有大把的时间去思考,去感悟,最重要的是,我知道你一直一直都暗藏着一颗写作的心……

我妈狠狠打断了他。尽管我妈还绷着脸,但她心里明显好受多了,她的鼻子没有继续呼呼往外吐气,她紧绷着的面部轮廓慢慢柔和起来。

你知道你有多卑鄙吗?明明害得我们连安身之地都没有,现在却把自己打扮得像在搞新生活运动。

说得好,这就是我们家的新生活运动。一个新东西的诞生,一定要伴随着旧体系的崩塌,原来那一切都不是无安之灾,都是在为我们的新生活做准备。

我爸把那个计划书递到我妈面前,他计划得仔细周详,精确到每个小时,以及每个小时的内容,同时又在内容旁边打上括号,注明另外可供选择的同类项目。计划书的最后,作为举例,我爸给我妈拿出了某月某日的日程。

我妈发出诡异的笑声:你安排得这么细是什么意思?拿我当机器人,还是怕有人从你的掌控中脱手而去?你可要有心理准备,是你把我赶出去的,既然把我赶出去了,我就是广阔天地里的自由人,你别想分分秒秒都知道我在哪里,在干什么。

我爸对这个可能的后果有点猝不及防,但他眨了眨眼睛,很快又回到自己的节奏里来。你当然是自由的,你一直都是自由的,这么多年来,我干涉过你没有?一次也没有,对不对?

相比我妈,我爸对我的安排就简单多了,就住校两个字,周一至周五全在学校度过,他说住读生活一定能把我锻炼成一个威武有力的男子汉。他给我买了个结实的行李箱,又给我换了个新书包,买了五双鞋,一打袜子,一打内裤,以保证我可以在那五天里天天穿干净鞋袜而不用洗衣服。他就用这些简单的装备把我打发到外面去了。

他给自己就买了张可以藏在门背后的折叠床,他说他会在每天晚上九点准时打开"游刃有余",他提醒我把手机设置成静音,以免被老师发现。我想象他把所有学员都送走之后,把教室收拾清爽,打开他的折叠床,躺在上面点开"游刃有余",以肚皮朝天的姿势向分散在不同角落的家庭成员发号施令。我觉得这有点荒谬,因为他并不清楚他的听众的真正状态,就算我焦头烂额,濒临某种危险,我依然可以回他一个 OK。

有一天,我爸突然在"游刃有余"里转给我妈两千块钱,说是今天的收入。

原来他开始做网约车司机了,因为画室真正的工作高峰只在周末,所以他决定在非周末的时间里开网约车。他很兴奋,说这还只是他工作八个小时的收入,如果时间再长一点,经验更足一点,他一定可以挣得更多。

我妈发给他一大束鲜花,然后愉快地笑纳了转账。

我爸说:现在心里有底了吧?可以静心享受你的零家务生活了吧?

周末那天,还没放学,手机就在提示"游刃有余"有新消息,我爸我妈一前一后争先恐后向我发送放学后到哪里见面欢度周末的消息。

这感觉有点怪怪的,有点像我们相约机场会合然后去旅游,或者一起去某个地方吃饭、看电影,但什么都不是,只是回家。

宾馆不错,我按照高德地图的指引找过去时,一眼就看到我妈在大厅门外等我,与此同时,她也看到我了,她扬起手,大声对我说:嗨!她买了新衣服,深咖啡色的阔腿裤,白色飘带衬衣,外罩一件米色针织长外套,让人耳目一新哪!以前我每次走进家门,她都是穿着家居服,系着围裙戴着手套在厨房里等我,也不会说嗨,只会说:回来啦?怎么说呢,我感觉她都有点不像我妈了。

她走在前面,我稍稍落后一步,以便看清我们"新家"的各个细节。

大厅一角的咖啡厅里坐着几个神色落寞的人,从他们的表情来看,他们似乎已经在那里等了快一年了。总台的两个小姐乏善可陈,都介于漂亮和不漂亮之间,另一个共同点是她们都是瘦精精的类型,不是苗条,而是瘦,这点区别我还是能看出来的。灯光不错,但窗玻璃厚浊,没有通透之感。老实说,我爸向我们宣讲新生活运动时我对宾馆的想象并不是这样的。

我妈说,我们在十五楼。

因为是一个转角的标间,房间不规整。我刚把背包放下,我妈就把积攒了一周的换洗衣服拽出来,放进洗衣袋里,同时叫了洗衣服务。她做这些时一直很古怪地皱着鼻子,我猜是那些脏衣服熏着她了。

她问我寄宿生活怎样,我有点茫然,不知道该说好还是不好,但我机械地点了个头。就算我说不好,眼下她也没有别的更好的办法了。

然后就催我去好好洗个澡。

我看看房间,除了电视机,这个房间里唯一可以打发时间的好像也就只有洗澡了。那就洗吧。

我的干净衣服也在包里,拿出来的时候,皱巴巴像是从旧衣堆里捡来的。

我妈打量我刚换上的干净衣服。还是皱巴巴,全都皱巴巴,真像个小流浪汉。她嚷着,眼泪都快掉下来了。不行,这不行,你先脱下来,我去找个熨斗。她打电话到总台,现在总台成了她的仆人了。电话沟通似乎不太顺利,她说得少听得多,最终失望地放下听筒。

她要我先写作业,或者先看会电视,她出去一下,马上就回来。

我当然选择看电视。

但电视只有几个无趣的频道,此时的节目,全都无聊得令人发指。我关了电视,环顾一下房间,不多的几样东西比刚才的电视节目还要无聊,看来真的只能写作业了,不然干什么呢?不过这也太惨无人道了,我在学校过了整整五天,好不容易回到"家",竟然只有写作业这一个选项。

我妈进来的时候,一眼看到我在写作业,极度惊喜,她扬扬手里的东西,让我把衣服脱下来。

原来她去买了个挂烫机。我就穿着三角裤站在她旁边看她熨衣服,她熨得很认真,皱巴巴的短袖衬衣很快就脱胎换骨。你把作业先放放,我们去吃晚饭。

我看看窗外,吃晚饭似乎还早,就提议再写会作业。她握着挂烫机的手柄,扭过头来吃惊地看着我。我也觉得这不像我说的话,其实我是觉得应该等我爸回来,然后我们三个人一起出去。我隐约嗅出了某种不祥的味道,从我们见面到现在,我妈只字未提我爸,我爸自从在"游刃有余"上露过面,到现在未出一声。

我写作业的时候,我妈像以往一样,翻腾我的书包。她看到了我的那张卷子,不到八十分,从未有过的奇耻大辱,我已经难受过了。没办法,这一周我过得很糟糕,我原来的生活是,上学,放学,写作业,走向饭桌,走向我的床,走向卫生间,除此以外,生活于我,没有更多的细节。现在我必须充当自己的管理者,同时又是实践者,这两个角色常常串位,因为紧张,我总是记错从宿舍到教室那几个关键的时间点,不是迟到,就是早到,心里也终日慌慌,只恨时间过得太慢。适应的焦虑远远大过考出八十多分的焦虑,但我没法跟我妈诉说这一切,我担心她会以为我在找借口。

不用回头,也知道我妈在我身后很激动,呼吸越来越粗重。

但她一直不说话,这让我感到了不可忽视的压力,我背对着她说:对不起!

我一开口,她就哭了起来。她帮我分析原因,觉得是他们害了我,她认为是家里的变动让我情绪波动,无心学习,我倒没这样想过,不过她这么一说,我觉得也有点道理,毕竟我有好几次做梦,都跟家里有关,白天我很忙,无暇去想这些事情,一旦睡着,我的神思就不受控制地跑到那些地方去了,我梦见我爸还在被人追赶,我梦见我妈在通宵书店里被坏人欺负,我梦见我被大雨淋湿,却无家可归。

我被强行拉出去吃晚饭。我背上书包,这样可以边等饭边写作业。我妈说我变了,变得上进了,我实话告诉她,宾馆的小桌子高度不适合我,可能饭馆里的桌子高度更好一些。她一愣,从此闭嘴。

我爸没来跟我们一起吃晚饭,他打电话给我,说周末的晚上画室特别忙,他实在无法抽身,但他明天一定会抽点时间出来见我。然后他在"游刃有余"上给我妈发了个名叫周末愉快的红包,叫我妈兑现给我。

我妈终于问起我这一周的各种细节,我反倒说不出来了,我没有能力细述五天的生活,我只能说:还行,开始两天有点不太适应,后来慢慢好一点了。

她摸了摸我的头发:没事的,很快就会好起来的,你知道吗?我十四岁开始寄读,第一个星期我觉得有一年那么长,但我总算没哭,虽然那几天里天天都有人号啕大哭,第二个星期,就没什么人哭了,第三个星期,晚自习一结束,宿舍里欢声笑语,老师至少要过来吼三次,才能勉强安静下来。

我们没法欢声笑语,我们的生活老师就睡在旁边。

这就好,有生活老师同睡就好。

我感觉我上当了,我妈听到生活老师几个字,立刻如释重负,好像生活老师是另一个妈一样,事实上,生活老师往往只会说不,各种不,时刻不,只要他出现在寝室,我们就只有两件事情是被允许的,那就是闭嘴、睡觉。

我妈还说:偶尔一次考砸了也没关系,我敢打赌,下个星期,你就能重新找回状态了,再也不会有考砸了这种事情发生。

从饭馆出来的时候,我妈指着马路对面一组醒目的霓虹灯对我说,我们去那里报个名吧,这样你在周末会有归宿感,还有写作业的地方,还能帮助你提高成绩。我知道那是个很有名的教辅机构,以前我妈也提过它,但被我爸很坚决地否定掉了。

是你说服了我爸,还是你瞒着他自作主张?

我做主,后来他也同意了。我能想象他们有过不愉快的争执。

我倒觉得我妈的安排不错,想想那个宾馆房间,整整两天都待在那个房间里的话,我怕我会发疯,教辅机构至少在空间感上比宾馆好得多。

然后我们去看了电影,看来我妈真的是在一丝不苟地执行我爸那个计划书。影片还不错,我在里面吃完了大份的爆米花,口渴难耐,又灌下一整瓶矿泉水,出来时,我感觉整个人都沉甸甸的。

我妈提议我们散步回家,正好,可以把我鼓绷绷的肚子消下去一点。

路灯下,我发现从后面看,我妈好像消瘦了一点,我妈承认了,她

207

用手比画了一下:整整掉了八斤。

我夸张地望着她,她是个常年嚷嚷减肥的人,最好的结果也只在两斤上下浮动,稍不注意,就能飙升五六斤,这次怎么才一个星期就掉了八斤?

我可没在减肥。她委屈地申辩。

是因为练瑜伽吗?我想起我爸的那份计划书。

我还没开始呢。

我让她讲讲这个星期她都是怎么过的,她温柔地看了我一眼,拍拍我的背说:不用担心,下个星期我就能完全适应了。你知道我是个比较笨的人。

我们走到一座立交桥上,南北大贯通的风吹起我们的衣衫,脚下是五颜六色的霓虹和流动的车河,我们靠着栏杆,体会着几乎要洞穿肉身的风,我故意张开嘴,风蛇一般游进体内,我有一种内外得到涤荡的感觉。回头看看我妈,她的头发时而全部卷到脸上,时而像在水中一样全部向上飞去,她并不动手拂一下,也不转动脑袋让风替她梳理,她像在跟风赌气一样,当她脸上盖满头发,全身静默不动时,我似乎能感觉她无声的台词:来呀,你再来呀,我根本不在乎。

一家人就是这样,无论多么怪诞的姿势,多么荒唐的体会,无须解释,便能心意相通。我们就这样靠在立交桥的栏杆上,无言地享受强劲的夜风。后来,还是我打破了沉默,我说:想玩打赌吗?桥下这些人,你觉得他们是出发赶往某地呢,还是回家?

她盯着某地,过了好一会才说:你还可以这样想,在我们脚下,匆匆来去的,不是人流,而是密密麻麻的故事。

有个内心装着写作梦的老妈,就得做好准备随时得听到类似的句子。后来我又无聊地蹦出一句:他们大概也在下面看着我们吧,他们会怎么想我们呢?

她过了很久才幽幽开腔:你差点就见不到你妈了,有天晚上,我也是在这里站了很久,后来身子一晃差点掉了下去。你别误会,我没想自杀,我还有未成年的儿子呢,我没那么不负责任,我就是想告诉你,一个人最好不要独自到这种地方来,尤其不要久待,这地方的风有股邪气,能动摇人的内心。

我表面纹丝不动,内心却奔腾得厉害,我知道她说这句话意味着什么,我也知道她为什么会"差点掉了下去",说实话,她能坚持到现在,我挺佩服她的,换作是我,丈夫输光了家产,害得老婆孩子无家可归,我可能早就弄出大事来了。我用眼角扫了我妈一眼,只见她面色平静,神态自若,仿佛在跟我描述一件跟她不相干的事。

一列全速行驶的火车,都走了一多半了,现在突然得知,它出故障了,真是留下来也不是,走也不是。这就是人到中年的悲剧。

我的猜测果然没错,她不可能不沮丧,不绝望,不伤感。

你不要这样想,就算失败,也不是你的失败!我索性替她叫起屈来。

当然是我的失败,先是选择的失败,后来是管理的失败。婚姻啊,就是给自己增加一道风险。

快到宾馆的时候,我郑重地说:我会还给你的,不就是个小破房吗?我会还你一个更大更好的。

不要你还,你尽管去挣你自己的江山。

父债子还嘛,天经地义。

她虚弱地笑了。

第二天早上,我来到那家教辅机构,我向来不是一个鸡血的学生,我没想到,有一天我也会像那些鸡血者一样,在教辅机构里混日子。我妈给我报了全日制课程,也就是说,我要在这里待一整天,午饭也要在这里解决。我知道这是目前我存活于世的最佳方式。

这里气氛好,适合读书,宾馆那地方,多少人住过,气场杂乱,不利于学习。我妈跟我轻声唠叨。

这正是我妈比我爸强的地方,我爸光想到,你在宾馆睡个懒觉,起来写写作业,看看书,吃点东西,随便玩点什么,一天就过去了,他不会想到当我做这些的时候,我应该置身一个什么样的环境,环境对我有没有影响,也不会想到,我写作业,需要什么样的桌椅和光线,我看书,是要躺着还是坐着,当我想要站起来走一走时,如果三步就能碰到墙是种什么体验。他觉得介意这些事,就是娘,就是没有男人气。

跟宾馆相比,教辅机构还有一个好处,大概连我妈都没有想到,几乎就在当天,我碰到了一个令我精神一振的女生,她跟我是同桌,我刚坐下,她就说,这是她的第二节课。也就是说,她也是上个星期刚刚插班进来的,补习班是一个星期上一次课,一次上一天。难怪只有我跟她的座位很突兀地挂在最后一排,她脸上有种流动的美,她的眼睛盈盈欲滴,每眨一下眼睛,脸上就会闪过一道奇特的阴影,同时向我这边发送一次电波。总之,她美得令我立刻忘了一切,忘记了宾馆,忘记了刚刚消失于无形的家。

下午四点半,我们放学了,她是个慢性子,并不像那些人一样匆匆收拾东西下楼,她收拾书包的样子,让人感觉她是在故意磨蹭。

我也不急,宾馆就在马路对面往右拐八百多米的地方,不知为什么,我不想让人知道我住在宾馆里,所以我希望我是最后一个离开教室的。

她终于下楼去了,我怕自己走得太快,会在楼下再度碰上她,故意去了趟卫生间。当我终于慢吞吞来到一楼时,发现她还在楼下大厅里站着出神。她也看到我了。她走过来,问我要不要喝奶茶?我正想着要不要说实话,她接着说:我请客,我今天的零花钱还没花完。

她不由分说带着我往店铺走,当我们一人捧着一杯丝袜奶茶来到街边时,她说:我是被大人塞进来的,他们总是担心我们一不上课就会想入非非,他们真愚蠢。

我含着吸管不假思索地点头。你呢?她问。

跟你差不多。

在不方便说更多的情况下,附和是最安全的。

你家离这里远吗?

不远,就在附近。

那不错,我还要去坐地铁。

但她一点都没有急着去坐地铁的样子。我提醒她,晚高峰就快到了。

她猛吸一口:我才不在乎高不高峰呢。

不知为什么,当她睁大清澈如羚羊般的眼睛漫无目的地望着前方时,我总觉得那里面可能酝酿着某种不可知的风暴。

你明天还有课吗？她突然转向我。

我摇头。我已经预感到她明天还要来上课了，此时此刻，我真后悔没让我妈给我报两天的课。

实际上那是不可能的，因为明天下午就要返校，所以我妈早就把明天上午安排好了，她说她会带我去个地方逛逛，然后吃午饭，休息片刻后，她再把我送到学校门口。但我不能告诉她这些，身为一名男生，就是不要贸然向他人暴露隐私。这是我爸对我的教诲。

你不会明天还要来上课吧？

当然要，我等于同时上了两所学校，学霸！说得好听，不就是个留级生吗？

你真的是学霸呀？太厉害了，但你能不能不要用这种语气谈论它？照顾照顾学渣的心情嘛。

你又不是学渣。别这么看着我，凭你上课的表现我就知道，你马上就要变成学霸了。

也许是林静怡带给我的心理暗示，也许她一针见血，道破了所谓学霸的秘密，我的成绩真的开始突飞猛进，在班上迅速站到令人瞩目的位置。但本能告诉我，不要告诉他们我上了全科补习学校，不要让他们知道带来突变的秘密，不要让他们知道学校的这些东西，我已经在外面快速学过一遍了。

当我把期中考试成绩名列前茅的消息发到"游刃有余"上时，我爸我妈的兴奋之情差点引爆了我的手机，不怪他们，之前我从未给他们看过如此辉煌的成绩，连我自己都觉得仿佛是在做梦，我在梦里爬上了光彩熠熠的宝座。

这个周末,他们表示,一定要好好庆祝一番。我爸还表示,届时他也会有好消息送给我们。

第二天,我爸载着我妈破天荒来学校接我。难道这就是他说的好消息?

汽车开了好久,是往郊外方向开的,差不多一个小时后,我们来到一片别墅前。

这个周末,我们住在这里。我爸尽量说得不动声色,但我从他眼角眉梢看出了尽量克制的得意。

真是一片世外桃源般的所在。我知道我爸为什么租得起别墅了,估计这里的房租比市区的宾馆还便宜,当然,我不会问他价格方面的事,问他他也不会老老实实告诉我,他总是说,你就别操心这些事了,你把注意力放在读书上就行。

居然还有一狗一猫,我爸递给我妈一张纸,我妈接过去认真看了起来。我发现屋里有一辆平衡车,就问我能不能骑上这车出去玩玩。我爸大声说:此时此刻起,到你离开为止,这里就是你的家,你可以在你家里做任何你想做的事。

我骑着平衡车,我爸牵着狗,我们三个时而并排而行,时而拉开距离。别看这里房子挺多,人却少得很,路上几乎看不到什么人,我问我爸:这里的租金贵吗?

我爸想了一下才告诉我:不要钱。本来不想告诉你实情的,但让你知道也无妨,我一个朋友,他们全家要去一趟外地,委托我帮他们照看房子,还有他的狗和猫。

他刚一说完,我就从平衡车上下来了,我不知道自己为什么会有这种反应,有点紧张,还有点难为情。我把平衡车交给他,说我不骑了,他奇怪地瞪着我:那你也得把它拿回去放好啊。

从小区骑回去,不到四百米远,我却走得萎靡而沉重,如果是我爸租住的,为之付了钱的,我可能不会有这种感觉,至少我不会有类似仆人的儿子的感觉。

我妈在厨房里忙活,我看到了我爸交给她的那张纸,上面密密麻麻写着注意事项,包括各种开关的位置,各种遥控器的位置,Wi-Fi密码,以及小区门房的值班电话,物业管理处的电话,最后特别有一条:请不要动用楼上的卧室,谢谢!

这话让我不舒服。我去问我妈:你觉得我们在这里过周末合适吗?

应该没问题吧,毕竟是你爸的朋友让我们来的,我们也不白住,是有责任的。

也就是说,我们全家都是来给人家看房子的?

也不能这么说,朋友之间,互相帮忙是应该的。

那个人知道我们现在没有家了吗?

我妈拎着锅铲呆望着我,接着粲然一笑:你想太多了,我们是特地来这里为你庆祝的。

我爸从酒柜里拿来一瓶酒,我提醒他:那张纸上写了吗?这酒你可以喝吗?连我都听出自己的声音很刺耳,我爸肯定也听出来了,他愣了一下,不高兴地说:喝了又怎样?难道一瓶酒我还买不起?

不经允许,怎么可以随便喝人家的酒?

我不知道自己到底是怎么了,非得发出这种令人讨厌的声音。

我妈站出来打圆场:先不管这些,先说庆贺的事,这才是我们来这里的目的。祝贺你!能跻身班级前三,是一件非常了不得的事情,我一想到这点就浑身是劲。

在宾馆里庆贺不也一样吗?

我爸瞪着我,一副就要发作的表情。我妈把嘴凑到我耳边来:宾馆没有这里温馨,没有家的感觉。

我还想说,为什么不肯正视现实,我们本来就没有家了,为什么非要冒充有家的样子,我一点都不稀罕什么家不家的,但我妈放在我大腿上的手突然变成了钳子,她使劲拧了一下,说:想想你妈那天在天桥上跟你说的话。

心里一紧,说实话,我不记得她的原话,但我依稀记得,她说她差点掉了下去。

我换了一种声音,对我爸说:给我倒点酒吧,我也想喝一点点。

三只亮晶晶的酒杯,三张笑吟吟的脸,似乎灯也更亮了,我们一起举杯,我妈赶紧拿起手机来了张自拍,一眨眼,她就把这张照片发到朋友圈里去了,照片上,酒杯折射出晶莹的光芒,酒浓如血,笑靥如花,她在照片上方配文:儿子周末放学回家,老公烧制几样小菜,幸福,就是这么简单。照片的背景,是人家别墅里简约而不简单的家具,我猜,所有看到这张照片的人都会认为我们是在自己家里。

我妈说:不好意思,我有点得寸进尺,既然你已经拿下了第三,能不能再使把力,争取下回拿到第二呢?

我说,第二有什么意思,下回我给你拿第一!

我妈又惊又喜,两眼瞪得溜圆:真的真的?

这有什么难的？你想想，我在补习班学一遍，又在学校再学一遍，一个学了两遍的人，跟人家只学了一遍的人去拼，谁赢谁输还不是明摆着的。

我妈闭着眼睛拼命摇头：又不是你一个人在外面补课？几乎人人都在外面补，跑到你前面的也就两个人，说明什么？说明有人学两遍也不行。

我爸根本无视我们的争论，等我们的讨论终于尘埃落定时，他推出了他的新发现。

你们不觉得这是我们家新生活运动带来的胜利果实吗？他得意地看看我妈，又看看我：以前的周末，你除了睡懒觉，就是看闲书，玩手机，打游戏，样样都是家这个东西带来的副产品。不怪你，人人都这样，一进家门就松弛得没个人形，连好好地坐着都不肯，要歪着，要躺着，衣服也不肯好好穿，衣冠不整，拖鞋趿袜，还有人头也不梳，脸也不洗，甚至饭都懒得吃，更懒得做，我听过太多了，能不下楼，尽量不下楼，宁可在家吃快餐面，叫外卖，成天躺在床上，歪在沙发上，一点精气神都从松散的身体里跑光了，哪里还有干正事的心思呢？所以说，家就是个消磨意志的地方，一个人不管他的志向有多远大，把他放家里关几年再来看，肯定是脸色苍白，肥胖虚肿，四肢无力。以前我们听了太多歌颂家庭的陈词滥调，以为家真的是加油站，是避风港，现在，活生生的事实摆在眼前，这才多长时间，就因为你没有躺在家里足不出户无法无天，你的精气神还完整保存在你的丹田没有泄漏半分，学习起来才更专注更高效，所以我的体会就是，家可能是温柔乡，但也可能是蚀骨乡。

我当然不赞成我爸的理论,与其说我的成绩是补课补来的,还不如说是林静怡带来的。原来她才是真学霸,那天我向她请教一个问题(进补习班的当天,我们就互换了手机号码),她给我传来一张卷子,也许是无意所致,我在照片的最上端看到了那张卷子的得分,居然是满分,要知道,类似级别的卷子,我们学校从来没有人得过满分。

跟这样一个人做同桌,不做出几张看得过去的卷子怎么好意思!所以我拼命刷题,刷着刷着,我就快要赶上她了,她似乎发觉了,有一次,她一脸嘲弄地看着我:开始发育了哈?我不太明白,她解释:以前还处在混沌未开的婴儿时期,现在开始发力了,进入懵里懵懂的少年期了,是谁点了你的回车键?

你呀。我不由自主地说。

她看了看我,头一歪:我的确不喜欢笨孩子。然后又没事人一样去听课了。

我多么希望每一天能过得更快一点,周末尽快到来,然后周末的每一个小时每一分钟又都过得极慢极慢,最好像醉汉一样趴在地上不再动弹。

美中不足的是,我们的别墅之夜最终不欢而散,晚餐临近结束时,我妈突然来了句:其实,这里的房子也不是那么贵,我们可以考虑分期付款。

我爸不等她说完就炸了:你怎么能说变就变呢?我们的新计划才刚刚开始,还没走到最好的时候呢。

咦?新生活计划也没说不买房子呀,难道你想让我们一直这样藏着躲着偷着生活吗?

我爸看来是真的震惊了:你在说什么?你怎么能这样看待我们的新生活?

难道不是?我妈也同样震惊无比。

他们俩绷紧身体,瞪着对方,像在估计对方的实力,随时准备出手。没多久,我妈开始流泪,她一流泪,绷紧的身体就软塌下来,人也矮了下去,她一矮,我爸也失去了斗志,两手撑着桌沿,一双眼睛不知道该去看哪里。

这样吧,如果你反悔了,我可以给你自由,你上岸,走人,我跟儿子继续走下去。志不同道不合没必要强扭在一起,你想怎么样就怎么样,离婚,再嫁,都行,我绝不干涉你,更不拖你后腿。

你这是要流氓,半辈子都过去了,你害得我一文不名,一无所有,现在却说要给我自由,我拿什么去自由?

我妈的声泪俱下,一点一点摧毁了我爸的坚强意志,他换上一副沉痛的表情:总比心不甘情不愿跟我这样熬着好啊!我也不是一定要给你自由,我只是说,如果你不满意我这里,我允许你去寻找你满意的,我这里的门钥匙还给你留着,一切待遇也都给你留着,你找到了就交还给我,找不到你还拿着,怎么样?政策够宽松了吧?

吃过饭,我妈说她想去散散步,从我面前路过时,在我头上摸了一下,我明白那个手势,那不是邀请的意思,如果她想让我一同去,她会揽我的肩。那一瞬间,我感到格外孤独。再看看我爸,他脸上分明写着一抹悚惶,男人真是奇怪,离开了母亲,离开了妻子,就会显得张皇无助,而当她们还在他身边的时候,他并未觉得她们有多重要。

但我爸显然跟我想的不一样。他说:还好你已经大了,如果你还是个小屁孩,或者更小一点,我也不会冒这个险,一切都在最好的时候。

最好的时候?我看不出来,你真不打算买房子了?

你想想,我们坐了多少飞机、火车和轮船,却很少有人想到应该去买一个属于自己的飞机、火车和轮船,其实房子也一样,没有房子,我们一样生活在屋顶下,一样睡在床上,坐在椅子上,你的屁股不会提醒你,这椅子的所有权不是你的,所以你不能坐。你可能会说,房子是每天需要的,飞机火车不是这样,是的,的确是这样,但你再想想,当我们有房子的时候,白天,我们去上班,你去上学,我们的房子里住着谁?没有,一个人也没有,我们的房子空在那里,闲置在那里,浪费在那里。或者你要说,房子是不动产,是属于我们的财产,没错,但你知道对我们家来说,最有价值的财产是什么,是智力投资、教育投资,是把你变成一个有能耐有本事的人,这样的人才有增值的能力,培养这样的人才是有效投资,否则,把全部精力都放在挣钱买房上面,却忽略了你,让你变成一个平庸的人,那才是最大的失策,最大的投资失误。我没说错吧,给你做个选择题:一、给你一套房子;二、给你一身本事,你选择哪个?肯定选择第二个呀。你看看你现在,你的成绩刷新了历史纪录,你真的让我看到了曙光,真是祸福相依,我的坏事把我的儿子变成学霸了,这样的牺牲,我心甘情愿,我欢迎再来。

我望着他说个不停,无言以对。

现在最大的问题是你妈,她虽然没说,但我知道她很矛盾,有时觉得这样也不错,有时又好像很沮丧,这也难怪,她毕竟是个女人,女人总是瞻前顾后,优柔寡断。

这个女人很快就回来了,她看上去稍稍有点紧张:你确定他们今天不会突然回来吗?

钥匙都在我这里了。

万一他们飞机延误了呢?万一有什么意外让他们突然取消行程呢?

我爸看了她一会,才说:你刚才在外面看到什么了吗?

我看到一辆警车停在那里,他们在检查一套没住人的别墅,听小区保安的意思,这里发生过几起非法入住事件,趁主人不在家,撬锁翻窗进去,在里面住宿,还把里面搞得一塌糊涂。

我爸起身,去拿来那张备忘纸,又把钥匙找出来,拍在桌上。你到底在担心什么?你就是不信任我,就算我是那种撬锁翻窗之徒,我能把老婆孩子带来一起观赏我的非法行径吗?你对我就这么没信心吗?

好吧,是我让你们扫兴了,我只是有点紧张,因为那个保安格外看了我几眼。

让他来呀,让他来查,我有人家留给我的纸条,还有钥匙。实在不行,他还可以当场电话联系房主。不过,他们这么负责,也是好事,至少我们住在这里是安全的。

我妈还是一副忧心忡忡的样子:万一我们住在这里的时候遭了小偷怎么办?那我们可说不清了。还有,会不会突然有人来他家串门,一看不对劲,报了警,虽然解释得清,但终归是我们扫兴呀。你别说,还真不如住宾馆,虽然房间小一点,但住得理直气壮,还有服务员可以支使。

但到了深夜,当我妈沐浴过,从头到脚散发着高级沐浴液的清香,裹着睡袍,来到阳台上看星星时,她不再觉得宾馆好了,她仰着头,神往地望向夜空。

很多年、很多年没有看到过星星了,原来星星还是这么多呀。

不错吧?刚刚还说不如住宾馆。如果你愿意,我们可以每个周末都住别墅。

别馋我了,我知道像今天这样的机会千载难逢。

然后,我看见我爸的上身倾向我妈,难道他要亲吻她了?我有点不好意思,但并没有移开视线,我想看看他们亲吻的样子。结果,我爸只是凑近我妈说了几句话:相信我,我一定能给你们想要的生活。

第二天清早,我起床往市区赶,我爸听见响动,打着呵欠出来,他得开车送我,然后他再去画室。他刷着牙说:其实你可以迟到一会,又不是学校,没人会为难你。我没吱声,他哪里知道,我不过是想早一点看到林静怡,并且跟她做同桌。补习班教室没有固定座位,谁去得早,谁就有优先选择座位的权利,还有替别人占座的权利。

我已经整整一个星期没见到她了。

结果我还是晚了,但林静怡把她的书包放在她旁边的座位上,我刚一露面,她就伸手指了指替我占的座。那一刻,我的心花怒放到了天边。

刚一坐下,林静怡就重重地往我桌上放了个东西,是一个纸包着的橘子。我感到口腔里瞬间溢满了酸水。

提神神器！她说:昨晚追剧追得太晚了,待会要是打瞌睡,你记得摇我一下。

她问我喜不喜欢追剧,追哪些剧,我说我从不看电视,她瞪起眼睛问我,那你昨天在干吗？我想了想说:看星星,发呆,然后不知不觉像老年痴呆一样睡了过去。

我看到她神情有些恍惚,但只有一刹那,很快又恢复成雄赳赳短平快的表情。

你昨晚在哪里？不是说偏远的山区才能看得到星星吗？

我只得说出那个别墅小区的名字,她做了个恨恨的表情:靠！可以带我去看看星星吗？我好像从来没有见过真正的星星。

呃……要看天气,不是每天晚上都有。

哪天有,就哪天给我打电话,然后我立马飞奔过去,又不是特别远。要不下个星期怎么样？下个星期我们上完补习课,直接去你家,我就住你们家阳台上,我太想跟星星睡一晚上了。

我知道这事变得有点棘手了,但也只能硬着头皮继续往下走。我想我终归是要找到理由拒绝她的,因为我们肯定不可能再次住进那间别墅,世上就没有这么美好这么巧合的事。

这天接下来的时间里,我改变风格,尽量少说话,跟她保持微妙的距离,我怕她突然冲动起来,缠着我今天晚上就带她去看星星。在我看来,她正是那种随时都能冲动起来的主儿。

最后一节课是随堂测,我飞快地做完卷子,轻手轻脚地拎上书包,逃一般来到教室外面。在窗外回头一看,林静怡还趴在桌上奋笔疾书呢。

还要半个小时才放学,以往,我和林静怡总要在楼下找个地方坐一坐,喝点东西,消磨个把小时才各自回家。今天只能提前去我爸的画室,等他下班了跟他一起回"家"。

当我们沐浴着残阳的余晖回"家"的时候,我妈还在床上躺着,我们以为她病了,细一问才知道,原来她只是舍不得离开这张舒服的大床而已,她的书店,按摩院,美容院,那些地方的床都不如这个"家"里的床舒服,她实在太贪恋躺在床上的感觉了,所以她今天一直没下床,吃东西喝水都坚持在床上进行。

我和我爸对看一眼,为了以实际行动支持她的享受,我们并肩退了出来。

我妈就有这种本事,明明她是一家之主,应该由她来对我嘘寒问暖,但事情往往正好相反,总是我在关注她的情绪,她高兴,我也快乐,她不高兴,我就难受,甚至心疼。

我和我爸来到厨房,我们想把晚饭做好了再去叫她。

有时真的挺想把她嫁出去的,嫁给一个好人家。我爸说出这句话时,我正在洗菜,心里一震,一颗西红柿掉了出来。

我爸捡起西红柿说:给我们家的弱女子做个糖蜜西红柿吧。

我知道她在强撑。我说:你有你的画室,我也有我的宿舍,就她没有自己的地盘,一两天还好说,时间一长,她可能真的蛮难受的。

她要面子,还有道德洁癖,一个人同时具备这两种品质,会过得很苦。是该想想办法了。我爸放下菜刀,叉腰望着锅里,隔着锅盖,可以看到一条鱼卧在翻滚的汤里。

什么办法?离婚?你想把我变成没妈的孩子?

去！是离婚，又不是去世，怎么就没妈了？

晚餐的气氛十分融洽，我们把餐桌设在阳台上，暮色朦胧，我们边吃边聊。我妈仍然穿着睡袍，未经整理的卷发乱如斗篷，越发衬得她的脸又小又白，乍一看，真的有股慵懒华贵之感，跟这片别墅小区的背景特别吻合。再看看我爸，他就普通多了，一看就是个极其普通的小人物，奇怪，我妈一样是普通的小人物，为什么偶尔却会有大于她身份的恍惚时刻呢？

今晚还会有星星的。我妈望着天空说。

我想起林静怡，不禁有点后悔。如果我邀请她过来，并且跟父母打好招呼，请他们全力配合，今晚不就是个不错的观星之夜吗？不就了却了一桩心事吗？这样想着，不禁说了出来。

我爸十分振奋：怎么不带过来呢？男孩子要主动一点。

我妈怀疑地看着我：她真的是学霸吗？

算了吧，如果这次她来看了星星，下次她还想来怎么办？或者下次她想来的时候直接过来，屋里的主人却不是我们，又怎么办？

我的话触到了他们的痛处，他们都不吱声了。后来，还是我爸脑子活泛，他说：你赶紧跟她联系，问她要不要来，如果来，我们去接她，而且我告诉你一个不可能有下次的办法，你就说我们要搬家了，马上就要搬到市区去了，正因为这样，你才问她要不要今天过来，因为以后就没这么方便了。

这个提议被我们反复论证、模拟了两遍，最后，在扫视了我爸我妈一眼后，我拨通了林静怡的电话。

她好像有点被吓到了，我们中间空白了好长一段，她才如梦方醒:你是说,叫我现在到你家去看星星?

是的,我和我爸可以开车过去接你。

这个,你爸会不会太辛苦啊?透过她的声音,我感觉她已经兴奋起来了。

就这样,我和我爸上了车,全速向市区驶去,我妈则留在"家"里收拾,迎接我的客人。

林静怡站在她家的小区门口等我们,身后是她爸爸,也许是光线的原因,她爸爸看上去肤色很深,但个头高大,有种不怒自威的派头,言行举止却温暖和善,对我们的诚意邀请再三表示不安和感动,为了方便联系,我们两家当场交换了我和林静怡的学校和班级,拨打了彼此的电话,我能感到他表达诚挚谢意的背后,潜伏着多少不安和警惕。当然,这一切都在证明,他是一个好父亲。

汽车向郊外驶去,我和林静怡之间隔着一个人的距离,比我们听课时的距离大得多,很奇怪,当我们可以靠得更近时,我们却自然而然地保持着距离。

我始终没搞明白,我妈是如何在两个多小时的时间里把二楼阔大的阳台布置成那样的,栏杆边摆满鲜花,两只摇摇椅上摆着可爱的抱枕,墙边的小几上放满了吃的,还有酒水和饮料,她甚至还弄了一个烧烤架,餐盘刀叉摆放妥当。总之,一切就绪,虚位以待。

我找了个机会,悄悄问我妈,她是如何做到的。她一笑:为了我儿子的第一次社交,妈妈今晚把整个外卖圈都搅得不安生了。怎么样?还看不看得出来是别人的家?

这天晚上,我们每个人都把肚子吃得鼓绷绷的,还在百度和望远镜的帮助下,勉强认出了几个星座。我妈抽空把林静怡领到她的睡房,告诉她各种小细节,还特别告诉林静怡,这个门是可以反锁的。凌晨时分,我爸我妈进房间去了,把整个阳台留给我们。

林静怡看了看手机,突然乐不可支地笑起来,我问她笑什么,她说没想到她爸也跟过来了,就住在离这里不到两公里的一间家庭旅馆里。上次我参加班上同学的生日趴,他也是这样,悄悄在附近找个地方埋伏下来,还让我不要告诉别人。

真是个好爸爸。

其实他可以跟你一起到这里的。

这也不懂?不想打扰我嘛。

我们在阳台上坐到凌晨两点多,林静怡的手机亮了一下,她看了一眼,说:我要睡觉了。径直走到我妈替她安排的卧室,关上房门,尽管非常轻,我还是听见了房门反锁的声音。我猜,刚才肯定是她爸爸在提醒她,该睡觉了。

说真的,我很羡慕她有这样的爸爸,明明管得很紧,看起来却很宽松。

上午十点多,我妈放弃了在"家"享受睡床的机会,跟我们一起乘车出来,她说她一定要当面把林静怡交回她家里。

在一个十字路口,等红灯的时候,林静怡突如其来地要求下车,她说她必须去一下旁边的超市,然后她就自己走回去,因为她家就在前面几百米远的地方。我妈不同意,坚持要把她好好地送还到她父母手上。林静怡向我妈出示她的手机:不用不用,你看,我刚刚已经跟我爸联系过了。然后,不等我妈说话,就拉开车门,钻了出去。正好绿灯亮了,我爸只好往前开。我妈回头往后看,我也跟着一起回头,林静怡背着双肩包,灵巧的背影刚好跨进超市大门。

我妈不高兴地说:这孩子,心里想什么就是什么,完全不顾忌别人的感受。

我爸说:你算了吧,也许人家此时此刻必须去买你们女人的某种必需品,那种事当然不能拖啦。

无论如何,我妈让我爸停了车。

我一定得去找到她,这就像还人家钱,一定要让人家当面点清,以后出了任何岔子,都与我们无关。

其实我很理解林静怡,我们是靠超市抚养长大的一群人,我们的生活离不开超市,无论何时,只要我们去趟超市,总能找到一点适合自己心意的小东西,总能安慰一下自己焦枯的心田,一瓶可乐,一小袋零食,一把指甲剪,一只冰淇淋,甚至一小碗关东煮,对了,我打赌她是去买关东煮了,有时补习班下课,她也会溜下楼去买碗关东煮。她说过,她怀疑全市所有超市的关东煮都在汤里放了罂粟花果子,否则她不会像依赖空气一样依赖上它。其实我也一样,我依赖的是可乐,一小瓶可乐,比最便宜的矿泉水贵不了多少,却能令我的身体陡地清醒过来,可乐就是我的鸦片,一个成天除了功课就没法再想到别的事物的人,心里怎么会不焦枯?这样的焦枯像地上的绒尘一样,不大看得出来,又永远除不尽,只能靠关东煮和可乐这样的东西去冲淡它,打败它。

你妈是对的。我妈一走,我爸就借机向我传授为人处世之道:不把她完璧归赵,万一出了什么事,我们就万劫不复了。

将近二十分钟过去了,我妈和林静怡在我们的默默注视下,并肩走了过来,我猜得果然不错,林静怡捧着一小碗关东煮,边走边吃,我妈笑容满面,不停地说着什么。

差不多过了半个小时,我都快睡过去了,我妈才风风火火地拉开车门坐了进来。

明知你们在等我,我却不得已在她家坐了一小会,太不像话了。不过,他们家可真是土豪啊。

车里一片寂静。

我爸终于开腔了:怎么土豪了?声音有点生硬。

房子是双层的,算了,到底怎么土豪我也说不清楚,反正我一进去就感到自卑。

又沉寂了一阵,我妈突然脸一变:早上出门的时候,你去开车,她在门口跟我说,她还是更喜欢住在市区,因为坐车让她感到疲倦。别看她还小,心里什么都清楚,没准一肚子市侩。

我忍不住说:关你什么事,不要真把自己当成那别墅的主人了。

沉默哐的一声,再次罩了下来。

最后还是我爸慢慢苏醒。看看你们那点心理素质!房子了不起吗?房子就代表人的一切价值吗?她是学霸,你一样是学霸,你能躺在星星下面睡觉,她还不能呢。接下来你肯定还会有更多惊喜,更多收获,她会有吗?她只会住在那个房子里,每天每天在同一条路上来来去去,她永远别想品尝到生活的新鲜与丰富,而你注定每天都不一样,至少是每个星期都不一样。生活不就是发现自己的多种可能性吗?

我偷偷打量一下正在开车的爸爸,我觉得他越来越像一只刚刚放出笼子的公鸡。

周末别墅打开了我爸的新思路,此后我们又突如其来地住进过很多匪夷所思的地方。

有天我们正在吃晚饭,我爸我妈正在商量是去宾馆还是去那种快捷连锁店,突然接到一个电话。放下电话,他迫不及待地说:走走走,别吃了,打包带走,马上去迪士尼。原来他在朋友圈看到一个消息,有人临时有事,事先订下的迪士尼套房赶不过去了,免费转让。我爸第一时间打过去,接住了这个天降的馅饼。那真是一个心旷神怡的夜晚,我们三个人在迪士尼乐园看焰火,尝美食,看表演,忙乎了大半夜,才兴奋又疲惫地进入我们在城堡里的免费套房。

我们还住过一段时间民宿,那是我爸的画室参与那间极富情调和个性的民宿设计后得来的福利,我妈尤其喜欢那间民宿,她在那里拍了很多照片,发在自己的朋友圈里,我大致数了下,那几幅照片她收获了两百多个赞,好几十人问她那个民宿在哪里。

后来我们才知道,还有一个短租网,这个网上提供的短租品种之丰富令人瞠目结舌,除了房子,车子,还有衣服,电脑,商业摊位,电烤箱,烧烤架,有个离小吃一条街很近的人竟然出租自己的卫生间,还有个人在某某医院出租自己替人排队的机会,他本人是个病人家属。此外还有出租乐器的,演出服的,出租保姆的(自己家找不到足够的活给保姆干),甚至还有春节期间出租女朋友的。

我爸后来几乎就吃定了短租网,总有些人周末要去外地度假,家里的宠物和植物缺人照料,就想出租自己的房间,顺便帮着照看一下自己的爱物。当然,这样的家庭往往都谈不上太舒适,因为他首先要对租自己房间的人充满信任,怎样才能信任一个人呢?当然是在一无所有无所谓伤害的前提下,所以当我们进去的时候,往往会发现那些家里几乎家徒四壁,我们不得不打开自己的睡袋(自从瞄上短租网,我爸就准备好了三个睡袋,以备不时之需)。

当然也有个别的例子,我们曾经走进过一个像书店一样的家庭,每面墙几乎都用书柜装饰起来了,除此以外,大床,淋浴间,煤气灶全都干净而好使。后半夜,当我们正要入睡,突然听到响动,一个秃顶的中年男人从另一间一直紧闭(房间在出租启事上说明这里是储物间)的房间走出来,我们正要报警,那人高声宣布他就是房主,并向我们抱歉他不得不隐瞒了实情。那天晚上他跟我爸谈了很多,他失业了,没有生活来源,就想出这个办法给自己赚点生活费。

第二天,我爸带我们出来吃早餐,经过大半夜的长谈,他显得非常感伤:看来,这个世界上,失意的人还有很多很多啊!我们以前真是太不了解社会了。幸亏他们脑子都还好使,总能找到一条恰如其分的生路,供自己活下去。总之,活着不易啊。

和他们相比,我都不觉得自己很聪明了。我爸诚恳地说:我不过是发现了生活中到处都是闲置的可以利用的东西,把它们找出来,为我所用而已,他们呢?他们根本就是从正在使用的东西上发掘出闲置的可能性,这太牛了。

大概是人太多了,我们的早点迟迟不来,我爸的话也越来越多,我妈突然趴到桌上,身子微微发抖,我以为她在笑我爸的"演讲",很快我就发现不对,她越抖越厉害,额头上满是汗水。

糖！糖！她用微弱的声音说。

我飞奔进旁边的小超市,丢下钱包,抓起两条巧克力就跑。我想起来了,她以前也有过类似经历,饿得太厉害的话,手脚会发抖,会突然冒汗,她说过,吃下点含糖量高的东西就好了。

她像饿鬼似的,几乎把两条巧克力囫囵着吞了下去,乱抖的手脚慢慢平静下来,汗也慢慢止住了,只是人还有点虚弱,面色苍白、怔怔地坐在那里,我以为她想哭,结果她只是说:为什么要给我买巧克力?买点大白兔之类的就可以了。我爸一脸痛惜地说:一点巧克力而已,又不是买不起。我妈闭上眼睛轻轻地说:会胖。

直到早餐过后,我爸才细细问她,为什么会这样,这时我妈已恢复正常,她瞪我爸一眼:都是昨晚那个秃子害的,人家受到惊吓会昏倒,我不会,但我会呕吐,你们在说话的时候,我一直抱着马桶在吐,吃的晚饭全吐光了,天没亮我就饿醒了,起来找了一遍,那个家里就像被大水洗过一样,什么吃的都找不到。

我妈昏倒的事让我爸特别内疚,他现在开始觉得我们的生活太没质量了。我没这样觉得,但我们的外貌看上去的确有了些变化,我妈除了变瘦了(也许是她有意的)之外,眼神变得飘忽起来,一不留神,就跑到了某个我们不知道的地方。我爸的变化集中表现在皮肤上,他变黑了,不是太阳暴晒过后由红转黑的那种黑,而是由内到外的暗黑,似乎身体里面有个叫黑色军团的东西正在缓缓向外释放毒素。至于我自己,我看不到我的变化,我只是开始讨厌有些同学的闲聊,他们像小宝宝一样,动不动就谈到我家我家,谈到我爸我妈,每每听到他们谈起这些,我就想要走开。

第一个坏消息是从我妈那边传来的。

书店的领导发现了她的秘密,还有我爸给她买的那个超大衣柜,据说罪魁祸首是两件内衣。一个很深的夜里,街上人声渐灭,书店的人全都昏昏欲睡,我妈以为世界终于回到她手上来了,她放心地把洗过的内衣挂出窗外,晾在夜风中,但她那天运气特别不好,她的领导在外面喝完酒回家,路过自己的属下单位时,习惯性地投去目光,一眼就发现了狼狈而孤独地飘在夜风中的女式内衣。

领导找我妈谈话,才发现这个女职工居然落到了无家可归的地步,感而慨之,不但没责罚我妈把内衣挂在书店窗外的不恰当行为,反而让我妈成为职工捐款的对象,当然,我妈这点自尊心还是有的,她坚决不要捐款,但她请求领导在她找到适合的住宿地之前,允许她继续住在书店值班室里,前提是她绝不往窗外挂出任何东西。

也许秘密有腿,会从风里悄然走掉,我妈单位里渐渐起了些风言风语,说我妈并不是因为救治亲人而破产,而无家可归,乃是因为我爸赌博,输光了家产,一家人落得个个成了丧家之犬。消息一经传出,就迅速演变成沙尘暴,瞬间污染了我妈的良好形象,原先投诸她身上的同情,不留分毫地收了回去。

包括那间用来存身的值班室。为了不留后患,书店取消了员工夜班制度,改为保安轮岗制。

接到这个消息的时候,我爸已经救火一般,把我妈从书店里抢救出去,送到一个姓柳的老太家里,不知道他是事先就有关注,还是突然临场发挥,总之,我爸在浩如星海的世界里,发现了柳老太这里有个可以存身的小小空隙。这个独居老人,退休前是个妇产科医生,终生未婚,目前生活处于半自理状态,无论从哪方面来说,她都是专门留在人世间等我妈的垂暮天使,我妈只需要早晚各为她做一顿清爽简洁的饭菜,平时略做一些收拾和整理,就可以在那个品质不错的公寓里换取九楼某个套间中的一间房的居住权。看得出来,我妈相当满意,她说她心甘情愿为柳老太做些力所能及的事情,她说这是她向一个医生、女性不婚者致敬的最佳方式。

免费迎来一个书店女职工,柳老太也很高兴,她深信这是她应得的回报,她年轻些的时候,曾经分文不取地照顾自己的老邻居长达四年。

但那个周末,送我返校的时候,我坐在我爸旁边,我妈坐在后座,无意中,我发现我妈脸上有泪痕。

这一回,她没打算掩饰自己的伤感,她叫出我的名字,说她非常抱歉。

我本该每天晚上都陪着你,为你盖被子,为你关灯,我本该死死拉住跟自己的宝贝儿子痴缠在一起的庸俗的幸福。

得了吧,也不看看人家都高出你大半个头了。我爸制止了她。

我不这样想,到了校门口,我把我妈拉到一边,问她:为什么你不去外婆家挤一挤呢?我猜柳老太的孤独恰好从另一个方面刺激了她。

如果我缩回外婆家,就意味着我没有家了,我的家散了。别管我,你知道妈妈是个多愁善感的人,但妈妈同时也是个坚强的人,你知道的,对吗?

倒也是,她只是喜欢把自己打扮成慵懒脆弱的样子,实际上,她能跟我爸一起实施所谓新生活计划,已经证明她不是一个脆弱的人,充其量只是有些脆弱的时刻。

我爸过来了,他好像知道我们在说什么。

如果我是你,我就把现在的生活经历都写下来,我相信没有多少人有这样的经历,说不定哪天你所写的东西能帮你挣回所有该你得的。

不要指望我去挣钱,那是你该去想的。看看你都做了些什么?你把家败掉了,你把孩子像孤儿一样送出去,把老婆像奴隶一样卖出去。

我也不是有意的,我已经很努力了,我开网约车,当美术老师,我没让自己闲着。你得承认人是有极限的,男人也是人,我这个男人做不到的事情,如果女人能做到为什么不去做?那天我还在跟儿子说,我恨不得把你嫁出去,嫁到富翁家里,身居豪宅,锦衣玉食。

你就是个混蛋加流氓!

你配得上那种生活,你自己去镜子里看看,你长得不像个穷人。

自从我妈去了柳老太家以后,我爸对周末的安排就有了点自暴自弃的味道,总在短租网上动脑筋,偶尔订个宾馆,也没以前安排得好了,不是小宾馆的边角废料小房,就是家庭小旅馆,坐在补习班的教室里,我有时甚至能闻到自己身上一股子廉价小旅馆的味道。我总觉得是水不对,宾馆里的水,跟家里的水不一样。

也许还不只是水,现在我吃的、喝的、睡的全都不是家里的东西了,我正在脱去家养的味道,我正在变成大街饲养起来的人,我正在变成无家可归的野物。

有趣的是,林静怡有一天也提到野物这个词。那天我们正在肯德基吃午餐,我买了个超大鸡肉卷,又加了两个鸡翅,一杯可乐,她瞪了我两眼:你吃东西像野物!

林静怡不吃肯德基里的东西,她只买了杯可乐陪我坐坐而已。

从小我妈就不许我吃这些垃圾食品,我妈就像个食品监督员,我们常见的绝大多数食品都在她的黑名单里。

你们女孩嘛,要维持身材的,我妈根本就没有什么黑名单,我们全家就没有一个黑名单,我们是瘦子家族,好吧,安慰你一下,也许将来我会发胖。不过,可乐好像也是黑名单里的常客吧?

是啊,但我妈已经死了。她冷静地说。

我马上住嘴。她拿起我面前的一只鸡腿,咬了一小口,过了一会,又吐了出来。

所有她禁止我吃的东西,现在都有条件反射一般的厌恶。还是你那样的妈好,什么都让你尝,什么都让你去体味。

那倒是,我们家就没有忌口的东西。

哪天去你家尝尝你妈的手艺吧,想知道她是如何用丰富的饲料把你喂得这么瘦的。

还能怎么办?只能先答应下来,再慢慢想办法拒绝。一定要拒绝,这是比看星星还要艰难的事情,我们办不到。

也许我应该跟她保持距离。我望着她喝可乐的嘴,又有点舍不得,但这样下去,她势必会跟我越走越近,离我们的家也越来越近。

那会带来很多尴尬吧。

凡事总得试一试。

你理想的家庭是什么样的模式?我总觉得她的三观不会是太主流的。

家庭能有什么模式?不就是早出晚归,互相讨厌又互相牵制吗?

嗯,具体到家庭结构呢?比如有些人家是两地分居模式,有些是周末家庭,还有些干脆就是单亲模式。

她耸耸肩:无所谓。

我比较喜欢周末家庭,平时大家各忙各的,周末才聚在一起,这种模式应该也蛮适合你的,周一到周五基本上没人管你嘛。我已经只差脱口而出向她坦白了。

打住打住,我们为什么要讨论这个?等我们长大了,很可能已经没有家庭这个东西了,也不会有婚姻制度,生小孩可能会变成定制的形式,谁想要为人类做点贡献,想去生个孩子,就要去跟某人定个协议,或者干脆去精子库申请一颗精子,拿回去孵一个出来。

完全没有还是不行的,不然人拿什么来反抗呢?人总是要反抗点什么的,难道要去反抗自由?

反正我不需要考虑这些问题,我不要家庭,更不要孩子,生命到我这里为止。言归正传,什么时候再去你们家看星星吧?顺便蹭一顿你们家的饭,让我看看你们平时都吃什么好吃的。

好啊。我硬着头皮说:不过,这得看天气,也不是哪天都有星星可看的。

林静怡的提议把我们全家吓得不轻,那个别墅,当然回不去了,更何况,我妈现在成了柳老太的护工,总不能把林静怡带到柳老太家里去吧。

我妈给我出主意,下次上补习班的时候,给林静怡带一份跟我一样的便当过去。

你就说,我妈最近忙得很,上面要来检查了,我们必须没日没夜地加班。

我摇头:你不可能一直加班,总有一天,你会再也没有花招可耍。

那就到了那天再说。告诉你,在外面不要太老实,不要动不动就自曝家底,没有人真正关心你过着什么样的生活,过得怎样,他们只想找到一点笑柄,拿去取乐。你猜我在柳老太那里怎么解释自己的?我跟她说,我在体验生活。

有段时间,我们几乎在宾馆绝迹了。我妈以"体验生活"的名义住在柳老太家,我和我爸睡在画室里,夜深人静时分,他从车里拖出一张折叠床,磕磕碰碰搬进画室,支在那堆画架和颜料中间,刚躺下时,闻到的是丙烯的味道,再过一会,丙烯就变成了挥之不去的恶臭,还有一丝丝说不出的尖利的刺鼻感,总之,我感到鼻子难受,还直想流泪,我在想,如果戴上口罩可能好点,但我的背包里没有口罩,我去衣服堆里翻找,衣服都很大,只有内裤小一点,没办法,就是它了,我把裤腰挂在两只耳朵上,裤裆正好罩在口鼻处。原来内裤是可以当口罩用的。

我被我爸一巴掌拍醒,一看,天已大亮,我爸怒目俯视着我。

你是个变态吗?为什么要把内裤包在脸上?

我眯着眼睛向他描述丙烯的味道,他直起腰来,神经病一样在画室里走来走去。

你去你妈那里过夜吧,不管怎么说,她有权跟自己的儿子过周末,儿子跟母亲睡一张床也不算太过分。

你说行就行?我白了他一眼。

他又转了几个圈子,突然一顿脚:我找她去!还没走到门口,又折回来,递给我一张钞票,叫我赶紧起床,去外面吃早饭,然后去补习班。

我看了下时间,上课虽然还早,但我可以在早点铺里多磨蹭一会,就腾地坐了起来。

我还没洗完脸,我爸就把折叠床收拾好了,站在门口用目光催促我。我告诉他,我的眼睛肿了,可能跟刺激的味道有关。

你今天吃过的苦,一分一毫都不会浪费,将来都是你的财富。

哦。我应了声。

一个大人物的诞生,往往伴随着家庭的灾难。这已经不是我爸第一次说这种话了,我不知道他从哪里找来这种疯狂的逻辑。

如果我不是大人物呢?如果恰恰相反呢?我不想再被他愚弄了,我有种强烈的要戳穿他的欲望。

不是你就是你儿子,总之,兆头已经来了。

我知道我说不赢他了,一旦一个人有了某种执念,九头牛都拉不回来。

我们一起去吃早点,早点铺里比较空荡,大多数人都还在床上享受周末的早晨。这样也好,我可以松松散散地趴在桌上,尽情享受一下宽阔的空间,以及没有丙烯只有食物和抹布味道的空气。

我觉得柳老太会同意的,又不白住,我会给她钱。你一个朝气蓬勃前程无量的帅小伙,能去她家里委屈一两个晚上,是她的荣幸。

她又不是你。早点来了,我们不再讨论这个问题。

我们在早点铺前分手,我去我的补习班,他去找我妈。路过房屋中介所时,我不由自主地停下来,打量那些待出售的房产,房子可真贵呀,我想起我爸妈在"游刃有余"上的那些转账和红包,就算他们把那些钱全都存起来,一分都不花,就算我爸爸每天都能给我妈一笔相同金额的转账,要想买下那样的房子,至少也得四十年,四十年后,估计他们已经老得不需要房子,只需要一个骨灰盒了。我的脚步慢慢沉重起来,我好像才意识到这个问题有多严重。

这天林静怡没有来,我旁边坐了个陌生的同学,巨大的失落加剧了我的沮丧,我第一次在课堂上走神,几次把自己强行拉回来,又不知不觉走向迷茫深处。

直到下课,我正准备快步走出去清醒一下头脑,一抬眼看见了坐在后排角落的林静怡,就像刚从三十七八度的气温下跋涉回来,走进空调房一样,只觉得全身一爽,疲乏和沮丧顿消。

见我看她,她冲我轻轻点了下头,垂下了眼皮。

她肯定有心事。这是我的第一直觉。她不光神情变了,连脸色也变了,白皙的皮肤上似乎蒙了一层薄灰,变成了黯淡的灰白色。

你不出去走走?我向她发出邀请。

她看也不看我,摇摇头。她拒绝了我,她在驱赶我。她对我不像以前了。我有点烦躁,但也只好走开去,我站在走廊里,隔着玻璃窗看着她,她在玩手机,这让我看不出她的表情,也没法揣摩她的心思,其实也不用揣摩,她不再跟我大大咧咧地说笑,这已经是最糟糕的局面,我只是不知道为什么会这样。

最后一节课了,我准备一下课就冲到她面前去,我想跟她一起去买点喝的东西,我们愉快的第一次约见就是坐在傍晚的风中喝果汁,我想要再来一次。

老师还没离开,我就冲到最后一排,但她的座位是空的,我特地看了一眼桌肚,里面空空如也,她不是暂时外出,不是去了卫生间,而是放学了。我傻在那里。

一定是有什么情况。她不可能无缘无故突如其来地冷淡我。

转眼又是星期五,我在"游刃有余"里问:今天我去哪里?

我妈说:问你爸。你们安排好了告诉我,今天柳老太有医生上门服务,我要晚点才能过来找你们。

我爸赶紧"艾特"了我妈:惨了!你这是不打算管我们了?

我妈说:赶紧把儿子安排好。

镇家之宝不出面,我没有方向感啊。

少瞎说,以前都是你安排的。

但每次都是接到你的暗示我才敢行动的。

以后不会有了,你在新生活计划里也说过,首先要各自独立,然后才能相互依赖。

你什么意思?终于要跟我们分道扬镳了?

要分早分了,不必等到今天。

眼看他们就要杠上了,我不得不出来说话。

算了,你们谁给我转点钱,我自己去网上登记一个旅馆好了。

这是气话,当然不可能由我去登记旅馆,我还没成年,人家不会给我办入住登记的,但我的心情真的被他们弄得很糟,在学校憋了整整五天,就等着出去放飞呢,结果竟然是找不到组织的感觉。

不不不,老规矩,你在学校等我,我来接你。

然后跟着你住那个臭画室?什么水货颜料,快把我熏死了。

不要这么说嘛,我天天都住在那里,还活得好好的。很难得的艺术熏陶,懂不懂?

最终,这天晚上我们还是订了宾馆,我爸一路跟我嘀咕:身为男人,能不能别那么夸张?我小时候,我们家门口是个川菜馆,我一年四季都在辛辣的气味中生活,一家人一进门就打喷嚏,你奶奶不知多少次把尿打在裤子里。

这个故事他跟我说过很多遍了,他们几家人联合起来去投诉人家,投诉来投诉去,最后川菜馆主人用每月一只小红包平息了这些住户的挑剔和骚乱,川菜馆照开,居民们照例进进出出,只是每人脸上多了只口罩,毕竟,一只红包可以买很多这种装备。

说起川菜,我就馋了起来,我提议去吃重庆火锅,我爸马上在"游刃有余"里开了视频通话,对我妈说了我的打算,我妈说:你们去吃吧,我恐怕要晚一点才能回来。

多晚?我爸的脸明显紧张起来:她要死了吗?

我听见我妈在那头清嗓子,然后就是各种古怪的声音,还有脚步声,我可以想象我妈在那边捂着手机从柳老太身边逃走的样子。我早就跟他们说过,不要动不动就视频通话,不文雅,还容易泄露秘密,他们就是不听,他们永远嫌手指不如舌头灵活。

过了一会,我妈经过努力终于冷静下来的声音传了过来:你们先去吃饭,该干吗干吗,不要管我,我忙完我该忙的就来找你们。地址我有,房间号我也有,还怕我找不过来?我又不是弱智,不要动不动就打电话,动不动就问我这问我那,你是他的亲生父亲,今晚的一切你完全可以做主。

这是我们遇到的最难吃的一只火锅,并没有我们期望的辣,反而有些酸酸的,汤又油又浓,吃得人神志昏昏。我爸一直在满腹心事地喝啤酒。我妈突然放权,弄得他有点六神无主,我猜。

十一点多的时候,我妈还是没有出现。我爸在"游刃有余"里跟她联系,他牢记前次教训,没有用语音。

他写字问她:还不回来?

医生刚走,老太情况不太好,医生叮嘱身边不能离人。我争取明早回来。你们怎么样?他睡了吗?

我爸看了我一眼,我垂下眼皮,不知为什么,明知她不得已,我还是有点不快。

我妈不在,我们自然在行事节奏上越来越松弛,十二点了,我们却躺在床上打开了一档综艺节目,我爸拿起遥控器说:应该可以设置成自动关机模式。他拨弄了一阵,说:好啦!我们就放心地看了起来,万一我们在节目中睡了过去,时间一到,电视机会自动关掉。别说,这种小小的放纵状态感觉还真舒服。

后来,我被满屏雪花的电视机的哧啦声弄醒了,看来我爸的设置并没有成功,我起身关了电视,撩起窗帘看了看外面,天已经大亮了,我再看看时间,闹钟铃已经响过了,天知道我们为什么没有听见!

我把窗帘拉开一半,我爸皱着脸醒了过来,很快就意识到我妈昨晚并没有回来,他坐在床上待了一会,一跃而起,咋咋呼呼要我快点收拾,准备出去。

我说上课还早呢,还有两个小时。他含着牙刷说:我们去看看你妈,说不定老太已经死了。如果是这样,我们有义务去帮帮忙。

我们径直赶往柳老太家,我爸在单元楼下按门铃,按了好久,一个苍老的声音仿佛来自很深的洞穴:谁呀?

我爸愣了一下,转了转眼珠,报出我妈的名字。

她昨天晚上回家了,今天还没来。

我和我爸对视一眼,我爸似乎还笑了一下,快步往前走去。

我们得找到她呀。我说。

丢不了!他突然大吼一声。

我们上了车,我在车里吃早餐,他默默开着车,没过多久,我发现他把车开到高架上来了,我提醒他:你应该先送我去上课。他一拍脑门:操!

下了高架,他找个地方把车停了下来,我不明白他的意思,他开始喝水,一口气喝掉半瓶,又把车子发动了。这一回,他没走错。

望着他的车尾巴,我有点担心,就打开手机,点开我妈的头像,问她在哪里,她说:当然在柳老太家里。

撒谎!

过了一会,她连珠炮般发来好几条。你们去她家了吗?我刚刚到菜场买菜去了,她让我去买只鸽子给她煲汤。你跟你爸在一起吗?你还没去上课?不能耽误上课哦。中午我们一起吃饭吧。告诉我你想吃什么?

我没回她,径直进了教室。

打开书包之前,我又做了一件事,我把刚才跟她的对话截了图,发给了我爸。

然后我就关了机,开始上课了。

第一节课下课时,林静怡才匆匆赶来。

她径直走向讲台,跟老师说着什么,老师从一沓作业本里找出一本,递给她,然后他们彼此朝对方笑着,客气地说着什么。然后他们互道再见,林静怡退了出去。

她要离开这里了吗?我拉开后门,追了出去。

她正要进电梯。她看我的眼神,让我不由自主地停止了脚步,我从没见过她有那样的眼神,就像我们之间并没有边喝饮料边聊天,也没有在阳台上看过星星,总之,她的眼神告诉我,之前的一切都没有了,莫名消失了。

我在电梯口站了很久,感觉四肢正在分离,身体即将变成碎块,飘浮空中,我被这种从未出现过的感觉吓坏了,一动也不敢动,生怕一动,分裂成几块的身体再也不能还原。

这是我最低效的一天,教室里的一切都是那么乏味,老师的讲解干巴无趣,令人生厌,周围的同学一个个歪瓜裂枣,愚不可及。一个常找我借笔记的人不客气地抢走我的笔记本,见上面什么也没写,惊讶地望着我,我瞪着他,用唇语骂了他一句,他假装没听清。整整一天,我觉得我是整个世界的敌人。

我在街上漫无目的地游荡了一会,我爸还没打电话给我,往常他在这个时候都有电话打来,告诉我该去哪里,做什么。只好我打给他了,他的声音听起来有点异样。

下课了?那就回去吧。

回宾馆?

嗯。马上又说:不对,我已经把房子退了。来画室吧。

一想到那些学员还没下课,那股浓浓的丙烯味道也还没有被空气稀释,我就决定在街上再游荡一会。

无所事事地游荡其实是最累最无聊的事情,该去哪里坐一会呢?自从我们家的房子卖掉以后,我算是明白了一件事情,一个人去任何地方都是件极其无聊的事情,但若是两个人,不管去哪里,都可以其乐无穷妙不可言。当然,电影院除外,在电影院,无论一个人,还是两个人,还是很多人,都可以很忘我地快乐。也许该去电影院坐坐,有地方坐,可吃可喝,运气好还能碰上一部喜欢的片子。

有信息了,是林静怡,真是心有灵犀啊,她居然问我:想看电影吗?纪录片。

我激动得不知所措,回信时手都抖了。一条信息还没发出,她又发了一条过来:看电影之前,把你爸的电话给我,我有事请教。我飞快地按下一串号码,那是我爸的号码,还在幼儿园的时候,我就能背下他的号码。

我问她今天是什么电影,她叫我稍等。

约莫过了一两分钟,她发了张图片过来,是一对男女的背影,他们在厨房里做饭,因为系着围裙的原因,女人的腰身显得非常细巧。厨房很漂亮,深棕色的整体橱柜,看上去颇有气派。

这是电影剧照?我问她。

她又发了张过来,女人扬起手臂,去开头顶上方的壁橱,男人的手越过她的头顶,抢在她前面帮她拿出了里面的东西。他们的手臂交叠在一起,显得非常恩爱、和谐。

女人的背影有点熟悉,但我一时想不起来在哪里看到过。

这是什么电影?我又问。

往下看。

变成视频了。那两个人来到灶台前,女人专注地看着锅里,男人从背后搂着她,一只手捏着她的屁股,她反过手来,在男人手上拍打了一下,男人并不收手,依旧把手放在她屁股上。

女人突然回过脸来,看向身后的男人。视频到这里戛然而止。

是我妈。

我怀疑是我眼花了,揉揉眼睛再看,没错,是她,她穿了一件我从没见过的衣服,所以一开始我竟然没认出她来。定格的姿势真是邪恶,我妈张着嘴,像等着身后的男人给她喂食,因为一只乳房被他握着,屁股也被他捏在手里,她整个身体看上去非常变形非常夸张,而且非常恶心。

这是哪里?

我家。

我关掉了手机,听到我的心在狂跳,同时发出火车进站时的长鸣,我口干舌燥,眼冒金星。

理智在疯狂的汪洋大海里挣扎,终于露出头来,万一她只是去他们家帮忙烧饭呢?我小心翼翼地问她:她去你们家干什么?

你觉得呢?你妈很厉害的,难怪上次送我回来,她非要下车,非要跟我一起进门,非要亲自把我交到我爸手上,原来她早有预谋,她成功了,我爸已经神魂颠倒了。

所以你连我也讨厌了?所以你从机构里退学了?

我只想叫你们把她弄回去,我爸属于我,以前也有人想来跟我抢,统统被我打了出去。我已经没有妈了,我不能再没有爸。不把她弄出去,我哪也不会去的。

这事最终正大光明地闹到"游刃有余"上来了。

我妈承认她撒谎了,但她有理由。第一,林静怡爸爸只是请她去帮他做顿饭,一个流浪在外的中年女人,任何一个来自家庭、来自厨房的激约都是无法拒绝的诱惑,何况他的确有困难,因为他妻子去世两年了。第二,流浪了那么久以后,终于有机会重回一次家庭,重回一次厨房,重操一次锅铲,我觉得这是我个人难得的幸福瞬间,与任何人无关,他捏我屁股什么的,只是我获得短暂幸福的代价。任何享受都是有代价的。第三,如果你们因此讨厌我,我无话可说。

"游刃有余"上从此寂静无声。

直到下一个周五,我爸来接我的时候,车上竟然坐着我妈,真是意外之喜,这意味着他们已经和好,也意味着我们要去某个比较远的地方过夜。

但是,并不是遥远郊区的别墅,而是中环以外的一个高档公寓,在我看来,这个公寓简直是人间极品,双层结构,清逸雅致,富贵而不流俗,简约而不简单。我问我爸:这也是你朋友的家?你朋友好像都比你混得好呢。

是啊。他沉重地叹了口气:你得相信,人是有运气的,有些人并不十分优秀,但好运就是莫名其妙地罩着他,推着他前进,让他一点一点跟我们拉开了距离。

我妈一进门就直奔厨房。她真的变成了一个喜欢厨房的人,我记得以前她对厨房没有这么迷恋。她在那里看了一阵,出来对我爸说,要是能在这么好的厨房给你们做顿饭就好了。我爸看了看那些光可鉴人的厨具,沉吟起来:会不会操作太大破坏人家的外观?

我妈像个女孩一样雀跃:放心吧,我保证做完吃完之后厨房还能保持原样。

他们俩去超市买食材,我留下来写作业。但我很快就发现,这样的家给我一种压力,就像一个贫寒的人,借了人家一件贵重的外套穿着,生怕给人家弄脏了,弄皱了。当我坐到那个阔大得像乒乓球台的书桌边,打开课本,却没法写字,我手指僵硬,呼吸急促,我拙劣的书法被这精妙的房子嫌弃,我残旧的书本被厚重的书桌嫌弃,我渐渐坐不下去了,我开始怀念三四星宾馆的小条桌,短租房间里的小饭桌,那些桌子虽然不够大,高度也不一定合适,但我趴上去时,总能找到自信,而在这里,我的自信就像我爸的钱一样跑得无影无踪。

与此同时,反抗的情绪在我心里萌发了。我收起书本,背上书包跑了出去,我不想被这高大上的房子所压迫了,我后悔没跟他们一起去超市,超市不嫌弃任何人,每个人都能在超市里尽情徜徉和游览。但我不知道他们在哪个超市。我决定到外面去,上楼之前,我瞥了一眼大厅,我记得一楼有个宽阔的大厅,那里应该有桌椅。

我关上房门,乘电梯来到一楼,看来是我的记忆出错了,大厅里并没有桌椅,只有两个装饰用的墙边桌。只好来到大厅外,厅外有游廊,我很快发现了自己想要的地方,我可以在一尺来宽的栏杆平台上摆好书本,站着写作业。

有保安来询问我,我稍稍紧张了一下,答:我没带钥匙,我在等我爸妈。

他们终于回来了,见我站在那里,我爸的脸色倏地一变。

你带房门钥匙了吗?

脑子里一个轰炸,我根本没想到这一点,也不知道房门钥匙在哪里。

我爸的五官变了形,压得很低的声音也变了形:为什么你要跑出来?不是叫你就在屋里待着的吗?

我妈也紧张起来:你也没带钥匙?

其实她根本不用问,我爸的表情已经说明了一切,我们搞砸了,我们把自己关在外面了。

我妈提议找配钥匙的人,被我爸制止了。这事已经很恶劣了。他说。

那天晚上我爸一直在打电话,我们才知道,那房子是我爸的朋友、画室老板的房子,他们全家度假去了,我爸是在画室得知这一消息的,他利用帮老板回家取东西的机会,复制了一把钥匙收着。

我和我妈站在一起,看我爸捂着嘴巴,低着头,一脸诚恳地打电话。这个电话一定打得很艰难,因为他始终避免让我们看到他的脸。

我妈的身体在发抖,我去拽她的手,她甩开了我。我有点害怕,我怕她出事,怕她在极度焦虑之下倒地猝死。

我爸在走来走去,时而慢,时而快,我隐约听到他提到老婆,提到儿子,多次提到房子、卖出,还提到还债。

我不能说更多的对不起了,我只求你,放过我家人,随便处置我。

这是我悄悄走过去时,听到我爸在电话里说的话。

不知道对方在说些什么,我爸听得全神贯注,大颗大颗的汗珠子从他稀疏的发间滴落下来,就像他头上突然多了个泉眼,泉水正在汩汩往外冒。

我妈坐在外面的喷水池边,我走过去,再次向她承认错误。她拉着我的手,让我坐到她身边。

不怪你,迟早会有这一天的。

我感觉她已平静许多,身体不再发抖了。

妈,让我就住在学校里吧,周末两天我也可以住在学生寝室里,只要我不跑出来,没人会发现的。

不。我妈开始流泪:怎么能委屈你?无论如何都不能影响到你啊我的孩子,这是我们做大人的义务。

但你知道吗?我住在集体宿舍里,会比住在这里更自在。

我妈的眼泪流得更凶了。都怪妈妈,没有保护好我儿子。都是我们大人的错。

我爸终于过来了,双肩低垂,汗湿衣衫,他捏着手机,快到我们面前时,突然奋力一笑。

没事了。

然后就坐在我妈身边,久久不说话,好像也没喘气,只有胸膛在微微起伏。

走,我们先去找点吃的。我爸站了起来。

我们进了一家饺子馆,饺子端上来时,我妈对他说,你先喝点汤吧。

谢谢你,老婆。

他抓起一把餐巾纸,狠狠地擦脸,一开始我以为他在擦汗,但他的汗怎么也擦不干,我明白过来,但我不敢看他,我不敢看一个奋力擦泪的男人。

幸亏你带了书包。我爸终于停止擦汗的动作,在我肩头狠狠拍了一下。

也许是因为我爸坦承错误,也许是因为那个画室老板毕竟是他朋友,再加上的确没造成任何损失,那个老板原谅了我爸的非法行为,并且在下一个周末宴请我们全家。

虽然我已经在他画室里睡过好几次,却是第一次见到他本人,清癯的面容,细长有力的手指,衣着精良入时,跟那套逼得我逃离的公寓十分般配。

他压根儿不提那天的事,只顾讲菜品,说这个餐馆的老板是他亲戚,当年也是穷得险些上吊,后来听了他的建议,去一间餐馆里干,人生从此另一番境界。

他那个"也"字深深刺激了我,我猜我爸也注意到了,他垂着眼皮,微微点头。我妈说:不好意思,我出去接个电话。

我妈一走,画室老板就对我爸说:你这样不行的,你打算带着一家人,像老鼠一样东躲西藏到哪一天?生活不是由周末串起来的,生活是每天每时每刻。

我爸还能说什么呢?除了点头还是点头。

去租个房子,远一点小一点都可以,下了班放了学,大家都有个固定的去处,心才不会累,你看看你,这才多大年纪,头发都快掉光了。

想法是好的,就是实施起来,不如想象的好。我爸说话像个害羞的小姑娘。

什么想法是好的?太不切实际了,人说,千好万好不如家好,怎么能弄得没有家呢?人又说,成家立业,看到没有?家是排在头一位的,家都没有,立什么业啊?

有家的有家的,我们家一直很好,很团结,很亲密,很上进。

那你告诉我你家在哪里?

我们平时待在属于自己的地方,周末找地方聚会,我们是周末家庭。

周末在哪里聚会?寻找上次那样的机会?幸亏是我,换作别人,早跟你翻脸了,事情不大,但性质太恶劣。我现在只有一个担心,如果你继续这样搞下去,胆子会越搞越大,最终会搞出什么事来的。

他看了看我,对我爸说:孩子不错,千万别让孩子受到影响。

我爸稍稍振奋起来:孩子很懂事,不谦虚地说,几乎是学霸,正因为如此,我才需要按下一切,为他的教育做好准备。比如说,如果他想去留学,我不能因为资金不够就不许他去。

能留学当然好,但那也不容易,起码得卖一套房。

老板看看我,又看看我爸,末了对我说:你吃菜呀。他自己也捡起筷子吃了起来。中间突然想起来:你老婆呢?电话还没打完?

我出去找我妈,在外面找了一圈没找到,折回来,顺便想去趟卫生间,刚一进门,就见我妈从女生那边出来,鼻头红红的。

我没惊动她,她可能根本就不是出来接电话的,她只是需要找个地方哭一场。

那顿饭,其实就是个终结,看在朋友的分上,他没有过分指责我爸携带全家私闯他宝宅的行为,但他肯定觉得我爸这人不能用了。

这以后,我再没去过我爸的画室,也再没听他说起过画室里的事。

我妈也没跟我提起过画室,我猜她也知道了,并以为成功地瞒住了我。而我决定让她信以为真。

从"游刃有余"上的转账来看,我爸开车更勤奋了,这正好证实了他已离开画室专职开车的事实。

于是就出现了这样一种情景,"游刃有余"仿佛成了个收发转账的地方,除了他们的这两个动作,很少有人在上面聊天。我不知道我妈在画室老板那里受的气何时才会消。

有一次,我爸说:我们得有个计划。

没人应他。

但这不妨碍他继续说下去:我指的是房子,还是得搞个房子。

沉默如海。

反正我已经有了个计划。

实在有点看不下去了,我正准备上去接应一句,但已经要上课了。

为了让我们看到他的努力,他隔几天就在"游刃有余"上给我妈转一笔钱,他给自己的转账取了个实用又好听的名字,叫美庐计划,逐笔编号,美庐1、美庐2、美庐3……我妈终于有了微弱的回应:收。收到。我妈一有回应,我爸就更加振奋起来:说吧,你们都喜欢什么样的房子?我妈又没声音了,我跳出来打圆场:妈妈说过她喜欢夜晚躺在阳台上看星星,我嘛,不管哪里,只要有我自己一个房间就行。我妈立即给了我一个大拇指。

有一次,我爸突然在"游刃有余"上说,他碰到老杨了。

找死啊!

这次,我妈连一秒钟犹豫都没有,直接跳出来骂了他一句。我爸顿时吓得没了声音。

老杨毫无疑问是我们家的仇人,没有他,我爸不会爬上赌桌,不会丢掉一截手指头,我们也不会卖房子,不会开展所谓的新生活运动。不知道我爸当时作何反应,要是我,肯定不由分说扑上去就开打。

这以后,"游刃有余"一直没有声音。我打算下次见到我妈时说说她,她一直不出声让我觉得很压抑,这很不利于"游刃有余"的建设。

一个星期四的晚上,我爸突然在"游刃有余"上"艾特"我妈,叫她无论如何记得在周末把我安排好,最好把我安排到柳老太家里去,最好跟我在一起,因为他要跑个长途,很可能赶不回来。

我妈一直都很反感把我带到柳老太家这个打算,这时当然不会理他。

过了一会,我爸又说:就算上刀山下火海,我也会把那个家还给你们的。

还是没人理他。这种话,他已经说过不止一回了,我觉得一个人不能总是高呼口号,要用实际行动来说话。

老婆晚安!儿子晚安!我爱你们!

这表达有点突兀,我们都不太习惯,更加没人接他的话了。有时我想,他可能是太急于和我们恢复状态,他为什么就不能矜持一点稳重一点呢?他应该知道我们一家都是些什么性格的人。

第二天中午,吃过午饭,我拿出手机,看到高德地图推出一条事故新闻,居然是本地的,就在今天早上,在一个度假山庄通往外面的路上,因为山间路窄,且多弯道,两辆车迎头相撞,双双跌下悬崖,无人生还。目前已查明事故一方还是个有头有脸的人物,正在度假山庄开会。

当天晚上,都下了晚自习了,老师突然找到我,说我妈到学校来了,让我去见她。

她一见我就扑上来抱着我。不知为什么,她还没开口,我脑子里就闪了一下中午看到过的那则新闻。

真的是我爸。他要去度假山庄接一个客人,没想到与出山庄的人狠狠地撞在一起,然后双双摔下悬崖。

我一直用半边身体驮着我妈,去现场,去公安局,去所有我们必须去的地方,时不时地,她用极其微弱的声音问我一句:儿子,我们这是在做梦吗?我说是的。

一切消失得简单干净。

我们去火葬场领他的骨灰,我妈打算把它存进银行租用的保险柜里,打电话一问,才知道人家不接受这类物品,只得付费放在火葬场的寄存处。

我代替我妈调整战略,用她的手机在家长群里发了个呼救,请求周末拼车,很快就有家长回应,周末可以载我回到市区。

我妈凄然一笑:也好,再也不怕人家笑我穷了,谁会嘲笑一个穷寡妇呢?

我妈在夏天更显老。

这是我在餐馆靠窗的位置上,远远地看到我妈过来时,得出的第一印象。

这种感觉可能跟夏天穿着暴露较多有关。她穿着短袖衣裙,大臂苍白松弛,脖子上缠着围巾,不是为了别致的搭配,是为了保护裸露的颈椎。

她迫不及待地要跟我谈我的作品(她得知消息后,已经去买来看了),我不好意思地打断她,我说我宁可在"游刃有余"上跟她谈。

她还是意犹未尽:那句话真没错,苦难是财富,你没跟我们白吃苦。

我能怎么说呢?说我宁可不写小说,也不要吃苦?还是什么都不说的好。

对了,我拿来了这个。她从包里翻出个精致的香囊,打开香囊,里面是个信封,打开信封,里面是个塑料袋。

对不起,只能这样委屈你了。她望着塑料袋说。

塑料袋里是我爸的骨灰。因为寄存期已到,火葬场通知家属去取回,我妈既不能给我爸买块墓地,又不舍得倒进垃圾堆里,就从骨灰盒里取出一部分,打算瞒过银行悄悄寄存在保险柜里,余下的,她趁人不注意把它拌进了花盆的土里,放在她上班的地方。她说她退休的时候啥也不带,就把那盆花带回来。

她把那本杂志拿过去,放在骨灰袋旁边,又说:你不用担心你儿子了,他现在强大起来了。

吃过饭,我们一起去银行。

这是我第一次看到我们家的租赁保险柜,在这戒备森严的地下大厅里,坚固厚实子弹都打不穿的保险柜内,我们家的各种毕业证书,各类竞赛证书,荣誉证书,爸妈的结婚证,我的独生子女证,以及其他现在看来完全没什么价值的证书、文件,像梦境一样沉睡着。

一只A4纸那么大的墨绿色档案袋静静地躺在那堆证书中间。

这是什么?

我好像也没见过,应该是你爸爸的东西。

我们一起打开它,是几张存单,存款人姓名全是我妈的名字,金额很大,我从没见过我们家有这么大面额的存单。我数了一下,五张存单,总共二百四十万元。

再一看,档案袋里还有一张字条,是我爸的手迹。

这是我能贡献的全部,可能还是不够你们在阳台上看星星,很遗憾。我舍不得你们。

几天以后,在我妈的坚持下,我跑到相关部门,花了一笔钱,把"游刃有余"在那段时间里的对话全部打印出来,然后我们坐在一起仔细研究。

有两句话非同寻常:就算上刀山下火海,我也会把那个家还给你们的;老婆晚安!儿子晚安!我爱你们!

我妈认为后一句更意味深长,因为他从不说那样的话,他是一个羞涩的人。难道他参与了抢银行?但那段时间没有银行劫案发生。

其实还有一句话,我没拿给我妈看,那是在车祸三个多月前,他在"游刃有余"上说:我有个计划。

但我们都没理他。

我真的有个大计划。

我忍不住问:周末又带我们偷偷潜入别人的豪华公寓?

他就不再吱声了。

我突然有了个大胆的联想,我总觉得那个计划不是他一个人的计划,那个计划关乎跟他撞车的人,关乎隐藏在后面指挥这事的人,关乎保险柜里那么多存单。但我不想跟我妈讲这些,我想我爸肯定也不想让任何人知道。

这天晚上,正要蒙眬入睡,突然全身一震,我被一个声音吓醒过来,是我妈的声音:找死啊!

我怎么把这句话忘记了,虽然是我妈说的,但的的确确是对我爸说的,也是强入画室老板家那次事件后唯一对我爸说过的一句话。会不会跟那个老杨有关呢?